U0901948

花火
魅丽文化
花火工作室

万千春光不如你

赏雨时节 著

（全2册）

2

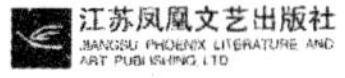
江苏凤凰文艺出版社
JIANGSU PHOENIX LITERATURE AND ART PUBLISHING LTD

目录

CONTENTS

目录

CONTENTS

第十六章

小同桌犯蠢的样子

贺铭南的表情好像一只被撸舒服了的大型猫科动物，皮油光水亮，姿势优雅。

识时务者为俊杰，姜醒摇晃他的手臂：“那贺哥哥，你就别问了行不行？”

贺铭南看了看她，声音有些低沉。

“你明明不是……为什么？”

为什么要浪费天赋与才华？说好的心里只有学习呢？还是不是真爱了？还想不想好好学习报效祖国了？

这种情况，他贺铭南，绝对不允许！

嗯……但这叫姜醒怎么说呢？

一开始她确实是因为这样那样，有些没想通的问题，又正值青春期叛逆，想试试不一样的校园生活。但后来就不是了，后来……

她遇到贺铭南，让她觉得和他的相处模式很有趣。

因为有趣，所以她不忍打破那样的相处模式。

她总不能自己突然跳出来说——其实我学习可好了，不及格垫底什么，我就是随便考着玩玩。

这算什么？

所以，她计划循序渐进，用让人更容易接受的方式，改变一下自己目前尚处在稀烂得不能看的成绩。

谁知道贺铭南这么快就发现了，她还想让贺铭南多教她一阵呢。

她第一次发现，原来有人给她讲题是这么让人愉快的一件事。

她过往的老师应该都很想流泪，他们教她那么久，竟然比不过一个贺铭南。

姜醒蹲累了，只要换了个坐姿，盘腿坐在地上。她叹了口气，说："好吧，我承认，你说得没有错。"

承认就好，承认就好办。

贺铭南让开位子，问她："苹果，还有得吃吗？"

姜醒愣了一下，啥？

"你说的，苹果。"

姜醒心中狂笑，哈哈哈，还不是想吃她的苹果？

最后，贺铭南还是吃到了姜氏一绝，削皮不会断的姜氏苹果。

贺铭南过了一个温暖的年。

姜善从国外回来的时候给他们一人带了一个小礼物，姜善摸摸自己有些圆挺的肚子，把一个盒子递给贺铭南。

贺铭南惊喜，还有点不好意思："还有我的呀？谢谢叔叔。"

姜善拍拍他的肩膀："当然，你们都有。"

年夜饭一群人在一起包饺子。贺铭南发现了，只要不让姜醒下厨，别的活计她都干得很利索，她包的饺子肉馅饱满，饺子的肚子圆乎乎的，褶皱齐整，下到锅里，一个也没有散。

相比之下，姜风眠的饺子就五花八门，每个都丑得不一样。

姜风眠无语凝噎，最后实在觉得没有脸面对自己的饺子，放弃了。

姜醒还在那里挥着沾满面粉的手要摸姜风眠的脸："你再试试呀。"

最后……她不得不接受姜风眠是个活了十九年的手残，并且没救了这个事实。

她不禁问："你凭本事单身十九年，五指姑娘这么不灵活，正常吗？"

姜风眠满头问号。

——小孩怎么讲话的？不要以为是妹妹就不揍你哦！

贺铭南眼观鼻鼻观心，他听到什么了？他什么都没有听到。

饺子吃到嘴里，贺铭南一咬，才发现他们还在里面藏了硬币。

餐桌上，大家见他吃到了硬币，都笑着祝贺他："看来小贺来年运气很好。"

另一边，他们还开着视频跟有时差的秦女士直播年夜饭。

"来，我们举杯，祝福孩子们，祝你们学业有成，友谊长青。"

姜醒和贺铭南座位排得很近，她轻轻和他碰杯，说："新年快乐。"

"新年快乐！"贺铭南满眼笑意。

姜家窗外，烟花炸开，火树银花。

餐桌上，食物的香气扑鼻，阵阵白色的热气升腾。

菜色不算多么特别，都是些普通的家常菜，南方菜色的清淡鲜香停留在贺铭南的舌尖。

这真是个让他难忘的年。

他收到了远方叔叔的来信，信里祝他新年快乐，不能和他一起过年很遗憾，对他信里的"小孩"也很感兴趣。

贺铭南摊开信纸，但是这一次，他没有打算把信给寄出去，他写给自己看。

他写——

小朋友的演技超级烂，还演得特别起劲，但是被他给戳穿了，感觉小孩有点不高兴。

这可怎么办呢，他很苦恼，他是不是应该找个机会弥补一下？

小孩不会气性太大，从此就不理他了吧？但是，书还是要好好念的，不管小孩是不是生气，他都要督促她好好考试，年级前五名应该不成问题。

他已经给姜醒规划了“学习三步走”，第一步，去考场；第二步，考试；第三步，拿年级前十名。

如果姜醒看到贺铭南写的信，大概能笑晕过去，又气又想笑的那种。也不知道他究竟是哪里来的对她的迷之信心，一上来就年级前十名，她亲爹都没这个底气。

贺铭南还写——如果小同桌喜欢戏剧，他建议小同桌去话剧社。

贺铭南大概忘了，他自己装乖的本事也不差……

这对同桌，就是一对戏精，棋逢对手，一个假装学渣，一个假装柔弱，这都是什么兴趣爱好？

怎么还有人对披马甲上瘾呢？

王者变青铜，高山流水遇知音，难怪投缘。

话剧社，姜醒没去。但是新学期，他们的动漫社如期办了起来，那叫一个红红火火，锣鼓喧天。

社团招新的时候都会统一在学校里面摆摊，不少其他学校的学生都来串门子，包括隔壁的二中。

上次二中篮球队的几个人也都来了，一来就直奔姜醒和贺铭南的摊位。

姜醒原本就没做什么准备，按照她的预想，他们这个摊位也就来打个酱油，她这个摊主自己抱着手机看漫画看得起劲。

她看到搞笑的地方会发出诡异的“咯咯咯”的笑声。

贺铭南就在边上看着她，天气渐暖，她觉得热，就脱了身上的衣服，贺铭南就负责提醒她穿上。

贺铭南看着她，无奈地摇摇头，又去边上做自己的事去了。

之前，姜醒跟他强调，既然他跟她混，她就得分他个官当当，别的头衔没有，就这样吧，她是社长，他是副社长。

贺铭南笑着答应。

结果让姜醒非常意外，她这个小破摊位还挺受欢迎。她低头看两页漫画，就要被人打断一下。她干脆端着她的小板凳到后面躲懒，把摊位都交给了全能型人才贺铭南同学。

直到她听到一个熟悉的声音。

有一个人欢快又超大声地说："哥！怎么就你一个人在忙？醒姐是不是又压榨你了？"

姜醒听见声音一下从后面的小草丛站起来："小谢呀……"

谢方羽好奇地翻看姜醒做的宣传单，拿在手里翻来覆去地瞧，结果被姜醒一把夺过去："对我们社团没兴趣的同学让一让啊，让一让后面的朋友。"

谢方羽立马跳起来说："谁说我没兴趣。"

姜醒双手抱胸："你了解动漫吗？"

谢方羽："我怎么不了解？"

姜醒："那我考考你。"

"你考。"

"石蕗惠汰，羽濑川小鹰，须贺京太郎，大路饼藏四人的共同点是？"

"呵呵。"谢方羽一声冷笑，不要当他们中二少年不上b站（哔哩哔哩视频弹幕网站），用b站题目来考他，也太小瞧人了吧！

他的斗志在熊熊燃烧，大声答道："这题我会，都是男孩子！"

所有人的目光被他吸引，漂亮的小公子还没有意识到同学们的目光，一个劲地叉腰得意。

——姜醒，叫你瞧不起小爷！

这声音响亮得，就连一脸冷淡靠在边上看书的贺铭南都撩起眼皮看着他。

姜醒又给他挖了个坑：“《银魂》里面阿姆斯特朗回旋加速喷气式阿姆斯特朗炮，为什么退出战斗？”

“因为它长得超猥琐！”他又知道了，好开心，单纯的小谢更大声了。

“猥琐”两个字，超大声，旁边路过的人纷纷回头窃笑。

贺铭南揉揉眉心，姜醒坑人真是一坑一个准。

姜醒微笑：“恭喜你，答对了。”

姜醒伸手要跟他握手：“欢迎你加入我们社团。”

谢方羽的手碰到姜醒之前，贺铭南伸了一只手过来，不动声色地隔开了姜醒和谢方羽的手。

让姜醒更没有想到的还在后面，二中的人来了，谢方羽来了，岳轻灵来了，就连陆星宙也来了。这群人是要在动漫社开会吗？

尤其是陆星宙加入小社团这件事，在学校论坛里面又引起了骚动。

陆星宙这人狂傲得很，谁都不爱理，也从来没听说过他参加活动。

一问，谁的社团？

姜醒的。

里面还有谁？

贺铭南。

众人释然了，风云人物，总是爱跟风云人物在一起玩。

贺铭南，论坛里面随便一搜，都是关于他的帖子，谁叫他长得帅，学习好，又很神秘呢。

“乖草”看起来很温和，又很乖，但接触过他的人都知道，他表现出的温和只是他的保护色，无形中把他和别人隔开。

如果有一个人能走进他的领域，那只能是姜醒。

有了社团，自然也就有社团活动。

高老师也听说了姜醒他们这个社团，觉得很有意思，正好下个月林城私立高中办美食节，她交给姜醒一个任务，让她出个揽客的节目，顺便把组织摊位的事情也交给她了。

姜醒满头黑线，高老师真是知人善用，这就给她安排任务了。

社团平时也就每周聚一次，姜醒还跟学校申请资源，请了一个老师来教他们漫画绘画基础。

有的人静不下来，对画画不感兴趣，来签个到就跑，姜醒也不介意，非常随缘。

漫画老师不来的时候，姜醒就带着人搞搞Cosplay（角色扮演）。虽然是她办的社团，但她是个随性，不爱揽事的人，社团里还有个知性学霸美女岳轻灵，她拿姜醒当自己的竞争对手，总想和姜醒别苗头。

当然，不是学习上的竞争对手，而是她喜欢无论在哪里，都有众星捧月，众人围着她转的感觉。然而，只要有姜醒在，总有人的注意力会被姜醒吸引。

看姜醒的人多了，看她的人就少了。她非常，非常不喜欢这种感觉。

尤其是贺铭南，凭什么，贺铭南就不能跟她做朋友，而整天只和姜醒待在一起？

姜醒不过就比她早认识贺铭南一点罢了。姜醒和她比，差远了，她对自己迷之自信。

所以活动教室里分成了两派，一派围着姜醒，另一堆则站在岳轻灵这一边。

当然，这是岳轻灵自己这么认为的。

其实姜醒是在跟他们班的人一起商量美食节的事情，他们不跟自己人商量，难道要跟大家一起聊班务吗？她脑子又没进水。

姜醒对岳轻灵奇葩的脑回路一无所知。

他们一群人正为美食节扮什么主题产生了分歧。

白棠棠喜欢《魔卡少女樱》，严俊昊想做《英雄联盟》，还有说《秦时明月》《喜羊羊》和《火影忍者》的……

姜醒坐在活动室前排的课桌上，晃荡着两条细细的腿。

贺铭南倚在墙边，没说话。

“醒醒，你觉得呢？”

白棠棠吵不过班上叽叽喳喳的一群人，喊她出来说句话。

姜醒正在走神发呆，突然白棠棠点到名，还有点愣怔，不过她一本正经说话的样子，谁也没看出来她在走神。只有贺铭南注意到了，他靠在窗边看着她抿嘴，浅淡的笑意一闪而逝。

她说：“既然是为了班级活动，我们整理几个选项，给班上的同学们选吧。”

“我看行。”

这时，岳轻灵走了过来，她做出好奇又无意的样子，背着手踮起脚，一副单纯的模样，问：“你们是不是在商量美食节的装扮主题？”

好尴尬，没有人回答她。

她又继续自说自话：“真是太巧了，我也打算带我们班的同学这么做，都是动漫社的，你们不会介意我们也 Cosplay 吧？”

姜醒当然不会介意，他们扮演他们的角色就是。

之前美食节已经办了那么多届了，学长学姐能想到的东西一个都没少想，角色扮演也不是什么商业机密，只要有人有道具，想怎么扮都行。

见没人反对，岳轻灵笑眯眯地说：“你们不介意就好，我们很看好《秦时明月》，大概就定它了。你们呢？”

十三班众人无语。

白棠棠有点生气，虽然他们还没有定下来要扮演什么，但是她不信事情就这么巧，他们刚刚提名，岳轻灵就已经定下来了，还恰巧是他们的备选。

无非是她听到了，觉得好，想先下手为强。

白棠棠站出来，表情很不好看，她说：“世界上有这么巧的事，我怎么就不信呢？”

她的手还没碰到岳轻灵，岳轻灵就连连往后退，一副被白棠棠推到的样子：“你这人……”

岳轻灵旁边的护花使者顿时跳出来维护她：“说话就说话，你怎么动手啊你？！”

什么都没干的白棠棠瞠目结舌，怎么的？护花了不起？护花就能眼瞎吗？

她可一根手指都没碰到岳轻灵，反倒是岳轻灵一副风一吹就倒的样子，但她目测，倒不了，看这个体重就飞不了。

一边一直没有说话的姜醒从课桌上跳下来，一言不发地挡在白棠棠面前。

醒姐还是醒姐，沉下脸不说话的样子还真是怪唬人的。

围着岳轻灵的几个男生不知道从谁开始，停止了叫嚣，声音越来越弱。

姜醒冷笑，嘴角勾起一点点弧度，又冷峻，又勾人。

“吵呀，怎么不吵了？”她低头看了一眼自己的手，似乎该剪一下指甲了，她没头没脑地想。

对面的男生咽了一口唾沫，姜醒好像，好像在看自己的拳头。

她抬起头，对面的男生又抖了一下，有点慌，她看一眼拳头，又看一眼他，是什么意思？

他们努力地想要跟姜醒讲道理："我们就是来讲理的。"

姜醒："是吗？但是刚刚你们一拥而上的样子，我看不是来讲道理的。倒像是……来打架的。"

对面的男生一群弱鸡，实在是不够看。

不需要姜醒动手，严俊昊三人抱着手，三座滚石一样的大山就够用了。

人比人气死人，这些男生也就是嘴上逞能，一听姜醒提到"打架"两个字，冒出来的头就全缩回去了。

可怜。

岳轻灵被他们露了出来，她一个人站最前面。

姜醒看着他们这个队形特别像三角锥，岳轻灵就是那个尖尖，脸色像三星堆里刚出土的面具……

姜醒看了都替她感到尴尬。

姜醒耸肩："你们想扮就扮呗，我又不是学校门口的大马路——管那么宽。难道，我叫你不要扮，你就不扮了？"

岳轻灵被姜醒气得直喘气，她指着姜醒的鼻子，看了又觉得自己的动作太丑陋，才不甘心地把手收回去，有些硬邦邦地说："你不介意就好，那我们先走了。"

姜醒喊她："等等。"

岳轻灵："还有什么事？"

姜醒也不知道她有没有听过一个词，先撩者贱。撩完她就想跑，她这里可没这么好的事，她轻轻挑眉。

姜醒笑的时候笑容非常耀眼，但是她生气的时候很少做出夸张的怒容，总是淡淡的，一张俏生生的小脸冷下来，眼角眉梢仿佛挂着冰碴子。

姜醒说："你们以后不要再来社团活动了。"

岳轻灵顿时找到了发作的理由："姜醒，你这人怎么这么霸道呢？你要是对我不满意就冲我来，别的同学惹你什么了？"

这话说得非常漂亮，既控诉了姜醒，又维护了自己这边的同学，非常"伟光正"，还在贺铭南面前突出了自己的无辜小白莲属性，教科书式的一举多得。

但是，和这种胡搅蛮缠的人对话，姜醒有个秘诀，就是不管她说什么，就当个屁放了。

姜醒："因为我不想见到你们，这个理由够吗？"

然后他们就被人扔出去了。

说扔有点夸张，总之，活动室的门"砰"的一声，在他们面前关上，差点砸到岳轻灵的鼻梁，气得她脸都歪了。

姜醒："下次再见到你们，我还得扔。"

妈妈啊，姜醒这个女人太恐怖了，岳轻灵招来的一群小狗腿脚下抹油一溜烟就跑了。

碍眼的人都走了，姜醒终于有机会跟白棠棠他们说："就这几个吧，拿回班上问问意见。"

活动结束，姜醒问贺铭南："在看什么呢？看小岳啊，你去读诗社看呀。"

走在前面的白棠棠瞪大眼回头看了一下。

姜醒："前面的白棠棠同学请好好走路，小心脚下台阶。"

白棠棠给她一个白眼："我就看看，空气里哪来那么大酸味？"

姜醒："棠棠，回头，给你看个宝贝。"

白棠棠回头。

姜醒一个中指。

白棠棠："啊啊啊！姜醒我恨你！"

贺铭南和她慢悠悠地走，落在最后头，贺铭南回答她之前的问题：

"我看谁你不知道吗？"

姜醒："你不说我怎么知道？我又不是你肚子里的蛔虫。"

贺铭南意味深长地拖长了尾音："哦……"

他说："我看天气不错，明天中午篮球赛，来看我吗？"

姜醒嘴上说不要，但是第二天时间还没到，她就在篮球场看台的椅子上坐着了。

她坐在不起眼的角落，脚边放了瓶水，时间还早，她就拿校服把脸蒙上睡觉。

迷迷糊糊的，她听见周围渐渐热闹起来，有女生说话的声音传来，不近不远。

一个女生的声音透着兴奋："今天比赛有贺铭南和陆星宙，两个人都那么养眼，可以一次看个够，有点激动！"

另一个女生的声音充满期待："还没看过贺铭南打篮球。"

"对呀。喏，所以你看那边，好多平时不看篮球的人都来了。"

"何梓溪也来了，她是为了陆星宙来的吧？"

"上次听说她在路上遇见陆星宙，追在陆星宙自行车后面跑，差点把陆星宙追出车祸。"

"这么猛？"

"太可怕了……"

话题又转了个弯。

"贺铭南上学期期末又拿了个第一名吧，真是羡慕姜醒，有贺铭南这么好的同桌，帅气聪明，还温柔。学校怎么就没有分配这么个同桌给我呢？"

姜醒听到这里有点不开心了，怎么，她就不好了吗？像她这样的同桌，也是温柔善良，聪明美丽的好吧？现在的小姑娘真是缺少一双发现美的眼睛，怎么不说贺铭南找到她这样的同桌真是上辈子修来的福气呢？不开心。

对话还在继续。

“你同桌学习也很好的吧？”

“别提了，不是每一个学霸都叫贺铭南。上次测验的时候，我橡皮掉了低头去捡，你知道我起来的时候看见他做了一个什么动作？”

“什么？”

“他把整张考卷都给捂上了，连名字的小角落都给遮得严严实实，就怕我抄他的，你说这种同桌我留着干吗？”

姜醒听得太专注，脸上盖着的校服也滑落在膝盖上。她接过话：“太气人了吧，学习好了不起？”

对方正说得起劲，没注意到搭话的人变了。

“就是啊！但是没关系，他也被我气得不行。”

姜醒：“怎么的？”

“我虽然不是学霸，但是我有个小毛病，我偏科呀，化学，那是我的主场。化学成绩出来，我比他高好几分，你没看到，他当时脸都绿了，那颜色，跟刷了绿漆一样。”

姜醒感慨：“不错，春来江水绿如蓝啊，干得漂亮。”

“是吧……吧，爸爸……”

女生一抬头，看见姜醒吓得双下巴都出来了。

姜醒：“嗯！”小姑娘太客气，一见面就喊爸爸让人多不好意思啊。

试想一下，女生正说到激动处，抬头一看，这这这不是姜醒吗？她一直以为她在跟同伴说话，看到姜醒吓得差点掉地上，被姜醒一把扶住。

姜醒蹲在她们后面，看见女生反应这么大，她也很无辜。

女生埋怨地看同伴：你怎么不提醒我呢？

同伴：我一直冲你使眼色，你讲得太激动了，停不下来啊！

两人确认过眼神：我们之前没有说姜醒坏话吧？

——没有。

——好的，安全。

看她们拘谨地排排坐，姜醒也不想让人尴尬。

“你们继续，我离开一下。”姜醒摸摸自己的耳垂，换了个座位，跑下面去了。

留在原地的两个女生面面相觑，她们好像被姜醒大佬让座了，她们的目光一路随着姜醒走到前面，然后看着姜醒重新坐下。

两人小声交流：“姜醒好像也没有传闻里的那么凶。”

“是哦。”

“难道说，她拿的是欢喜冤家的剧本？”

“什么？”

“就是只对男主凶的那种呀！”要是举例，她能罗列一堆。

朋友，醒醒。

没一会儿，球场传来一阵女孩子的尖叫。

露天球场有点晒，姜醒眯着眼，就看见一群人抱着球走过来。

她刚辨认出贺铭南是哪一个，就见贺铭南单手一撑，便到了看台上，稳稳地站在第一排面前。

姜醒有点蒙，不是打球吗，怎么跑她面前来了？

下一秒，贺铭南把一顶帽子扣在姜醒头上，姜醒手忙脚乱地把帽子摘下来拿手上：“给我帽子干吗？”

贺铭南略嫌弃地说：“别摘，防晒。本来就傻，怕你再晒就更傻了。”

连他究竟在看谁，眼里面盛着谁都看不出来。

——呵？我这么精明的人？你说什么呢？

“哎，你别跑……”

可惜，贺铭南没停下脚步，转个身，就到球场去了。

姜醒也不是全能儿童，样样都行，球类运动她就非常不行。

她只知道，足球和篮球，都是球。一个在地上踢，一个在手上拍拍打打，反正都是两拨人抢一个球的竞技游戏，就没了。

但是醒姐这么要面子的人，她是绝对不会说她看不懂的，所以每次周围的人热火朝天讨论什么NBA（美国男子职业篮球联赛），世界杯的时候，她都嗯嗯啊啊……假装有点懂的样子。

典型的在英语课上外教全英文讲课，别的小朋友都懂了，除了自己。

凄凉。

男生嘛，打篮球的样子肯定是帅的。这种散发着阳光和活力的帅气，和能不能看懂比赛无关。

只要到了球场上，自然会被紧张热烈的气氛感染，心情会因为那一个小球而忽上忽下，会因为每一次记分牌的翻动而欢呼雀跃。

白棠棠没一会儿也来了，就坐在姜醒身边，还给姜醒带了点零食，姜醒笑眯眯地让白棠棠喂她，白棠棠把薯片塞她手里，让她自己吃。

姜醒不乐意地在边上哼哼。

幸好白棠棠没有喂，动态视力2.0的贺铭南同学不好好打篮球，没事就往姜醒的方向看。

球对他的吸引力还不如姜醒对他的吸引来得强烈，然而，贺学霸注定要失望。他一番帅气的传球表演，在姜醒眼里，还不如薯片来得香。

气得贺铭南想扔球。

然后，他就真的扔球了，他双手抱球，出色的弹跳力让他高高跳起，在线外向篮球框里投球。篮球掠过一个漂亮的弧线，落在球框边上，晃动了两下，进了！

一个漂亮的三分球，全场爆发出强烈的欢呼。

姜醒这才把自己的视线从薯片里拔出来，乌溜溜的眼睛看向贺铭南，高高瘦瘦的贺铭南穿着红色球衣被队友围在中央，耀眼得如同一团火焰。

姜醒也跟着鼓掌。

等他们结束比赛，早早有人守在门口要给感兴趣的男孩子送水，白棠棠拍了一下姜醒的大腿："我下去了，你去不去啊？"

姜醒十分懵懂："下去干吗？"

白棠棠："程舟要喝脉动，我给他带的。"

姜醒还没反应过来："哦。"

行吧，反正她被白棠棠拽着下去了。

贺铭南看到她在球场外的台阶上时，眼前一亮。

春色正浓，春风一吹，原本枯黄的草似乎一夜之间就变绿了，有些桃花花苞露出一点点俏皮的粉。

姜醒就站在粉白的桃树下，一边游神发呆，一边等他们出来。

校园里的景色是美的，但在有心人的眼里，景再美，也美不过姜醒。

原本，这样的画面应当是一幅绝美画卷，但是姜醒实在不配合。

姜醒看到程舟之后终于反应过来，问："怎么比赛还有程舟？"

白棠棠不知道她为什么这么问，为什么没有程舟？

"先不跟你说，程舟来了。"话没说完，她就跑不了。

不少人都想给贺铭南递水，但是贺铭南恍若不知，径直走向姜醒。

一路上，他的脚步伴随着一地心碎的声音。

贺铭南走到姜醒跟前，一眼看见姜醒手里握着一瓶水。

他随手掀起球衣，擦了一把汗，明明是其他男生也会做的动作，可是由贺铭南做起来，就是格外的顺眼。

不等贺铭南开口说些什么，陆星宙注意到姜醒这里。

贺铭南只见碍眼的陆星宙两三步快速走到他们跟前。

他的眉心突突跳，不动声色地往陆星宙边上挤，好像他挤一挤，人家就会自己识相走开一样。

这是不可能的，陆星宙满面笑容地要跟姜醒搭话。

气得贺铭南心里头冒烟，陆星宙这么厚脸皮一男的。

贺铭南：“给我的水吗？”他的嗓音因为剧烈运动之后微微沙哑。

陆星宙：“有水喝吗？”

姜醒听见两个人同时问。

姜醒愣了一下，如实回答：“不是啊。”

贺铭南：“啊？”

陆星宙：“嗯？”

姜醒的手往前递：“这是我自己喝的，你要吗？”

递给谁？

贺铭南和陆星宙充满雄性竞争地对视一眼。

结果，姜醒指着他们的同学对陆星宙说：“哇，你们班的人搬了一箱水，你快去。”

哈哈哈。

看见陆星宙憋屈的脸色，贺铭南几乎要笑出声。

碍眼的人终于走了，贺铭南跟开屏的孔雀似的，兴致冲冲地抖着漂亮的尾巴来回巡视领地。

他问姜醒：“我能喝吗？”

姜醒：“如果你不介意……你就喝吧。”

为什么听她的声音还有点勉强？

姜醒确实还挺勉强的，这个气泡水学校小卖部一直没进货，今天她抢到一瓶，才喝了两口呢。

贺铭南每喝一口，余光都能看见姜醒心痛、不舍、又缠绵渴望的目光紧盯他……手里的水。

他长叹口气："气泡水是吗？以后我帮你抢。"

姜醒顿时转忧为喜："好呀，我要蜜桃味的。"

"没问题。"

贺铭南终于把小朋友哄笑了，然后，姜醒说了句让他惊掉下巴的话。

姜醒说："你跟陆星宙他们最后谁赢啦？怎么还有程舟呢？"

贺铭南一个踉跄。

——不，不好意思，朋友，你究竟知不知道？我跟陆星宙是一个队伍的！我们的对手，是高二程舟组的队啊。

他看着姜醒，心中一片苍凉……

贺铭南知道，请姜醒来看球赛，大概是白请了。谁能懂得他的帅气无人欣赏的悲伤？

他说："你这话问我就行了，千万别再问别人。"

小同桌犯蠢的样子，只有他一个人可以看！

贺铭南暗暗决定，他一定要守护姜醒的光辉形象。

抛开这件事不谈，姜醒最近的形象还是非常正面光辉的。

月考成绩出来，姜醒居然拿了个班级前五名，有个别科目考得特别好的，居然能做到紧咬贺铭南的分，她考得最好的是英语和物理。

连姜醒都没想到，她这次发挥得这么好。手感来了，挡都挡不住。

对于姜醒的变化，全班哗然。

一个假期的时间，姜醒是换了个芯子吗？

知道姜醒找贺铭南补课的极少数人开始轰炸姜醒的手机，某位朋友："我需要贺铭南的手机号码，马上就要。直说吧，请他授课多少钱，我立马打钱！"

当然，也有部分人对姜醒过山车一样上上下下的成绩感到迷惑，但由于上学期才发生过抄袭事件，大家都没有往抄袭作弊的方向想。那会儿的心理阴影还没过去呢，谁没事还敢顶风作案？

拔出的萝卜带出泥，截屏了不少教职人员。三班最开始诬陷赵老师的那个学生虽然学校允许他留校观察，但他还是转学了。

光是同学们看他的目光，就足够让他退却了，更别说他还要面对赵云来。云来原谅他，但他过不了自己内心的坎。

他的未来会是什么样？没人说得清，每个人都要为自己的选择负责。

对于姜醒的进步，最高兴的就是高老师。

课间走廊上，白棠棠碰了碰姜醒：“你看到没？老高最近走路都哼歌，乐得不行。”

第十七章
银鞍照白马，飒沓如流星

姜醒在学校的日子顺风顺水。

很快，就到了美食节。

他们班美食节的摊位组了个八人组，各有分工，摊位上也没办法挤太多的人，留了三个人守摊，剩下的人在校门口负责宣传和导流，把人吸引到他们的摊位来。

姜醒他们这些Coser（玩角色扮演的人）就是宣传的一部分。

他们的顾客也都是跟他们差不多大的学生，还有少数是已经毕业回校的学长学姐们。

导流这活，贺铭南干得熟。他以前打工的时候，就干过这事，就是他扮成熊猫玩偶发传单那一次，姜醒还猥琐地摸人家的尾巴。

贺铭南应该庆幸这次他们没选什么毛茸茸的角色，不然姜姑娘能帮他把毛给撸秃了！

“你怕不怕？”

贺铭南：“不怕。”

“为什么不怕？”

“人造毛，随便撸。”

这时，旁边突然伸出一只膀子，贱兮兮的声音传来：“姜醒，你来品品这条胳膊，毛多，浓密乌黑，纯天然无污染，我十分推荐。”

姜醒扭头一看，不出所料，说话的是谢方羽，他举着的是傅扬的胳膊。

傅扬一脸生无可恋，想揍人。

贺铭南皱眉，解救了傅扬的胳膊：“你们在这里闲逛什么？”

谢方羽：“老大，你这个扇子真漂亮，借我用用。”

谢方羽挥着古风折叠桃花扇，下面还有个金色的穗子跟着一晃一晃，他吊着眉梢说话的样子，更骚气了。

他好奇地问贺铭南：“这么漂亮的道具，你们扮什么，就不能提前透露一下？我可是知道，你们楼下三班的人准备了什么装扮。”

岳轻灵做事高调，《秦时明月》的人气又特别高，她一说这个名字，就有好多人期待得不得了，说一定要去他们摊位支持。《秦时明月》里面的女性角色都很漂亮，仙气飘飘，不知道她要扮哪一个。

美食节的班级排名是按照消费来算的，营业额第一名的班级其实也没有特别的荣誉，就是学校会给他们五百元的奖励，充当班级经费，鼓励孩子们良性竞争，还能提高他们的组织能力，培养合作精神。

所以，归根结底，他们争来争去，争的是年轻意气。

“我先进去。”姜醒跟贺铭南他们打了个招呼就先走了。

姜醒在准备室里面换衣服，自封“化妆团队一姐”的白棠棠帮她把挂在衣架上的服装从封套里面拿出来，突然，她脸色大变。

“姜醒，你快过来！”

姜醒正在给自己整理头发，听见白棠棠喊她就匆匆过去。

白棠棠捧着服装，脸色铁青：“你看。”

樱粉色长裙胸口和裙摆的地方撕开了两个非常明显的口子，一看就是被人故意用锋利的东西划开的。

白棠棠急得直跺脚："这还怎么穿？肯定没法穿了。"

姜醒接过衣服，仔细看了看，安抚她："没事，我来想办法，有针线包吗？"

白棠棠惊讶："你还会针线活？"

姜醒："搞 Cosplay（角色扮演），不得什么都会点吗？"

白棠棠叹气："谁想到会发生这种事，这一会儿学校里面，到哪里去找针线包啊？要不我去老师办公室问问？"

她刚打开门，正巧遇到岳轻灵带着一群女生从她们门口路过。

岳轻灵瞧见白棠棠火急火燎的，手上还拿着衣服，她伸头看了眼不知什么表情的姜醒，惊讶地捂着嘴说："这是怎么了？遇到什么麻烦了吗？"

她后面还跟了一群打扮得像是刚从妖精洞里出来的女生，在她旁边叽叽喳喳地给她助阵。

姜醒看了岳轻灵一眼，接受到姜醒冷冰冰眼神，岳轻灵反射地尿了一下，但下一秒她就挺直了背。她有什么好怕的？她动动灵活的脖子——有本事你来打我呀。

"棠棠，回来。"姜醒喊她。

白棠棠狠狠地剜了岳轻灵一眼，不愿意动。

姜醒又叫了一遍，然后白棠棠把门狠狠地甩到了岳轻灵脸上。

岳轻灵心想："这一个两个，怎么回事，总爱拿门砸脸呢？"

岳轻灵旁边的女生问："岳岳，你说姜醒不会猜到是我们吧？"

岳轻灵瞥她一眼："怎么，怕了？怕就别做，做完了说你担惊受怕，有用吗？"

对方纠结地绞着自己袖子："我没有……"

准备室里，姜醒干了一杯82年的凉白开，一叉腰，把手上粉色“秀萝”的衣服扔一边去了。

姜醒决定换个法子：“那套衣服我们不用了。”

白棠棠大惊：“这怎么行，我们服装不是统一的吗？”她恨恨道，“肯定是岳轻灵他们干的，就怕我们的人气把他们比下去。”

姜醒扮的正是《剑网三》里面人气最高的七秀萝莉。她本来还想让自己可爱一把，看看图片上粉粉嫩嫩的七秀萝莉，大眼睛，闪片点在眼尾，还有两根长长的双马尾。

谁能抵抗这样的小萝莉？这样的小可爱，她也想要拥有。

然而，她看着被人划坏的衣服，深深地叹了口气……

“果然，还是只能……”姜醒推了一下鼻梁上不存在的眼镜。

还是只能自己扛枪上了。

当姜醒出现在校门池塘的时候，所有人都惊呆了。

“我的天！”还拿着扇子在扇的谢方羽张大嘴巴，然后忍不住托住自己的下巴，把他快惊掉的下巴安回去。

“这是姜醒吗？”

原本，在池塘边亭子里坐着的岳轻灵被人众星捧月，她穿了一身紫色裙装，戴着白色面纱，配上紫色的假发，单独看，还真是挺不错的。

亭子里正得意的岳轻灵听见她周围突然骚动起来，还以为是更多的人来围观她，便扭着腰重新摆了个姿势。

“人多点好，多发点传单，让他们去我们摊子上吃烤肉。”

结果，她边上的妹子说：“不是啊，他们不是往我们这边来的。”

岳轻灵正侧头凹造型，还想着如果贺铭南来这边，能一眼就看到她。

一听这话，她慌慌张张地伸头看，正好看见姜醒拿着杆红缨长枪，站在桥那头。

姜醒长得好这没有错，但她的颜值在一群校服的学生里面，不能算最拔尖的。她的长相十分大气，平时不突出，这会儿，在一身飒爽的红衣衬托之下立马就凸显了出来。

她身披红衣，半副银色铠甲，手持长枪，配得上四个字——美艳无双。

姜醒选这身衣裳，选对了。

举着手机拍照录像的围观人群里，有人兴奋地说出姜醒扮演的对象。

“军娘！”

“没想到这里能看到天策军娘，这套衣服超难穿，没想到在林私能看到不靠 PS 就穿得这么美的妹子。”

“神仙 Cos（扮演）让我多看两眼，好有气场。”

“我酸了，实名羡慕这两条腿。”

姜醒撩起自己的红色披风，连着天边燃起的红霞，她定定地站在石桥一端，校园里面跟玩具似的小石桥都因为她而变得高大不凡起来。

姜醒看向岳轻灵的时候，岳轻灵往后退了一步，她总觉得姜醒看她的眼神，妈妈呀，有杀气。

她警告地看了一眼岳轻灵——实际上，是她的眼睛突然有点痒，但是总不能穿着这么帅气的军娘装揉眼睛，她只好努力瞪着，瞪得她眼睛发酸。

不好意思，她连岳轻灵的位置在哪儿都没留心。

白棠棠对自己给姜醒化的妆非常满意，姜醒的五官本就偏艳丽，不需要太浓的妆，只需要眼尾的眼线轻轻向上一勾，万千情绪尽在不言中。更妙的是，她一对扬眉稳稳地压在眼睛上方，唇间用出挑的梅子色口红掩盖了她的年纪，既不会因为过于妩媚而失去英气，也不会过于刚硬而失去她原本的俏丽。

一切都恰到好处。

“天啊！天仙下凡啊！”谢方羽的扇子抵着下巴，看傻了。

谢方羽用扇子捅捅边上的贺铭南：“你同桌这么美，你知道吗？”

贺铭南淡淡地瞪了他一眼，不说话。怎么不知道？他天天看呢。

谢方羽用扇子骨挠挠后脑勺：“我说错了吗？”

他们两个站在走廊上，正好不容易被池塘附近的人看见，所以外面的人不知道还有个惊喜。

贺铭南也换好了服装，就等出场。

在贺铭南出场前，姜醒还有个大招。原本她选七秀的萝莉小裙子就是想搞个快闪，她看人家快闪的视频，特别羡慕，她也想做个快闪。时间有限，不用太长，就七秀的扇子舞配古风曲来一段就行了。

结果她舞都排了，裙子却不能穿，这个气咱们醒姐不受。

裙子没了没关系，她还有她的铠甲。于是，当她找的舞伴小伙伴们上来的时候，一群七秀小姑娘，穿着仙气飘飘的粉裙，挥着扇子和绸带就跟着伴奏飘上来了。

姜醒看着一群粉嫩嫩的小美人向她跑来的时候，露出一个“人间如此美好”的笑容，她终于理解做女儿国驸马的幸福了。

谢方羽想凑近点看热闹，正好被姜醒看到，姜醒朝他勾勾手指，他不明就里地走向前，只见姜醒冲他粲然一笑，从他手里抽走了扇子。

谢方羽回过神的时候，扇子没了，手里多了一把银枪。

“啪”的一声脆响，扇子在姜醒手里灵活地打开。

姜醒一袭红衣，在粉色的海洋里掀起一阵阵红浪，贺铭南站在走廊的廊柱旁，远远看着她，目光无法从她的身上挪开。

这次的快闪片段非常短，工作量和之前的运动会演出没法比，胜在编排精巧，先声夺人。

谁能想到美食节还能通过这种方式大饱眼福呢？

在背景音乐结束之前，贺铭南踩着点走到池塘边，跳舞的姑娘们给他让出一条道。

他来到姜醒面前。

红衣的姜醒，白衣的贺铭南，两人相视一笑。

贺铭南太过夺目，尤其是他这一袭纯阳道长的白衣，眉清目朗，好一个翩翩美少年。

贺铭南这身衣裳是姜醒给他选的，他本来是拒绝的。

但是姜醒不肯放过他，她跟他讲："你现在不是在做游戏代练吗？纯阳道长你肯定玩过吧，你就扮一次嘛，就算是为了我，好不好？"

姜醒拽着他的手一晃，他就什么话也说不出来，屈服了。但他没有点头，他有点恶趣味，想看姜醒还有什么招。

果然，姜醒是有备而来，她掏出一大堆零食，一个接着一个，很快就把贺铭南的桌子堆成一个小山。

她眨巴眨巴乌溜溜的眼睛："够吗？"

贺铭南："不够。"

姜醒："那你要怎么才答应呢？"

贺铭南思考了一下，目光落在零食上："喏，就那个坚果。"

姜醒狗腿地帮他拆开。

贺铭南看着坚果，稳如泰山地坐在位子上一动不动，要不是外头的风吹进来把作业本吹得哗哗作响，姜醒还以为自己按了暂停键，把时间和空间都凝固了。

她忍不住捶了一下桌面："你该不会是……想要人喂吧？多大人了呀。"

贺铭南的手撑着下巴，手指在脸颊旁一点一点的，眉梢抬起，徐徐道："你这坚果，壳都没剥。"

拿来给人吃，未免诚意欠缺。

姜醒双手一伸，把坚果从零食袋子倒出来摊在桌上，拿着水笔尾部那一头对着巴坦木果的壳子就是一通砸。

奈何坚果跟她过不去，原本一砸一个的小零食，偏偏连砸几个，都没剥出果肉，不是被她砸得支离破碎，就是坚如磐石、压根没半点儿开口。

姜醒就不信邪了，誓要跟这个拇指般大小的坚果战斗到底，这时一双手拿过她砸了一半的坚果，只见贺铭南双手合在一起，没费什么力气地轻轻一捏，坚果壳开了。

姜醒简直要被气晕过去，一时之间差点忘了自己给贺铭南“贿赂”零食的目的。

正巧这时候白棠棠过来说了两句话，她也不拿自己当外人，见到零食就坐下来跟着一起剥，剥一个吃一个，剥一个吃一个……

大概是看好友可怜，跟坚果犯冲，剥半天就吃到点碎楂，白棠棠顺手把自己剥好的果肉撒到姜醒的手里。

贺铭南见了，不动声色地把果肉也放在姜醒跟前，姜醒一抬头，就发现她前面的坚果已经被贺铭南和白棠棠两人堆出了一个小尖尖。

一愣神的工夫，姜醒终于砸出了一个完整的，她长舒一口气，把它摆在那堆小坚果上。

“我不吃，你们吃吧。”她目光幽深地盯着贺铭南，“尤其是你，同桌，你吃了我的东西，美食节的事我就当你答应了，不许反悔！”

贺铭南手里捏着尖尖的坚果，心想，她也没给自己机会说“不”呀。

姜醒和贺铭南带着一帮人在校门口把人吸引得差不多了，围观群众的照片视频都拍了不少，她搭台子唱戏，激动人心的时刻终于要来了！

“各位兄弟姐妹，父老乡亲，走过路过，不要错过！我们十三班的美食摊位，进门直走，第一个路口，美食与你，不见不散。”

姜醒挥着她的小扇子，吆喝得不亦乐乎。

贺铭南小帅哥则是另外一种画风，小脸冷冷的，表情不多，不知道从哪里变出来一沓子宣传单，见人就塞一张。

要合照是吗？塞一张。路过是吗？塞一张。找姜醒是吗？别看姜醒了，不如先去吃点。

然后他就听见找姜醒的人说——

“你赶紧告诉她，她哥来了。”

贺铭南刚要叫姜醒，发现已经不用叫了，姜醒自己一抬眼就看到了。

姜风眠这个骚包，实在是兴师动众，阵仗巨大。要是换成武侠剧，姜风眠必定是撒着花瓣，坐着飞天的纱帐轿子，旁边还跟着四个会飞的美女，被人喊打喊杀的那种反派教主。

因为——姜风眠牵了一匹白马送来给姜醒。

他走进林城私立高中的大门，牵着一匹白马，身后是校外的车水马龙，雕花铁门，还有校门也不想看了，就想看他的门卫大叔。

姜风眠把马牵到姜醒面前：“给你，美人配好马。”

“小白？”姜醒惊讶地喊她家白马的名字。

贺铭南终于明白姜醒的起名水准，所有白的都叫小白，所有花的都叫小花，所有黑的都叫小黑……

白棠棠捂住自己的胸口，谢方羽捂住自己的眼睛。

对于白棠棠这样充满幻想、天马行空的女孩子来说，最浪漫的事是什么？

——就是有一天，你骑着白马来找我。

没想到这样场面白棠棠有幸看到了，尤其主人公还是这样一个具有西方古典美，如同油画里走出来的男性，更让这画面充满了视觉冲击。

姜醒也惊呆了。

“哥，你人来就好，怎么还带着马来了？”

“我看你最近天天在家忙你这个古装，我当然也要支持一下，精神入股这事我们不干，我们要用实际行动表示支持。”

姜风眠真是个实在人，运一匹马来，光是许可证就要办一打。

“喜欢吗？”姜风眠问，他今天穿了棕色小马甲，脚蹬马靴，身姿挺拔，自在风流。

“喜欢。”

姜风眠：“上去坐坐？”

姜醒没打算这么高调，正犹豫不决的时候，贺铭南向她伸出手，眼中笑意盈盈：“我扶你。”

姜醒见到贺铭南也这么说，果断地把手递给他，翻身上马。她的姿势标准又好看，一看就是经过严格训练才能够达到的水准，跨上马时红色裙摆晃花所有人的眼睛。

银鞍照白马，飒沓如流星。

贺铭南不会骑马，也从来没想过第一次这样近距离地抚摸小马，不是在动物园，而是校园。

他看着马背上的姜醒，眼中不由得流露出欣赏和笑意。当他准备抽出手，放开姜醒的手时，却被她反握住。

“哎，别走。”

贺铭南一身仙风道骨的袍子，蓦然回头。

姜醒看他逆着光，如上好白玉一般透亮的脸，突然就忘了要说什么。

不着调的姜风眠难得干了一件靠谱事。挑剔如姜醒，当她看见姜风眠拍下的这张照片时，也觉得好看极了。照片里面，她和贺铭南一红一白，一个在马上，一个在马下。

一个俯身，一个昂头，双手交握的地方，被她长长的袖子遮住，红色的锦缎落在贺铭南的手腕上，比雪上的红梅还艳上几分。

姜风眠把照片洗出来给她看，她盯着照片看了几秒，才骤然反应过来：“照片归我了。”

然后她霸道地把姜风眠相机里的底片也一起删掉了。

这张照片被她放在相册里，然后相册被她“砰”的一声，猛然合上。

她不敢再看。

这张照片捕捉的角度，贺铭南侧着大半身子向着她，她看不清贺铭南看她时，是什么神情，是什么目光……

但她可以看见自己的眼神，被相片如实地记录。

那样的眼神，她从来没有见过，她甚至没有想过，有一天，自己会向另一人流露出那样的目光。

温柔，依赖，还有专注。这样的认识让她感到陌生，惊讶，还有短暂的迷茫。

那天过后，贺铭南就感觉姜醒似乎有点避着他。

他想问姜醒怎么了，但是姜醒也没给他问的机会，每次他跟姜醒的谈话刚开个头，她就跑没影了。

姜醒发呆的时间明显变多了，没心没肺的姜醒，也到了有心事的年纪。

有时候想事情，想着想着就笑出声来，又或者，两颊突然浮起淡淡的红色，再好的腮红，也比不上那样的颜色，雾状的浅粉，为少女装点面容。

贺铭南总能感觉有一道目光若隐若现，但是当他扭头时，偷看他的姜醒又立马装作什么都没有发生。

姜醒看到了那天活动的照片，岳轻灵也看到了，不过她看到的是另外一张。

她的同学拿着手机给她看：“岳岳，你看姜醒他们还有另一套衣服，他们没穿，但是被人拍照发网上，还被一个人气博主转发了。”

岳轻灵拿起手机一看，是姜醒和贺铭南的萝莉和正太装，姜醒穿着那身粉嫩嫩的古装裙，贺铭南不情不愿地扮了一个纯阳的古装小正太，板着张俊俏的小脸，他们旁边的人拿着假的桃树枝在边上笑弯了腰。

上传这张照片的人应该就是他们班的人。

岳轻灵扫了眼评论——

“都好可爱啊。”

“现在的中学生太会玩了，我们以前都没有这些活动。”

“呀，是我们母校的，学弟学妹们的颜值炸了。”

“男生女生都好可爱，想捏，看他们在一起能脑补一百篇青春活力的校园小说。”

“羡慕楼上的姐妹们都这么会夸，不像我只会‘啊啊啊’”……

岳轻灵气得想摔手机，但是她忍住了，因为这手机不是她的。

给她看照片的小伙伴还乐呵呵地说：“其实还挺期待他们出这一套 Cos 的，还有那天姜醒在马上，那套红衣服，跟贺草配一脸。”

“以前怎么就没看出来，他们其实也没有那么不搭，是不是？”

“人呢？”

——您好，您的好友岳轻灵已下线。

岳轻灵安慰自己，没事的，姜醒现在春风得意，但在学习上姜醒就远不如她了。

她不会输给姜醒的！

其实，姜醒没什么印象，岳轻灵和她以前就在一个初中，而且岳轻灵早前就听说过姜醒。

是被当成负面教材灌进岳轻灵耳朵里的，她的家长用惋惜又苛刻的口吻对她说：“你以后可不能像姜醒一样，女孩子学习太危险了，稍微不小心就跟不上，到了高中那点优势就不存在了。但是男生不同，男生不怕开窍晚，什么时候开窍了都能追上。”

岳轻灵掏掏耳朵，她不爱听这些，觉得很奇怪，怎么什么话题都能扯到男女学习的差异上来呢？她可没觉得自己升入高中脑袋就坏掉了，智商就下降了。

男生数学比女孩子强，女孩子开窍早也没用……

这些话她从小就能听到。小升初的时候，她就听老师这么说。然而，她该第一名，还是第一名。

她随口回了爸妈一句："你们以前也没经历像我们这样的教育模式，怎么听外面的人说两句，就好像自己是性别和教育专家呢？"

果然，父母又是一通说，岳轻灵也就不跟他们争辩了。虽然她跟父母的交流不太愉快，但有一个名字她记住了，就是"姜醒"。

可见，姜醒的名字不仅仅是在学生之间流传，家长之间，也有个关于她的传说——怎么滑铁卢的传说。

岳轻灵就是姜醒的反面，打小就是别人家的孩子，父母的工作不算挣大钱，但有单位分房，怎么着也是个小康之家，生活宽裕。

岳轻灵学习就没让父母操过心，一直受到左邻右舍的关注，还有亲朋都爱跟岳轻灵的妈妈打听她学习的秘诀。

通常这时，岳轻灵的妈妈就会淡淡一笑："也没什么啦，我们灵灵都是自己学。我们上一辈没怎么念过书，哪里能指导她？你说课外班？课外班除了老师要求的，我们就没上过，哪用花那冤枉钱？"

嗯，这倒是实话。

"真羡慕你，生了个好女儿，省钱又省心。"

左邻右舍羡慕的目光，大大满足了岳妈妈的虚荣心。虽然她的身上没有昂贵的珠宝装饰，但是她有个闪闪发光的女儿呀！

这也是岳轻灵争强好胜，自恃清高，会读书，但是眼界并不高，视野总是聚焦在自己生活的那一亩三分地上的根源。

虽然姜醒躲着贺铭南，但是贺铭南对姜醒的态度没有因此产生变化，尤其是在督促她学习这件事上，可以说更上心了。

“我们先定一个小目标吧，我觉得你在年级上的名次可以再提高一点，年级前十名没问题，然后再冲前五名。”

林城私立高中前十名的概念是什么呢？林城私立高中之所以口碑如此之好，学生们挤破头也要进来的原因，就是它实力超强。

前几年火箭班制度还没有取消的时候，一个竞赛班，也就是他们最好的班，全班四十个人，百分之八十全部保送，最差的也是二线城市的重本，另外百分之十是因为出国冲藤校了。

所以姜醒挑眉：“你就这么信任我？”

贺铭南坚定而有力地说：“是信任我们。”

他说：“我不走竞赛路线。”

姜醒：“然后？”

“大概也不会保送。”

“所以？”

贺铭南：“你上次说，你还没想好考什么学校，去哪里，所以，我想问问你的意见。”

姜醒有点慌，她的什么意见？

“你愿不愿意和我一起考北京？既然要考，就以最好的学校为目标。”

别人说这话，姜醒还要想一想，但贺铭南不同。他沉稳，坚定，充满力量，他有充分的实力说这句话。

姜醒更慌了，有志向的人，从一开始就目标明确，知道自己未来的方向。

她这个叛逆少女到现在还站在十字路口，在遇到贺铭南之前，她一直以为自己会随波逐流，等着潮水随便把她推向哪种未来。

“我……”

贺铭南抿唇：“不要着急回答，放学图书馆见。”

新的学期开始，姜醒又开始跟着贺铭南刷图书馆，不过再刷图书馆，和之前截然不同。

姜醒总觉得自己最近怪怪的，她离贺铭南越近，这种怪怪的感觉就越强烈。

比如，她多看贺铭南两眼，就会不自觉地脸红，还想避开贺铭南的视线，但是一会儿看不到，心里又跟藏了只小猫似的，没事就用小肉垫挠一爪子。

她表现得也太明显了，明显得就连白棠棠都察觉了。

白棠棠问她，但也没问出什么结果，只好心甘情愿做五千瓦的电灯泡。跟贺铭南和姜醒一起看书看多了以后，白棠棠觉得自己的脑门越来越亮，晚上出门都不用开电筒，她自己就能发电，俗称“为爱发电”。

严俊昊作为贺铭南的头号事业粉，坚决地带着他的三人小组跟在姜醒和贺铭南后面学。到了后来，他们干脆不用图书馆的阵地，直接安排在教室。

反正班上的人都喜欢听贺铭南讲题，他们在学校吃完晚饭，就回教室做题。贺铭南还会跟他们分享当天整理的题型，姜醒则没事讲讲语法。

连续两次的考试，姜醒都用实力证明，她考得好不是运气，而是实力。

她已经不是过去的自己了，以前她都不上晚自习，现在都在学校上完晚自习再走。

其他走读的同学受他们影响，大多数人都申请上自习，搞得晚自习老师非常莫名其妙，这个班的学生咋啦？

后来，他就懂了，这就是学习的积极性啊。自习老师经常只是来看一下，也不太管他们干什么，结果，就因为被十三班同学学习的劲头震惊，在给别的班上课时，时常以“你们应该学学十三班”开头，“人家学习多努力”结尾。搞得十三班飞快地成了非常正面的校园传说。

这一段时间，走在学校里面，作为一个十三班人，都昂首挺胸，感觉一大早进校园呼吸的空气都跟人家不一样。

高老师终于露出欣慰的笑容。

——醒姐还是你醒姐，以前带学生们爬墙，现在带学生们刷题。

“这份领导力放到社会上，什么事情干不成啊。”高老师隔壁桌的老师感慨。

高老师矜持克制地笑笑：“沈老师，你太夸张了，不过就是个小孩子，哪有那么神？”

啧啧，成年人的虚伪呀。

就像每次过年，父母明明很想炫耀自家孩子，还要客套一句：哪有你们说的那么好？再夸就要上天了。

其实内心：夸，使劲夸，哎，我们家孩子就是这么优秀啊！

晚自习，他们还有个保留项目，那就是看姜醒和贺铭南比赛刷题，老师布置的作业已经满足不了他们了，他们刷的试卷都是额外的习题。一般人刷题，是一打一打地做，大佬刷题不是，大佬从来不会都做。

一个题型熟悉了之后，他们就不会浪费时间再继续。所以看他们把一本本的真题卷，挑出来做完扔地上，做完扔地上。不明觉厉，虽然班上同学自己做不到，但他们觉得好爽。

以前他们回家复习会看老师上传的讲课视频，现在他们的复习方式是端着小板凳求大佬再为他们讲一遍。

晚上这么酸爽就不提了，关键是，充满希望的一天，要从早自习开始。

早自习通常是语文老师和英语老师争夺的战场，剩下的给其他老师分。老高好像知道贺铭南和姜醒特别能刺激班上同学学习，于是她就喜欢点贺铭南和姜醒去后面的黑板上听写单词。

两个人写得“唰唰唰”的，非常有默契，谁也不看谁，埋头就是写。

通常等到听写结束，背对着他们听写的同学回头一看，左边一半，右边一半，两边字迹不同的板书，都是标准答案。

同学们一开始还想追上他们学习的速度，后来发现，算了，被虐着虐着，总会习惯的。

姜醒和贺铭南加在一起，绝对是一加一大于二的效果。

充满良性竞争的相处模式一直持续到他们春游。

这年的春天来得有些迟，春游也迟了一些。但是，春天总会来的，就像是路边的花，总会如期盛开。

林城是个旅游城市，景点很多，这次他们选了一个稍微远一些的山林，山不高，但胜在有山有水，繁花似锦。

从学校出发，他们的目的地距离学校不近，大巴的窗户封闭，不容易打开，幸好一直开着空调才不至于觉得闷。

兴奋的同学一直在说话，叽叽喳喳停不下来，还有人提议唱歌，兴奋的歌声很快充满车厢，各种声音一浪高过一浪。

上高架桥之前，路过一段拥堵路段，司机开车很冲，猛踩刹车。

姜醒感觉自己就是个封闭罐头里面的凤梨丁，跟着大巴摇来晃去，再过一会儿，她就要彻底发酵了。

她和白棠棠坐在车厢尾部，白棠棠担心地问：“醒醒，你没事吧？早知道应该给你带盒晕车药的。”

她缓缓地摆手，没说话。

姜醒抱着一书包的零食，脑门蔫蔫地抵着车窗，随着车厢颠簸，她的脑门一下一下地跟着磕在车窗玻璃上。她艰难地抬起头，懊恼地揉揉脑门。

难受，想吐又吐不出来。

突然，一只温柔干燥的手伸过来，直接绕过姜醒的脑袋，把她的脑袋搁到自己的肩上。

姜醒脑子发胀，迷迷糊糊地抬起头，看见贺铭南隐隐担忧的脸。

她刚想要说什么："你怎么……"话说一半，她就难受地捂住嘴。

贺铭南给她准备了矿泉水和纸巾，她摇摇手。

他似乎知道她要问什么："我跟白棠棠换了座位，我来照顾你。"

他侧身，一只手绕过她，揽住她的肩膀，然后托住她晕乎乎的脑袋，霸道地把她固定在自己的肩膀上，这才转回身子。

他踏实的声音轻轻地敲打着姜醒的耳膜："你闭上眼睛，尝试有节奏地深呼吸。"

"不要睁眼。"

贺铭南的手指轻轻地替她揉着太阳穴。

姜醒照他的话做，果然不适感缓解很多。

贺铭南身上有股轻柔的木香，不知是从哪里沾到的味道，还散发着太阳的味道。

姜醒发胀的脑袋和翻滚的胃在贺铭南的气味里渐渐舒缓，她的眉头舒展，全身的重量都放在了贺铭南的肩上。

车上了高架桥，有节奏地轻微摇晃，困倦袭来，姜醒迷迷糊糊的，好像坐在摇荡的小舟上，又好像陷在甜味的云朵里。

梦里，她似乎回到了幼年时最安心的故乡，有一扇总是透着阳光的小窗，还有一个放着兔子玩偶的小床。

姜醒睁眼的时候，发现自己靠着贺铭南的肩睡着了，而他们的车已经进了景点的停车场。

"车开了多久？"

"没多久。"

姜醒没信他的话，六十公里，怎么也要开个把小时。

“你就一直保持着这个姿势呀？”

姜醒看着贺铭南的肩膀，她一路靠着他，都没感觉贺铭南在动。

贺铭南弯了下嘴角：“小骗子，你感觉好了没？”

她明明是在问他，他怎么又把话头抛给了她？

她撇嘴：“你喊我什么呢？你才是小骗子呢。”

贺铭南促狭又无赖：“那你说说，我骗你什么了？”

姜醒说不出来……

“骗什么，你自己知道。”

贺铭南：“你不说，我怎么知道？”

姜醒狠狠踩他一脚，不理他。

这时司机回头喊他们：“同学，还下去吗？”

姜醒这才发现，车上居然只剩下他们了。车上的空调已经停了，车内的温度骤然上升，把姜醒的脸蒸得红通通的。

她忙答：“下的，下的。”

姜醒碰碰贺铭南：“快走。”

不等贺铭南起身，姜醒就着急要跨过他的腿出去。

她差点跌下去，被贺铭南一把扶住。

姜醒似乎变成了贺铭南手心娇弱的小动物，被他托起，然后轻轻放在地上。

姜醒眼尾红红的，拽着书包就匆匆往外跑。

贺铭南看着她消失在巴士门外，目光幽幽。

第十八章
“乖草”今天掉马了吗？

姜醒一直一个人拖拖拉拉地走在队伍的后面，在她的后面，还远远跟着一个贺铭南。

两人都不说话，也没有人想拉近距离，就这么保持着不远不近的间距，沉默地跟着大部队走。

从缆车上下来，姜醒瞥到匆匆路过的岳轻灵。岳轻灵的脚步顿了一下，避开姜醒的视线，跑了。

姜醒不把她放在心上，只在心里摇摇头。她这人除了心大，还有一毛病，那就是记仇，有仇报仇，有怨报怨。

岳轻灵上次毁了她心爱的衣服，那会儿发生了许多事，太忙了没顾得上，但是后来，居然让她知道岳轻灵在背后散布关于她的谣言。

准确来说，也不完全算谣言。无非是说她不学无术，靠关系进的林城私立高中，在学校里面横行霸道，整个一小太妹，败坏学校风气。

这一长串话里面，只有四个字是真的——横行霸道。

岳轻灵可能太久没见过姜醒凶起来的样子了，不然，她怎么会想不到，姜醒会找上门来和她好好算账呢？

两周前。

当姜醒把岳轻灵堵在学校储藏室的时候，她显得非常惊讶和激动。

“岳轻灵同学，来拿新教辅？”

姜醒反手锁住储藏室的门，顿时空间局促的小房间光线暗了好几度，把姜醒面无表情的脸衬托得阴沉可怕。

岳轻灵手上还抱着练习册，她给自己壮胆：“姜醒，你要干吗？我同学就在外面，我警告你，不要乱来。”

姜醒随手撩了一下自己的头发，慢悠悠地从角落拿了把瘸腿的椅子坐下，就坐在门口。她坐着椅子，有一下没一下地摇摇晃晃，她说：“我干什么？呵。”她轻笑，似乎听到什么好听的笑话，“不是你说我横行霸道吗？我能干什么？我就霸道一个给你看看呀。”

岳轻灵往后退，目光闪躲，心虚地否认：“我什么时候说过？你凭什么说是我说的？”

姜醒站起身，岳轻灵跟着一抖。她往前一步，岳轻灵就往后退一步，直到退到墙角，退无可退。

姜醒单手撑着白墙，贴近岳轻灵，在她耳边说：“那些都不重要。你的东西，我还给你。”她把被剪烂的服装道具扔在岳轻灵脚下，然后手指轻轻挑了一下岳轻灵尖尖的小下巴，“我只警告你一次，别惹我。”

她端详着岳轻灵：“别惹我，下次再惹到我，就没这么简单了。”

姜醒的这个“壁咚”对岳轻灵造成的心理阴影不小，等姜醒走后，她在小房间里面缓了半天才缓过来。

姜醒一路走，一路哼小曲，走到走廊楼梯口的时候，还扭了下小屁股。她心想，怪不得都说，凶的怕狠的，狠的怕恶的，她这还没怎么样呢，岳轻灵就连连保证，再也不给她添堵。

解决了一桩糟心事，真是可喜可贺。但她不知道，岳轻灵咽不下这口气，还准备找人来教训她。

岳轻灵有个游手好闲的远亲哥哥，她立马就要叫人，结果刚拿起手机，就看见储藏室门口逆光处站着一个人。

岳轻灵有些烦躁。这是怎么了，储藏室是什么热门景点，都要轮番来逛一逛吗？

可下一秒，她就收起了所有的不耐烦，因为来的人是贺铭南。

她揉揉自己的眼角，站在角落一副可怜模样，她等了一会儿，心里奇怪，贺铭南怎么没有关心地问她发生了什么事……

小天使一样善良的乖草就这么看着她伤心，这不科学。

贺铭南走进来，门半开着，他看着岳轻灵，眼神冰冷，岳轻灵抬头看见他的眼神后，感觉跟掉进冰窟窿似的，遍体生寒。

她张张嘴，发出干涩的声音："贺草，我……"

贺铭南不想听她解释，直接说："同学，你最好离姜醒远一点，离我也远一点。

"姜醒是个好脾气的人，但我不是。"

可能只有在贺铭南眼里，姜醒才是好脾气。

贺铭南冲她冷冷一笑，眼里藏刀，岳轻灵这样在温室里长大的花朵，哪里见过这样鹰隼般锐利而不含任何感情的眼神。

谁说贺铭南善良？乖巧？像天使一样？

岳轻灵瑟瑟发抖，这明明就是深渊里走出来的红眼睛的恶魔。

同一天被人堵两回，她也是倒霉。

姜醒不知道贺铭南为她做的这些，以为是"醒姐超凶"，对岳轻灵起到了一击即中的震慑效果。

后来，岳轻灵赔了她一件全新的道具服装，人没出现，就放在她的桌子上。姜醒看看裙子，随手塞进抽屉里。

这件事在姜醒这里就算翻篇了，所以，春游碰见她，姜醒轻轻挑了一下眉毛，什么话也没说。

老师说了自由活动之后，姜醒沿着没什么人的小路往前走。

白棠棠找到姜醒的时候，她正一个人站在溪边打水漂。

白棠棠捡了块石头，也试了一个，没有姜醒投得远。姜醒弯腰，给她重新找了块石头："呐，你要找这样的石头，扁的，头不要太圆。"

白棠棠试了一下，果然好扔多了。石头砸在水面上，连跳三下，最后沉入水中。

白棠棠问她："干吗一个人在这里，这里的风景特别好吗？好像也没有。

"我们去那边看看吧，那边的花特别多，一路上我看见好多不认识的花。"

姜醒摇摇头，在小溪边上坐下。

白棠棠也跟着她坐在溪边白色的石头上："你最近似乎有心事。"

姜醒拿着一枚石子，无意识地在地上来回划："我就是遇到点想不通的事。"

"什么？"

少女的心事仿佛蜻蜓的翅膀，那么薄，那样透明，立在荷叶之上振翅欲飞。

似乎有什么看不见的东西，破土萌芽，一切都静悄悄的，发生在黎明来临之前。

只等第一缕阳光迫不及待地冲出地平线，随之而来的，是一股前所未有的能量。

它驱使着、催促着，叫年轻的、不成熟的姜醒去探索自己的内心，用全新的眼光看待身边的一切……

敏感、细腻、迁就、关怀……从前这些词语与她毫无关系，如今她却常有体会。

情绪像是夏天个头饱满、颜色鲜亮的橙子，尝一口又酸又甜，在舌尖自顾自地雀跃。

姜醒话到嘴边，打了个弯，站起来拍拍身子："没什么。太阳好大，要晒晕了，我去他们那边看看吧。"

白棠棠疑惑地抬头看天，还好吧，很晒吗？

她扭头时，姜醒早跑没影了。

姜醒回到大部队聚集的地方，同学们正在搭帐篷，他们要在这里野营一晚上。

有人过来问姜醒要不要帮忙，她还没说什么，严俊昊三人就拽着她走到一个帐篷面前："我们刚扎好的帐篷，醒姐，您先请。"

说完，三个人立正，弯腰，齐刷刷地做出一个"请"的手势，姜醒哭笑不得，这又是演什么黑道群雄呢？

她撩起帐篷帘子弓身钻进去，结果和帐篷里面正坐在地上泡茶的人视线撞了一个正着。

姜醒愣在门口，进也不是，退也不是。

她尴尬地笑笑："这里有人啊。"

该死的严俊昊，也没告诉她里面还藏着个大活人。

他的校服外套搭在床头，身上穿着校服的白色短袖，蓝色的帐篷里光线一般，阳光透进来，把整个空间营造成亮蓝色的空间，在冷蓝的色调里，只觉得他的肤色很白，白得要透出青色和紫色的血管，白得好像怎么晒也不会黑。

但他的白又不同于女孩子的纤弱，他不脆弱，甚至让人感到有一丝……危险。

他的侧影与光线交叠，无数的尘埃在空气中飘浮，好似宇宙中万千点细碎的星辰，他肌肤的边缘近乎透明，似要融入无常的光线里。

他仿佛是森林里最耐心的猎人，铺开一张美丽的网，只等着猎物自己走进去。

直到他微微沙哑的声音响起，才把姜醒从梦幻的世界里拽出来。

他身上的危险气息也跟着消失无踪。一切就像是姜醒做了一个极其短暂的梦，醒来时，只有山间的晨雾与露水。

贺铭南看见姜醒也有一瞬间的惊讶，紧接着，他反应过来：“不进来吗？愣着干什么？”

小帐篷麻雀虽小五脏俱全，贺铭南拿水壶的手放下，托起一个老干部茶杯问她：“喝一杯？”

姜醒都要给他弄无语了，他手上的茶杯是个玻璃瓶子，上面蜂蜜的图案都没撕干净。

姜醒坐进去，心里埋怨，不知道严俊昊他们搞什么鬼。

外面，严俊昊三人击掌，不知道姜醒和贺铭南能不能理解他们的用心良苦，他们这也是为了班级和谐做贡献——希望两位大佬不要再闹别扭啦。

秘密论坛里，一直有个被置顶的神帖，叫“薛定谔的房间”。

假设把姜醒放进贺铭南在的封闭小房间，会发生什么？在把姜醒放进去之前，谁也不知道会发生什么。在把门打开之前，谁也不知道里面是不是会发生命案。

故称为，薛定谔的房间。

有人说：“打一架。”

有人说：“掐起来。”

有人说：“醒姐立马冲出来。”

没想到这样的壮举被严俊昊他们做成了，他们把耳朵贴在帐篷上，挤在一起要听姜醒他们讲话。

严俊昊用屁股顶了一下旁边人：“压到我了，那边空间那么大，你就不能往边上去去吗？非得跟我挤一起。”

然后他就看到一把伞顶在他腰上，白棠棠目光炯炯：“听什么呢？”

白棠棠把三个人弄到边上，严俊昊被拽走的时候还依依不舍地扭头看了一眼帐篷。

过了老半天，也没见两人出来，也没打出动静，好事。所以说，人还是要多沟通交流。

“友好交流”的姜醒和贺铭南在帐篷里，一个站着，一个盘腿坐着，僵持了两分钟。

然后，只见姜醒一个健步，飞快接过贺铭南递给她的茶杯，猛地喝了一口。

再然后，一点也不意外的，姜醒被烫到了。

她含着一口水跳脚，脸都憋红了，晕头转向终于找到了帐篷出口，“噗——”一口茶水终于被她喷出去。

憋坏她了。

突然看见姜醒冲出来的小同学们吓了一跳。

“醒姐吐了。”

一开始，这个消息是这么说的。

“醒姐一进贺铭南的帐篷就吐了。”

后来这个消息加了时间地点人物。

“醒姐一进帐篷，看见贺铭南的脸就吐了。”

嗯……最后这个消息回到贺铭南的耳朵里时，已经彻底走样。

后来过了很多年，贺铭南把这事拿出来给姜醒说，两人耳鬓厮磨，贺铭南搂着她的腰，不肯放过：“老婆，看到我的脸，你就吐了？”

姜醒捧着他的脸，来回端详，然后在他冒出点胡碴的下巴上轻轻咬了一口。她的声音婉转，好似莺啼：“那哪能呢？这张脸，我爱还来不及。吐，是不可能吐的。”

外面的车水马龙，虫鸣鸟叫，一概都不关他们的事，他们只专心做一对白日听涛的小鸳鸯。

然而，下一秒，姜醒猛然推开贺铭南，捂住嘴，以百米冲刺般的速度冲向卫生间。

贺铭南用床单裹住两条腿，光脚踩着深棕色的地板，赤着上身问姜醒：“不舒服吗？”

“我的脸，这么催吐？”

姜醒抬头：“不是吐了。”

“那是什么？”

她勾勾手指，在他耳边呵气：“是怀了。”

贺铭南兴奋得半天没回过神来，他激动得要去抱姜醒，被姜醒狠狠制止。

“等一下，让我吐完再说。”

总之，看见贺铭南，吐还是要吐的，这也是缘分呀。

而此刻，春游的敞篷里。

姜醒把茶杯塞回贺铭南的怀里：“贺铭南，你这什么茶？”

“绿茶。”

“真讨厌。”

什么都没做，无辜的贺铭南的脑袋上方缓缓升起一个问号。

姜醒跺脚：“你，你和你的茶都讨厌！”

贺铭南无奈：“好，它讨厌，我也讨厌，我们都讨厌。”

姜醒坐在帐篷里，嘟着嘴：“你最讨厌。”

姜醒的眼睛水润清澈，泛着点点水光。

贺铭南站起来，把手上的东西放下，轻轻地叹了口气：“好，我最讨厌。”

姜醒躺在睡袋上，背对着他：“我要睡觉了。”

贺铭南把自己的外套给她盖上：“你睡。”

姜醒攥着他的外套，声音闷闷的：“你的帐篷我征用了，你出去吧。”

贺铭南疑惑的声音像雾气一般散开，凉凉的，很哀怨：“看来我还不如这个帐篷讨喜，罢了，你睡。”

姜醒拿他的外套蒙住头。

过了两分钟，再没有声音传来。

姜醒像一只用落叶埋住自己的松鼠，等到猎人的脚步声远去，动动耳朵尖，小心翼翼地探头，机灵的大眼左右探看，还不知道自己脑袋上顶着枯叶。

她把贺铭南的外套一点点往下挪，挪到鼻尖，遮住半张脸，就露出一双眼，伸着头往外看。然后，她这副做贼的模样被贺铭南逮了个正着。

贺铭南这厮，靠在帐篷一角，抻着一双结实有力的长腿，脚尖一晃一晃的，一副闲适放浪的模样，漫不经心地翻了一页手里的书，施施然抬眼。

贺铭南冲她笑：“别找了，我在这儿。”

半分钟后，贺铭南被恼羞成怒的姜醒赶了出去。他脚下绊了一下，后脚跟沾了点泥，在离姜醒不远的干净地方跺了跺脚，回首看姜醒的帐篷，结结实实地拉着门帘，贺铭南宠溺地笑了一下，眼里都是温柔。

把人轰走，鸠占鹊巢的姜醒缩在睡袋上，脑袋上还蒙着贺铭南的外套。外套上沾着贺铭南干燥清爽的香味，不知道他用的什么洗衣皂，淡淡的幽香，不浓郁，不刺鼻，好闻极了，就像他这个人一样。

姜醒极小声地“嘤”了一声，非常不“大佬”地翻了个身，抱着贺铭南的外套蹭了蹭，很快睡着了。

把她叫醒的人是白棠棠。

白棠棠火急火燎地跑进来，晃醒她：“姜醒快起来，大事不好！”

姜醒迷迷糊糊：“着火了？”

白棠棠一巴掌拍在她屁股上：“是你同桌跟人打起来了！”

姜醒顿时清醒了，两只眼瞪得圆溜溜的，一下子从地上站起来：“贺铭南被谁打了？谁敢动我的人？”

白棠棠抿了一下嘴唇，她想跟姜醒说，她好像误解了什么，事情看起来不像是贺铭南被人打呀。一群人围着贺铭南，但他没吃亏，想要仗势欺人的一群混小子，被他下黑手整得不轻。

但是在姜醒眼里，贺铭南怎么可能动手？就乖草那样，他能打谁？他能欺负别人吗？肯定不是他打人，乖草那么乖，怎么会打架？外面这些人多野蛮，对比一下乖草，他简直就是个漂亮的水晶，碰一下就碎的好不好？

姜醒生气地撸袖子往外跑，真是气坏老母亲。

白棠棠在后面追：“哎，停一停，你先看看情况再说呀。”

姜醒不管那么多，她冲过去要保护贺铭南。谁都不可以伤害她的小同桌！

白棠棠惊呆了，但不是因为姜醒，而是因为贺铭南变脸的速度之快。

姜醒出现之前，贺铭南拳打四路英雄，脚踢八方好汉，被人拳头扫到眉头都不带动一下，一拳一个“嘤嘤怪”，凶悍得很，把旁边准备劝架的同学都吓坏了，其震惊程度不亚于亲眼见证美人花变食人花。

可姜醒出现后，贺铭南嘴角被拳头扫到，他狠狠地皱着眉头，用手背抹了一把嘴角，牙龈渗出血，被他一起抹掉。他连连后退几步，紧紧攥着拳头，用倔强谴责的目光，死死盯着他们。

活脱脱的，一个倔强又无辜的大男孩。

白棠棠目瞪口呆地揉揉眼睛，没错，是一个倔强又无辜的大男孩。

被欺负还自己忍着，任谁看了，都会心疼，尤其是姜醒。

姜醒上去就揪着对方的领子，把对方给摁趴下了。

姜醒的防身功夫不是白练的，姜善生怕姜醒受委屈，跆拳道和散打，姜小姐没少练。她注意到，这群人，有好几个十三班的。她把人摁在地上，男生的脸朝地，一只手被姜醒拧着背在身后，另一只手拼命地拍着地，一张嘴就是一口泥，他支吾着，心里头大喊：我要说话！

姜醒不理他这一套，把他另一手也锁住了。

男生张着嘴呼吸，俨然一条失去希望的鲶鱼。

利落地解决一个人后，姜醒问："还有谁要动手？"

一群人结结巴巴的，企图解释，他们本来是要一起上的，但是他们从挑事的，变成了自卫的。苍天有眼，他们是真的打不过贺铭南啊。

这场混乱的源头是岳轻灵。

岳轻灵跟朋友哭诉过姜醒和贺铭南的事，可惜她交友不慎，朋友不是个省油的灯，煽风点火、添油加醋地把事情传了出去。

岳轻灵这款小家碧玉型的小美女，也是不少人心中的白月光，白月光被人无视和践踏了，怎么办？必须给他们一点教训。

她的护花使者为了表现自己的勇猛，自作主张约贺铭南来溪边竹林，结果脸丢大了，一群人和贺铭南一比，成了"老鼠见了猫，溜都来不及"。

究竟是谁说贺铭南弱，贺铭南乖的？

哦……姜醒……

姜醒围着贺铭南左看右看，检查他有没有伤到哪里。

"疼吗？"她紧张地盯着贺铭南擦伤的嘴角。

贺铭南挪开她的手："没事。"

姜醒不罢休："怎么可能？我带了碘酒棉球，你跟我擦药去。"

贺铭南跟着她离开的时候，回头瞥了一眼，眼睛里不带一丝感情，让人感到冰冷。

白棠棠看着他们相继离开，不知道是不是应该提醒一下自己的好友，贺铭南或许不是她想的那样单纯。

帐篷里，正是午后太阳最烈的时候，阳光把帐篷烘得暖洋洋的。

“不是说讨厌我吗？”贺铭南问。

姜醒给他抹碘酒的手一顿，低下头：“不讨厌……”

贺铭南追问：“不讨厌，那是什么？”

——当然是讨厌的反义词。

姜醒张口想回答，但是又不知道怎么跟他说心里话。

这样的心动，谁不是第一次呢？她甚至没有想好，如果贺铭南不需要这份“不讨厌”，那她要怎么办？

她非常认真地苦恼，她和王后雄，究竟谁比较讨喜？万一她第一这么认真心动的对象，因为王后雄拒绝了她……

姜醒深呼吸，保持微笑——姜醒，你可以的。

就在姜醒要开口说些什么的时候，突然有人来找他们：“醒姐，你们看见岳轻灵了吗？”

姜醒困惑地摇摇头：“没有啊，怎么了？”

那人说：“刚刚那群人跟……嗯……刚刚岳轻灵的情绪看起来不太对，她劝架没劝住，就跑开了。我们还以为她是去找老师的，结果发现她没去找老师，也没回班级的集合点，就有些担心。”

那人走后，姜醒皱眉，问贺铭南：“你对她有印象吗？我们要不要也去找找她？”

贺铭南冷静地说：“也许她去哪里散心了，她这么大的人了，能走去哪里？”贺铭南微微侧头，“她可从来没给过你好脸色，你替她担心？”

姜醒轻轻“呵”了一声，似笑非笑：“你挨这顿打都是因为她，我担心她，不如担心你。”

大约过了一两个小时，岳轻灵还是没有出现，也没有人看见她往哪里去，更别说跟谁在一起。

姜醒下午两点的时候吃了点东西，眼看这会儿太阳都西斜了，她嘴上说不担心，但还是帮忙一起找。

贺铭南拽住她：“我跟你一起走。”

两人一边走，一边喊岳轻灵的名字。

走出好远，依然没有岳轻灵的影子，他们几个班的同学兵分几路寻找，但是也不敢走太远，他们走了一阵，碰到另外一小队的同学，告知了彼此的搜寻情况。

如果找不到人，老师就要报警了。

就在这时，不知道是谁先发现了岳轻灵，喊了一句：“人在这里！”

姜醒循着喊声的方向看去，心里一惊，前方是山间小路的尽头，山林里植物疯长，遮挡了他们的视线。

她定睛一看，前方山崖陡峭，是个被铁网拦住的断崖。

断崖前是个光滑的大平台，岳轻灵就躺在那里，晕过去了。

“岳轻灵，岳轻灵。”有女生小心翼翼地叫她。

她悠悠转醒，大家才知道她是因为低血糖，不小心晕在这里。

“你怎么走到这里来的？可把我们都急坏了。”

她不好意思地笑笑，指了一下悬崖边上一个白色石子堆叠起来的小石碓，最上头的石子表面光滑，看起来摇摇欲坠，但就是不倒，看起来就像是一座白塔。

她说，这是她从网上看到的网红许愿地，听说在这里许愿很灵。她刚刚面对那一团乱局心里非常乱，就只剩一个念头，她想逃跑，逃离那个要把她吞噬的泥潭。

岳轻灵一开始也不确定能不能找到这个网红地，谁知误打误撞就到了跟前。

有铁网拦着大概是因为网络上的文章，来这里打卡的人逐渐多了起来，即使不是因为许愿来的，这个悬崖也是个摆拍圣地，风景壮观辽阔。但这里太危险了，山林管理人员就做了简单的防护警告。

谁知，铁网根本拦不住拍照许愿的人，铁网被人掏了个大洞，风吹雨淋的，边缘都翘了起来，并排走两个人不成问题。

岳轻灵正是从侧面的入口进去的。

“我想看一眼就走，没想到低血糖头晕，就晕倒了……”

更多的话她没有说。

姜醒和贺铭南的事情，是她偏执了，她钻牛角尖、虚荣、嫉妒、不甘心，种种情绪每逢深夜都灼烧着她扭曲的灵魂。

如果仅仅是因为收到来自贺铭南的警告，她不至于这样崩溃。让她受到重创的，是她的成绩开始下滑。这对她来说，是致命的打击。

她的家庭按道理来说，不算差，父亲是国企职员，母亲是会计，就说和贺铭南相比吧，她不愁吃穿，经济上有保障得多。但是，没有人知道她为什么那么拼命学习，不光是因为要满足父母的期望和母亲巨大的虚荣心。

她没有和任何人讲过，她不是家里的第一个孩子。但第一个孩子，没能活下来，先天不足，生下来没活过两岁，那是个男孩。

在巨大的悲痛中，她的父母决定再要一个孩子。

所以，从一开始，她就是悲剧的产物，是另一个生命的延续，是早夭哥哥的替代品。

她妈总说，没有她哥，就不可能有她，她要代替她哥哥的那一份，一起活。

她成绩下滑，那就是他们家里的头等大事。

岳轻灵看到网上说，这里许愿很灵验，他们露营又恰巧安排在这里，她心里总有个声音告诉她，这就是一个预兆，让她去许愿的预兆。

不管是谁，帮帮她，她想快点长大。

“还能走吗？”同学问她。

岳轻灵还有些虚弱，没办法自己下山，于是同学们只能轮流背她下山。

“等一下。”姜醒把一颗水果硬糖塞到她嘴里。

岳轻灵惊讶地看着她。

姜醒平静地看着她，神情淡淡的。

岳轻灵垂着头，轻声说了一句：“谢谢。”

这次春游，真是一场闹剧。

前面的人先往山下去了，贺铭南和姜醒还在崖边。

姜醒动一动眼珠子，贺铭南就知道她打的什么主意。

“你不会是要许愿吧？”

姜醒两个食指搭在一起：“听说很灵……”

贺铭南：“你有什么愿望没实现吗？”

姜醒：“那多了。”

她定定地看着贺铭南，眼睛亮晶晶的。

“那你向我许愿呀，有什么愿望，我都满足你。”

贺铭南就像那阿拉丁神灯里面出现的灯神，闪着光，要满足她的一切愿望。

“什么愿望都可以？”

“嗯。”他点头。

“我要天上的星星也可以？”

贺铭南轻笑一下：“可以。”他蹲在地上，对姜醒说，“来吧，我背你。”

“我活蹦乱跳的，要你背干吗？”

贺铭南无奈：“别藏了，你崴脚，我都看到了。”

姜醒把右脚往后收了收：“也不是很疼……”

“上来吧，不然，我扶你得走到天黑透，那就不是我们找人，是他们又要上山找我们了。”

姜醒听他说得有道理，抿嘴甜笑，趴在贺铭南的背上，被他一下子背起。

上去之前，她偷偷摸了一下那个白塔。她有点贪心地想，贺铭南的愿望她要，白塔的愿望，她也想要。

如果这个白塔真的那么灵，那就让她一直这么开心吧。像她在贺铭南背上的这一刻这样，这么开心。

一路走，走到底，不要分离。

贺铭南背姜醒下山，走到一半，他停下脚步。

姜醒疑惑：“怎么了？”

贺铭南把她放在树边靠着，对她说：“你等一下，仔细看。”

姜醒被贺铭南的神神秘秘搞得一脸茫然，她东张西望，不知道他想让她看什么。

天色擦黑，最后一抹染上灰色的火红的夕阳在天边化为一条线，等着黑夜将它彻底淹没。

贺铭南没有让姜醒等太久，她听见他柔声说：“姜醒，把眼睛闭上。”

她闭上眼。

“睁开眼。”

姜醒睁开眼，被贺铭南手心里的一点点亮光惊呆。

“萤火虫？！”

贺铭南张开双手，闪着微光的萤火虫从他的手心慢悠悠地飞起，直到缀满山林溪涧。

他提示："你注意往草堆里看。"

姜醒闻声扭头，将视线投向身边的草丛，她才发现，原来这个迟到的暖春，萤火虫已经这样多。

贺铭南说："还满意吗？给你的，星星。"

因为萤火虫闪烁的荧光点点，他们仿佛置身无垠星海。

姜醒笑逐颜开："满意。"

贺铭南背着姜醒继续向下走。

姜醒趴在他的背上，下巴搁在他结实有力的肩膀上，她说："但我觉得我这个愿望实现得也太快了，我好亏呀。"

贺铭南失笑："你这个小骗子，你还亏？"

"就是亏，阿拉丁神灯可不止一次愿望的机会。"

贺铭南投降："好好好，你说几次，我都听你的。"

"那我得想想，想好告诉你。"

"好。"

过了会儿，贺铭南见背后没动静，原来是姜醒趴在后面睡着了。他放慢脚步，避免颠簸，好让姜醒睡得更舒服些。

——无论何时何地，我都想要拼命实现你的愿望呀。小傻瓜。

第十九章

“我没有家了。”

这一次的春游，还是没能按照原定计划留在野外露营。发生了岳轻灵这个意外，学校派车把学生给原路拉了回去，老师免不了要把全体同学教育一通。

那天过后，姜醒和贺铭南之间似乎达成了某种不可言语的默契。

姜醒每天都从家里变着花样带早餐塞在贺铭南的桌子里面，面包、牛奶、饼干……后来，她发现她的桌子里也多了些东西——每天一根棒棒糖，每天的口味都不一样。

今天的日子，和昨天、明天的滋味都不一样。但每一个日子，都一样的甜美清香。

夏天来临的时候，姜醒再也不是过去的姜醒。

姜醒和贺铭南的位子成了全班最火热的地方，过去最后一排同学都绕道走，现在不一样，老师一进门，就看见一群人排队围追堵截最后一排。

老高问姜醒和贺铭南要不要往前坐，两人都拒绝了，最后一排就很好，光线好，还能“俯瞰”全班，多好的视野。

于是老高也就随他们去，后来老高发现，很多学生和家长都找她，要她把自己孩子的座位往后调。

短暂的教学生涯里，头一回遭遇这种要求的老高有一瞬间的茫然，还可以这样操作吗？

虽然老高觉得自己也没做什么，但是见着自己班的平均分迅速往上涨，而且还不是单科的涨幅，是所有学科，所有学生……全部大幅进步。搞得别的班主任都来问她有什么教学秘诀，她也是蒙的，推说都是学生争气，别的班主任不信，心里头说她小气，然后自己琢磨去了。

过了一阵，她就发现，好多班级的班主任都把好学生的座位往后调了。那些班主任私底下交流说，高俊芳找大师算过了，把好学生放教室后面好。

高俊芳老师表示满头问号。封建迷信不要乱传好不好？大师是哪个？

硬要说大师的话，那应该就是姜醒了吧。

她的号召力真是感人，有的人身上就是有这样的魔力，不需要多说些什么，别人就愿意跟上她的步伐，冲锋陷阵。

和姜醒这个所向披靡的女将军相比，贺铭南则更像是那个在王帐里运筹帷幄的大军师。

午后，姜醒拿着个苹果在小亭子里和贺铭南小声抱怨：“每天挤得我上厕所都难出去。”

贺铭南：“你这是甜蜜的烦恼，你要是不想让他们来问题目，不是很简单就能解决麻烦吗？”

姜醒轻哼一声：“我还不是看你跟个老大夫似的，整天给人抓药开方，怕你累着，帮你分担一点吗？”

她说的是贺铭南每次都好心帮人看试卷，然后告诉人家在下一次测验之前，要怎么针对性训练。

她敢说，全林城都找不出第二个这么耐心温柔的学霸大佬。

贺铭南揉揉她的头发：“我比你们大，多做一点也没什么，举手之劳。”

姜醒托腮，向天翻了个漂亮的白眼：“那要看跟谁做。”

贺铭南脑袋上徐徐升起一个问号形状的气泡，然后在阳光下，“扑通”一声，轻轻炸开。

贺铭南惊诧：“你说什么？”

小姑娘长大了，不得了呀。

姜醒笑着，再也不肯承认自己刚刚说了什么。

两人嬉闹的时候，有男生喊贺铭南：“阿南，来打球啊！”

约了打球的贺铭南手指在半空中虚虚点了一下姜醒秀气的鼻尖。

“小朋友，你等着。”

姜醒冲他吐舌头，跑了。

贺铭南走到球场，有眼尖的男生起哄：“刚刚那是谁？我们都看到了，是不是姜醒？”

另一人拐着贺铭南的脖子：“你说，你们也是奇怪，天天课上大眼对小眼还不够，课下还要凑一块儿说话，不会是……”

贺铭南给了他一手肘：“少瞎说。”

那人揉揉自己的胸：“哎呀，南哥哥，不要生人家的气啦。”

旁边的男生发出“啧啧”声：“呕。”

“油腻。”

姜醒家离学校不远，每天要么骑车，要么走路回家。

突然有一天，他们听老师说回家路上要注意安全，姜醒一开始还不知道是为什么，后来还是“情报能手”白棠棠告诉她：“听说学校附近有变态。”

“什么变态？”

姜醒眉心一皱，发现事情不妙，还有人比她变态？

白棠棠给她一个眼神，让她自己体会：“不是你这样的，是真的变态。听说他没事就会抓住女学生的手，叽里咕噜的不知道说什么，总之小心点没错。”

秦女士也听说了这件事，问姜醒要不要派司机接送她，被姜醒拒绝了，走路就二十分钟不到的路程，不至于。

姜醒回家的时候会穿过一条居民区院子里的小巷，这天晚上回家的时候，她身后传来一声塑料瓶滚动的声音。

姜醒握紧了书包的背带，猛然回头：“什么人？”

她回首望向小巷尽头的拐角，拐角处对着自行车和电动车，不见人影，只有街灯和月亮。

她随手拿了根木棍，缓缓走向拐角，举起棍子冲出去的时候，只见小道上空空荡荡的，突然，一个骑自行车的路人看到她拿根棍子戳在那儿吓了一跳，直按车铃。

路人警惕地看着她：“干吗？打劫的？”

路人凑头看清她胸前校服上的学校名称，苦口婆心地劝她：“小姑娘，看你穿得整整齐齐的，学校也好，不要做后悔的事情啊，有什么想不开的，要违法犯罪？”

姜醒看着路人，一阵无语。然后她一言不发地扔了棍子，拍拍手，潇洒地走了。

留下刚刚下班的路人摸不着头脑，回家跟老婆讲今天遇到的怪事：“老婆，你说我是不是长得很吓人？把潜在的未成年犯罪对象都给吓跑了。我这也算是做了一桩好事，相信她有了这次的心理阴影，以后都不会再想着干坏事了。”

姜醒还不知道，她成了“回头是岸”的小同学。

经过这次经历，姜醒调整了回家路线，放弃了小道，直接从繁华的街上走。

没想到就算是这样，还是出事了。

光天化日，被人掳走，这事说出去谁敢信？但是姜醒倒霉，就是被她碰上了。她心里大骂情报不准确，说好的是一个变态呢，这儿一二三四五……五个变态。

她被人打晕了撂倒在地上，醒来时候，发现自己的手被人绑在后面。

姜醒第一时间命令自己冷静下来，观察四周环境。

她用一种别扭的姿势倒在地上，绑架的人太不要脸，也不知道给她放个舒服点的姿势。她穿着短袖，半边身子都和满是灰尘的地面接触，她试图移动身体从地上坐起来，结果水泥地粗糙，还没怎么动就划了一大片细碎的伤痕在胳膊上。

姜醒咬牙，从地上坐起来支起身子。

她眼前是一个废旧的车库，看起来有些年代了，不然也不至于用这么原始的水泥地。

她快速搜寻这个车库有没有标志可以让她确定方位。

或许看姜醒只是个小高中生，绑她的人对她有些轻视，没想到她还能自己解开绳子。

姜醒在背后死命来回折腾了一阵，终于，她皱成一团的眉头一松，成了。

就在这时，她听见一阵脚步声接近，立马闭上眼，装作刚刚苏醒没多久的样子。

绑匪匆匆跑过来：“老大，快来看，这小妞醒了！”

姜醒往后挪动一点，靠在柱子上，颤抖着声音：“你们是什么人？绑我有什么目的？”

为首的绑匪掂着手里的铁棍，嘴里叼着根牙签，吊儿郎当地说：“小妹妹，你这是代人受过。”

姜醒警觉道：“谁？”

姜醒第一个想到的是这事是不是和她家里生意场上的事有关，但对方抛出了一个令她意想不到的名字。

“贺铭南，小妹妹，你认识吧？”

“贺铭南？你确定是贺铭南？”

“对，他欠了我们钱，我们找不到他，就只能找你了。”

其实，不是找不到贺铭南，是找到了也打不过，找了也要不到钱，等于白找。

这伙人是讨债团体里面的新手，艺不高，胆子却不小，一上来就要搞一票大的。

姜醒听了个大概，明白了。

“就是说，贺铭南的叔叔欠了你们的利息，你们找不到他叔叔，又找不到贺铭南那，所以只好来找我。”

她问：“我是贺铭南什么人啊？”

绑匪一号：“朋友。”

绑匪二号：“好朋友。”

姜醒：“我们就是同学，同学懂吗？你们确定绑了我贺铭南就会来？这年头，兄弟阋墙，六亲不认的都有，你们凭什么确定贺铭南为了一个同学就要过来？”

绑匪被问倒了。

好像……好像有点道理。

绑匪三号坚定地摇头：“你不一样。”

姜醒：“我怎么不一样？”

绑匪三号：“你是女同学。”

姜醒服了这逻辑。

除了为首的绑匪拿根棍子在那儿看着姜醒，剩下的人都聚在一边吃盒饭。看得姜醒一阵头晕，这是一群什么人，究竟有没有点自己在犯罪的自觉？

她问："贺铭南欠了你们多少钱？"

绑匪三号是个老实人："一万块钱。"

绑匪头子："现在不是了，现在是十万块钱。"

姜醒恍然大悟："高利贷。"

绑匪头子用铁棍敲敲地板："欠债还钱，天经地义。"

姜醒："哦……十万块，是直接欠你们的钱吗？"

老实人三号又抢麦发言："不是啊，我们就是帮忙要钱的。"

姜醒连连摇头："你们这么搞不行啊。"

三号急了："怎么不行呢？"

"你们也就是一个替人打工的吧，要回来一笔能抽成多少？"

三号数学不好，但也知道这个数："百分之十啊。"

姜醒："哦……百分之十，十万块钱，十万块钱的百分之十是多少？"

三号："一万，一万块钱吧。"

姜醒惊讶："我天，你数学太差了吧？怎么是一万？你真会给自己加工资呀！"

三号被她成功绕晕。

"那你说是多少？"

姜醒一副大爷模样，苦口婆心道："那么一点钱，你们有五个人，五个人分，到手的有多少？你们肯定不是均分，你也拿不到大头，但是你们绑人，冒着多大的风险？知道犯事一旦被抓面临的刑期是多少吗？"

"多少？"

"十年以上。"

"为了那么点钱，你可能十年铁窗泪啊。你知道我多大吗？我十六岁，标准的未成年，绑架未成年，还是团伙作案，你完了。"

三号一阵慌张："那我应该怎么办？"

"我理解你，你就是太年轻，冲动，还有点单纯，听我慢慢跟你讲。总而言之，人还是要多学习，多读书。多读书，人变聪明了，就不容易被骗。"

三号蹲在她旁边连连点头："姐，你说得对。"

姜醒摇头："别，我没你这么大的弟弟。"

三号已经被她一番发自肺腑的剖析折服了："不不不，姐，我真心叫你姐，我觉得你讲话特别有道理，一看就是读书人。"

姜醒挑眉："我现在饿了。"

三号给姜醒递盒饭："来来来，你先吃。"

姜醒皱眉："我手绑着呢，怎么吃？"

他傻傻地踌躇了一下，挠头："喂你？"

"你松开我，我自己有手。"

在绑匪一二四五看来，三号跟姜醒一阵叽叽咕咕一会儿，三号就把姜醒的手给松开了。

松开手的姜醒，代表着什么？

封印解除。

就在"柔弱但睿智"的姜醒准备大显身手的时候，贺铭南出现了。

他一脚踹开停车场消防通道的门，手上拿着火红的灭火器。一上来就对着绑匪一通狂喷，一群新手绑匪应接不暇，一边躲一边忙着找趁手的武器，没头苍蝇一样乱窜。

姜醒震惊地看着来人的方向，难以置信，那是贺铭南？

"贺铭南，你终于来了！"

前方茫茫白雾中，一声响亮的吼声刺穿姜醒的耳膜：“有什么事，冲我来。”

贺铭南拖着沉重的灭火器，脸色阴沉地盯着这群绑匪，姜醒的视线被遮挡，错过了他阴鸷的眼神。

贺铭南盯着这群绑匪的眼神，令人不寒而栗，绑匪相信，如果现在不是法治社会，杀人要偿命，贺铭南一定会亲手把他……他握紧拳，不，眼前的贺铭南只是个高中小毛孩罢了，他怎么会生出这种想法？

绑匪一号抡起拳头向他的方向冲去：“啊——”

姜醒一脸嫌弃，嫌弃得她双下巴都出来了。

“这真是贺铭南？”她不禁问。

旁边的绑匪三号比她还激动：“怎么不是？！上次就是他，把我们揍惨了，上次骨折去医院的医药费上面还没给报呢，这次又来，这日子没法过了！”

姜醒严重怀疑，这个三号是不是被他们拉来凑数，为了做出一个“他们人很多，很不好惹”的假象。

这都是绑匪头子从哪里挖来的活宝啊？

“所以上次你们就没打过。”

“那哪能啊？”

“所以你们从哪里来的自信，这次就行？”

三号：“我们不还有你吗？”

姜醒冲他露出一个婉约动人的微笑：“是吗？”

都这种时候了，他第一反应不是上去打架，而是护着他的盒饭。

三号一头掉色的黄色头发，中分，短发。他个子不高，人很瘦，抱着盒饭弓着腰，看起来十分滑稽。

姜醒走过去拍拍他。

他回头想把盒饭塞姜醒手里：“你拿好，粒粒皆辛苦。”

下一秒，绑匪三号就被姜醒击倒了，翻了个白眼，倒在地，姜醒不客气地拿原本捆着她的绳子把三号捆了放边上。

她随手扔掉棍子，然后看了还没打开盖子的盒饭，觉得贺铭南那里应该没她什么事了。

她跟这个破旧停车场的地面都不知道亲密接触多少回了，这会儿也不讲究了，直接盘腿坐地上，捧着盒饭吃起来。

姜醒狠狠咬了一大口鸡腿，把鸡腿当成贺铭南这个大骗子，咬了一口又一口。

贺铭南把刚刚打架擦伤的手藏在身后。

“别藏了，你刚刚的英姿，我全看到了。”姜醒狠狠踢了一脚水泥地，地上被带起一阵扬沙，“贺铭南，大骗子。”

蜷缩在地上哀号的绑匪，终于发出无奈的呼喊：“你们能不能关注一下我？”

贺铭南和姜醒同时白他一眼。

然后他们看着彼此，同时说：

“你……”

“我……”

姜醒：“你先说。”

她想问，他是怎么这么快找到这里的。

贺铭南有些事没有告诉她，其实，自从传出游荡在学校附近的变态之后，贺铭南就每天悄悄跟着她送她回家。

这次也是，只是绑姜醒的人动作太快，他没跟上他们的车，花了点时间。他在赶来之前就报了警，好在这群笨贼手段并不高，既不懂隐藏自己，也没有找特别远的地点，大概就想吓唬他一下。

即使知道如此，贺铭南接到电话，这群笨绑匪威胁他的时候，他的心脏还是揪成一团，疯狂跳动。

他的愤怒和没有保护好姜醒的自责，瞬间将他淹没，让他喘不过气来，好在姜醒毫发无伤。

这就是最好的结果，其他都不重要了，别的话，不需要多说。

贺铭南替她整理了一下凌乱的头发，帮她把挂在前面的发丝别到耳后，然后说：“先把这里解决了，我们回去再说。”

贺铭南走到被他栓成一串的绑匪面前：“我已经报警了。我叔叔不欠你们的钱，而且，要找，你们也找错人了。”

他叔叔为了他借的高利贷，在他知道的那一天，他就逼着叔叔还了。

这个钱他们不能碰，没想到讨债的人穷追不舍，凭空变出一堆不存在的债务，这不是讨债，而是讹诈。这群人必然要在牢里付出代价，接受法律审判。

谁知，绑匪激动地叫骂：“我们没找错人！你那个死鬼叔叔都要死了，我们找一个死人能要到钱吗？不找你找谁？”

贺铭南额头上青筋凸起，揪住为首绑匪的领子：“什么意思？你给我说清楚。”

对方带着恶意夸张的笑：“你不知道吗？他快死了啊。”

贺铭南陡然松开手，茫然地向后退。姜醒及时地扶住他，担心地看着他。

警车很快就来了，他们被带到警局录口供。

警车的车后座上，姜醒的手碰到贺铭南的手背，他的手冰得吓人。她不知说什么才能安慰到他，很多话盘旋在嘴边，最后只是把自己的手覆在他的手背上。她希望他知道，无论发生什么，她都在。

虽然她真的很生气，贺铭南这个大骗子，居然骗了她那么久。但是在人命面前，这些事都不值一提。

贺铭南从警方解救他们的现场出来，一直到警局坐下，全程都跟丢了魂似的。

姜醒担忧地看着他。

从警局出来，贺铭南沉默地站在车来车往的街上，看着驶向他的车流，有一瞬间的茫然。

贺铭南自从来了林城，已经很长一段时间没有过这样强烈的孤独感了。好像只他一人逆行走在人流之中，街上热闹非凡，可热闹都是别人的，孤独的，只有他。

他是一个人，自始至终，一个人。

擦着他开过去的白色小轿车疯狂鸣笛，司机伸出头冲着他吼："走路不看路，不要命啊！"

要不是姜醒拉住他，他还不知道往哪里冲。

他现在这个状态就不适合自己一个人走在街上。

"贺铭南！你给我回来。"姜醒急得眼圈都红了。

贺铭南在前面急匆匆地走，她在后面跟着。突然，贺铭南在一间小店门口停下，小店的橱窗做得十分漂亮，可惜路过它的两个人没有心情欣赏。

贺铭南在讨债的绑匪说完那句话之后，就打电话过去询问，是医院接的电话，证实了对方没说假话。

姜醒陪贺铭南坐在商店门口的长椅上，一阵令人感到绝望的漫长沉默之后，贺铭南哑着嗓子开口，他说："姜醒，我要离开两天了。"

姜醒扯动嘴角："就两天，没事，你现在就走吗？我帮你请假。"

姜醒帮贺铭南订了票，他去的地方没有直达的高铁，要先坐飞机再转乘长途大巴，最后还要坐一程小三轮。

贺铭南来不及多说些什么，回宿舍简单带了几件衣服，就去了机场。

姜醒在他要进安检的时候突然牵住他的衣袖："你把你叔叔的具体地址给我。"

贺铭南摇摇头：“我自己可以的，你不要担心。”

姜醒坚持：“写给我。”

工作人员在催促，贺铭南只好把地址留给了她。

姜家人后知后觉地把姜醒领回家，担心地问她有没有受伤。姜醒隐去了绑匪和贺铭南的关系，说贺铭南见义勇为，救了她。姜家人怎么可能不去查证，但是见姜醒这么不想要他们知道，也就没有戳穿。

人没事就好。

姜醒问起贺铭南的叔叔和他究竟是怎么一回事，姜善才想起来，他手下的人选中贺铭南时，在进行背景调查的时候，收集过一篇关于他的报道。

报道的主人公不是贺铭南，而是贺铭南的叔叔。

他叔叔也是个很传奇的人物，生在草原，长在草原。年轻的时候因为一桩意外杀人案件，被冤入狱。二十年后，终于洗刷冤屈，但他出来之后，社会日新月异，他发现他和这个世界隔得太远了，不只是二十年可以概括的距离。

于是他做了一个非常大胆的决定，他决定来林城找他的初恋。但是，那么多年过去，找一个人哪有那么容易。

他没有告诉记者，他有没有找到。即便是找到了，他也不愿意打扰，远远地看一眼，就是他距离过去的人生，最近的一次。

人一旦上了年纪，就爱回忆过去，眼下的日子或许浑浑噩噩，但是过去充满光彩与活力的岁月，却越发清晰，每一个细节，都闪着耀眼的光，诱惑着回忆的主人。

来呀，再走近一点，再碰一碰。没有人可以拒绝过去的甜美，那是人类为自己编织的最可靠的蜜糖梦。

回忆是一座巨大的水晶宫殿，每一个角度，都折射着诱人的光。

虽然他不曾说有没有找到初恋，但是，他有一个意外的收获——

他捡到了贺铭南这个孩子。用“捡到”这个词，有些不准确，但贺铭南确实是晕倒在他的屋外。

他照顾了贺铭南一段时间后，把贺铭南当成了自己的孩子。

叔叔姓祝，祝叔叔没有自己的孩子，就一心想要贺铭南好，但是在他们面前有一个非常现实的问题，就是他们没有钱。

他们租的廉价平房在城中村，靠着一片拆迁地，祝叔叔每天没事就去捡点废弃的塑料纸壳换钱。他有政府给的赔偿款，但是那些款项都给了他的父母还债，没有他父母坚持要一个真相，他或许等不到沉冤昭雪的这一天。

他也没想过，在林城还会有这样的奇遇。

他问拼命打工累到晕倒的贺铭南：“小伙子，你这么拼为什么？”

贺铭南停顿了一下，说：“叔叔，我们那里的人大多数都出来打工了，我不想去。我要挣钱，我要念书。”

可能很多人没有办法理解去厂里工作具体代表着什么，小山村的人最向往的地方是大城市的电子代工厂，流水线，日夜颠倒，加班、加班、加班……常人难以忍受的噪音和枯燥，对工人来说，不过是日常。

次一等的是服装厂，工厂只收百分之一的加工费，利润微薄，条件恶劣。

贺铭南从小就有强烈的欲望，他要离开，外面的世界在呼唤他。山谷外的世界，深沉地回应他，给他源源不断的回响。

贺铭南要上学，祝叔叔有心无力。直到祝叔叔的个人经历被记者发现，写出来登在报纸上，贺铭南才被注意到——这个和祝叔叔相依为命，又聪明自立的男孩。

姜醒看完当时的报道，问她爸：“我们可以再找这篇文章的记者多了解一些他们的情况吗？”

当时做采访的记者听他们问起贺铭南，直说印象非常深刻，贺铭南的样貌、聪慧和坚韧，都给他留下了非常深刻的印象。

他给了姜醒一个祝家在老家的联系方式。

当时，祝叔叔离开林城很突然，或许是因为贺铭南的前途有了依靠，他也能放心地回家了。他会定期和贺铭南通信，自己的病情却一点都没有提。

祝叔叔家已经无力举债了。他的父亲在他从监狱里出来之前，撒手人寰，还留下一位老母亲苦苦等候。他的母亲，送走了他的父亲，又要送走自己的儿子。

癌症，晚期。

人生给了这位白发苍苍的母亲太多磨难，似乎已经榨干了她的眼泪。

“真正的贫穷不是一个向上爬，就能从坑里爬出去的坑，真正的贫穷是无底的泥沼，一点点把人吞噬，直到你看不到光。”看到这位老人的时候，贺铭南的脑子里突然冒出这段不知道在哪里看到的话。

贺铭南紧赶慢赶，也只来得及见祝叔叔最后一面。

病重的人最后的样子总是不太好看，过分消瘦干枯的身体，被疼痛折磨得失去光彩的眼睛，稀疏不再生长的头发……

他看到贺铭南的时候很高兴，但是他躺在病床上，没有办法说话，只能动动手，告诉贺铭南，他很高兴。

贺铭南握住他的手，他把头埋在病床上，抖动着肩膀，护士以为他哭了。但是当他抬起头的时候，脸上没有泪痕。他希望祝叔叔见到他的样子，还是和以前一样，坚韧、顽强。

祝叔叔懂他，抬起手，摸了一下他的头发。

下一秒，病房陷入混乱。监控心跳的机器尖锐的叫声响起，他被护士赶出去：“病人需要急救。”

贺铭南不知道自己是怎么走出病房，又是怎么坐到了急救室外的座椅上的。医院里刺鼻冰冷的消毒水刺激着他脆弱紧绷的神经，让他无处可逃。

一天一夜后，急救室的灯灭了。天父带走了他的叔叔，他们说，他这样的好人，一定会上天堂。等他再抬起头的时候，一个人站在了他的面前。

贺铭南微微抬头，眉头轻轻锁着，愁是淡淡的，哀伤也是淡淡的。

人在极度悲伤的时候，泪腺好像被堵住了。

他的内心被冰凉的海水淹没，海风呼啸，巨大的波浪掀起，怒吼着冲向悬崖峭壁，但黝黑陡峭的岩壁纹丝不动，冷眼睥睨，任由这滔天巨浪徒劳地，一下又一下地击打在岩石上。

但是在姜醒抱住他的那一刻，他突然像个孩子一样号啕大哭，哭得毫无形象，哭得撕心裂肺。

姜醒明白，他心里有一把无名火，要么炸开，要么熄灭。

贺铭南说："我没有亲人了。"

姜醒轻轻拍着他的肩膀，无声安慰。

他怅然恍惚："我没有家了。"

姜醒抱住他："你还有我。"

她身上的香气冲淡了消毒水的味道，轻柔地把他包围。

祝叔叔的家在距离城区不远的小镇，小镇现在很多民房都被开发做民宿，接待那些来看自然风光的游客。

祝奶奶给他们收拾了两间房，让他们暂且住下，老人一路都很沉默，只有看着自己儿子曾经住过的房间时，眼睛里才透出一点光。她念叨了一句："眼看日子刚要好过一点，这个娃，跟他爹一样，没福气啊。"

暖气早停了，但是北方天气早晚温差大，到了晚上气温骤降。

祝叔叔家的房子看起来就薄薄的一层墙，两个房间紧挨着，因为要做景区开发，镇上特意出资装修过每家每户的房子。要不然，就这两层楼的小房子，之前还不知道破成什么样。

姜醒和贺铭南的房间紧挨着，外面留了一个打通的阳台，中间只隔了一个木头栅栏。

晚上，姜醒敲敲墙："贺铭南，你睡了吗？"

那边没有声音传来，或许是睡了。

姜醒锲而不舍："贺铭南，我冷。"

姜醒没说谎，她在南方待习惯了，仓促追过来找贺铭南，都没想到要多带点衣服。这会儿她把带过来衣服都裹身上了，还是觉得寒风往骨子里钻，刺骨的冷。

几秒后，墙那头敲了两下。

姜醒期盼地看着墙那边，她知道，这是贺铭南给她的回应。

姜醒等不及了，从阳台出去，正好碰见抱着被子站在阳台上，正准备跨过来的贺铭南。

贺铭南用被子把她裹住，夜色下，他眼底挂着两抹不明显的乌青。他这两天都没睡个好觉，之前躺在直挺挺的床上，脑袋空空荡荡的，就是睡不着。要不是还惦记着有个姜醒需要他照顾，他真的没有力气爬起来。就想那么躺着，什么都不听，什么都不理会，在昏暗的角落自生自灭。

玫瑰在泥土里腐烂，酵母在葡萄酒里发酵，万物静悄悄地完成生命的轮回。

贺铭南一言不发，仰望天空。

没有污染的天空，一抬头，就是低垂的星空，漫天闪烁的繁星仿佛一伸手，就能握住。

姜醒和贺铭南没有说话，姜醒知道，无论她说什么，都没有办法安慰他。

有些事情，旁人永远没有办法感同身受，因为她既没有经历他的痛苦，也不是他，谈何感同身受？所以，她从来没有一刻，像今天这样深刻地意识到自己的无能为力。

可即使做不了太多，姜醒也想竭尽所能，为他做点什么。她不放心放他一个人，她看到他才安心。

两个人坐在简陋的阳台上，突然，贺铭南指给她看："你看，那边是赤山。"

赤山如同一柄重剑，将虹城劈成两半，一半是复杂的丘陵山谷，人类的城市零星地坐落其间，另一半，是广袤旷野的草原。如果沿着公路一直往下开，到了被群山和草原包围的镜湖，泛舟湖上，夜空与湖面的星光连成一片，美不胜收，不似人间。

可惜，贺铭南这次没机会带姜醒去看了。

姜醒说："听起来真美，有机会一定去，你陪我一起去好吗？"

贺铭南笑笑，俊朗的脸上带着几分疲惫与忧郁。

他说："我也没去过，都是听祝叔叔说的。"

他眼前又浮现当时爷俩在出租屋谈天的样子，祝叔叔总是会在附近的糕团店买个小鸡蛋糕给他留着。

贺铭南说不用，但祝叔叔说不行，他还要学习，要给他补脑子。后来那家卖鸡蛋糕的小店生意越来越红火，每天都需要排队，价格也跟着上调，祝叔叔就改成了一元一个的茶叶蛋。

两人在外面越坐越冷，姜醒拽着贺铭南往里挪。她怕贺铭南想不开，不肯放他离开视线。

贺铭南说他回隔壁，保证乖乖睡觉，什么都不想。

姜醒倔强地摇头。

以前，她初中同桌也是这么说的，可是结果呢？这一次她不会放手。

姜醒的手拽着贺铭南的衣袖，瞌睡来了，她的眼皮忍不住缓缓合上，然后脑袋猛然向下一点，又把自己惊醒了。她赶紧勾勾手指，确认贺铭南的袖子还在手里攥着。过两分钟她的脑袋又低下去了……

贺铭南见她呼吸均匀，像是睡着了，便想把她移到床上睡。结果惊动她，她半梦半醒之间一把拽住贺铭南的手，嘟囔：“不行，你不准走。”

他只好作罢。

月光如水，静静流淌，银白的冷光铺满她的面庞，一线银光沿着姜醒饱满的额头，长长的睫毛，秀气挺翘的鼻梁蔓延，浸没……

寂月皎皎，不知入了谁的梦。

第二天醒来的时候，姜醒发现自己躺在床上，身上盖着的两床被子都被她蹬掉了。她揉揉头发，正巧贺铭南端着早饭来敲门。

姜醒简单吃了点后，问贺铭南：“你昨晚怎么睡的？”

贺铭南没有直接回答这个问题，反而是向她道歉：“让你担心了，我现在好很多了。”

姜醒仔细端详他的神情：“真的？”

贺铭南扯了一下嘴角：“嗯。”

其实，他一晚没睡。在姜醒的床边枯坐了一晚，脑子里乱糟糟的，想了很多，有的没的。

想逝者，也想未来。

在他有限的记忆里，父母是个模糊的符号。在他很小的时候父母外出干活，因为施工意外，父亲去世，几年之后母亲也离世。

他一直跟奶奶相依为命，但是奶奶还有别的儿子，有小叔家要照顾。他这个被剩下的孩子就跟着奶奶，村里人说他古怪孤僻，他无所谓，随便他们怎么说。小叔家的小胖儿子带头孤立他，只为了一些可笑的理由——嫉妒他长得好，嫉妒他受欢迎。

打架的时候，小胖子堂弟尖声喊：“你一点都不像我们贺家的人！”。

贺家的人哪有长成贺铭南这样粉雕玉琢的玉人呢？没有。贺家的人大多数是方脸，大鼻子，鼻头像拍扁了的蒜。但他不一样，整个山涧溪流的灵气都汇聚在了他的身上，钟灵毓秀，霁月清风。

长成他这样的，简直就是妖孽呀。

贺铭南长得好，从小讨喜，长辈喜欢，女孩子也喜欢。

有一次婶婶拿了个塑料竹蜻蜓借给他玩，谁知被堂弟看到了，堂弟在村口带着一帮小孩冲上来就要抢，还诬陷他是个无耻的小偷。

他们打了一架，滚得浑身是泥，在长辈看来，小孩子之间的口角，不存在输赢。但是直到堂弟被人拽走，贺铭南手里都死死攥着那个廉价的黄绿相间的竹蜻蜓。

他看起来被打得很惨，毕竟双拳难敌四手，但也不知道是不是那会儿就点亮了他的打架技能，在一群人里他硬是没吃亏。

他伤在脸上，比他高比他壮的小孩，伤在看不见的地方。

被赶来的奶奶拉走时，贺铭南掰断了那根竹蜻蜓，松开手，扔在河边。

贺铭南没什么朋友，一开始是没有朋友，后来是不再需要朋友。来到这个世界上摔摔打打，他终于掌握了一套属于他自己的生存法则。

他小叔让他别念书了，给他介绍了一份工厂里面的工作。说是稳定，还包午饭，多少小伙子都想去。

贺铭南心想，是穷得稳定吧？

他回了一句“那你怎么不叫堂弟去呢”，果然，恼羞成怒的小叔哑口无言。

然后贺铭南就干了一件他这辈子最正确的事，他跑了。

贺铭南曾以为，他一辈子都不需要朋友，不需要任何人的关怀，不需要任何人进入他的世界。

但他错了。

这个世界上还有祝叔叔和姜醒这样的人，他们是绽放光芒的太阳。他在祝叔叔身上，第一次体会父爱；在姜醒身边，第一次体会快乐，纯粹的，肆无忌惮的，前所未有的快乐。

后来贺铭南和姜醒毕业多年，两人一起在沙发上喝酒的时候提起这一晚，贺铭南指间夹了根俄罗斯烟，黑寿百年。金色滤嘴，烟头红色的光明明灭灭。

那时候的贺铭南已经成为炙手可热的商界新贵，他的过去掩埋于花团锦簇的浮华富贵之中。

没有人知道他的过去，除了姜醒。

炉子上点着火，姜醒烧水准备下碗面给他解酒，他从背后环住她，双手撑着灶台，把她困在厨房，咬着她的耳朵问："你是不是同情我？可怜我一个人？"

姜醒下面的手一顿，回首盯着他的嘴角愣了一秒，然后粲然一笑，夺过他嘴里的烟，瞥了一眼："好烟。"

然后她把香烟叼在嘴里吸了一口，冲得很，被她嫌弃地摁灭。

"呛人，下次换一种。"

"好。"

贺铭南手顺着她的腰线缓缓向下……

他说："你不要随随便便同情男人，尤其是看起来脆弱的男人，他们都很危险，知道吗？"

姜醒一扭身，她目光坚定，掰过贺铭南的脑袋："贺铭南，我告诉你，我对你，从来不是同情，我谁也不同情！"

她勾起嘴角，双手攀在他的脖子上："你很可怜吗？那你给我一个亿，让我也尝尝这种可怜。"

贺铭南狠狠地抱住她："我的人，我的一切都是你的，全部给你，做我的贺太太。”

被他陡然抱起来的姜醒尖叫：“贺铭南，你个色魔！锅里还在煮面！”

贺铭南随手关掉火，溢出来的雪白面汤扑成一摊，沿着灶台淌到瓷砖地上，滴答滴答。

卧室里传来断断续续的声音。

“别管面……我们……换个地方……”

“唔……”

第二十章

她喜欢有挑战性的事，有挑战性的人

姜醒比贺铭南更早回到学校上课。

贺铭南参加祝叔叔的葬礼之后还留下处理了一些相关事宜。为了确保他的状态不受影响，老高专门找他谈话，也找了姜醒，让姜醒多关注他，有什么事就跟老师说。

贺铭南告诉老高他没事，周围的人都小心翼翼地对他，让他十分不自在。围在他周围问他题目的人都少了，就连姜醒都不怎么好意思拿学习的事情烦他。

终于有一天，姜醒对着一道题来来回回做了三遍都是错误的时候，贺铭南忍不住夺过她手上的笔，飞快地解了出来。

姜醒惊讶地看着他："我以为你……"

"怎么，以为我这两天没听课吗？就算我没听课，也不代表我不会做题。"

霸气，不听课也能拿满分的狠人。

姜醒咽了一口口水，大佬就是大佬。

老师对贺铭南都非常宽容，他只要不走出这个教室，随便他做什么都可以。林城私立高中的老师和姜醒认知里的老师不同，尤其是教他们的老师，人情味非常浓，也许跟他们那个自由奔放的校长的领导风格也有关系。

总之，肩负着照看贺铭南这个艰巨任务的姜醒，也享受了一把最高待遇。

“数学老师大概是白担心你了。”

“数学老师担心，你不担心？”

“我还等着趁你状态不好，抢走你的第一名呢。”

“跟我学，我保证你年级第二名。如果你想要第一名，也不是不可以。”

夏日炎炎，窗外的阳光刺眼，热浪翻腾，天空呈现出一种近乎透明的蓝。

姜醒差点以为他的下一句会是——求我呀。

但他没有，这让已经准备好反击的姜醒有些失望。

夏天的雨季来临，身体里多余的水分越来越满，满得几乎要溢出来。

贺铭南的人生像一块可可含量超过百分之八十的黑巧克力，大部分是苦涩，在舌尖上融化之后，才能品出一点点甜。于是，姜醒决定给贺铭南找点不一样的事做做，把他身体里多余的水分沥干。

这天，姜醒说要带贺铭南去个地方。

她神神秘秘的：“贺铭南，过来，给你看个宝贝。”

姜醒掏出一把枪，一把仿真枪。她把贺铭南带到了野外，两个人，一片丛林。

贺铭南裹紧自己的外套：“女人，你要对我做什么？”

姜醒：“野战。”

贺铭南：“是不是有点太狂野了，不太好吧？”

姜醒：“这有什么不好，我装备都订好了。”

“还有装备？”

“那当然，我们是专业的。”姜醒把装备扔给他，“换上。”

迷彩服，还有防具。

“这就是你说的装备？”

“不然嘞？”

贺铭南惊讶地环顾一周，看着场地上竖着的招牌：“真人CS（反恐精英）？”

姜醒神秘地笑了一下，然后她身后钻出来一群已经换上迷彩服，脸上画着迷彩的同学。

“贺大神！”

“贺草！”

“猜猜我们是谁？”

虽然他们有人戴着护目镜，还有被迷彩画得面目全非，但是他听声音就听出来了。

谢方羽、严俊昊、白棠棠……还有他的室友，以及班上的一些同学。

贺铭南看着他们，眼中缓缓露出笑意。他看看他们，又看看手里的装备：“我去换衣服，你们等我一下。”

多余的水分，不一定要通过泪腺排除，也可以通过汗水还有增高的肾上腺素来蒸发。

虽然他们的本意是想要贺铭南开心一下，也许这个时机说这句话并不太合适，但他们还是想说——

“同样都是穿迷彩，为什么贺铭南穿就这么帅？”

“这该死的年轻荷尔蒙。”

“我醉了，沉醉在盛世美颜里。”

“前台姐姐说还会有人给我们拍照，拍照的时候能不能让我离贺铭南远一点？”

“不能，贺草旁边是醒姐专属。”

“哦……”

负责培训他们给他们讲解必要知识的教官是退役的特种兵，退役军人一出来气势就不一样。

教官说：“我姓吴，你们可以叫我吴教官。”

吴教官给他们讲了注意事项，然后就是对着静态靶子的训练，他们不需要太专业，只需要知道每个枪械的使用方法。

靶场前方的台子上摆着各种枪械，男生们兴奋地叫起来：“M416！AK！”

“我要摸一摸AK！”

“都是仿真枪，看把你兴奋的。”

“仿真枪也是枪。”

教官拿起靶场的一把AK，听到这话，回头说：“这话不错，仿真枪也是枪，注意不要过近距离地射击同伴。再说一遍，不在场内的时候，枪口永远向下，严谨任何人射击他人的颈部和头部，一旦进入战场，记住，不要取下你的保护面罩，相信你们都不想受伤。一旦违反，我就会出现，请你离开，记住了吗？”

“记住了！”一群小鹌鹑乖巧地齐声答。

“现在给你们介绍装备，我们使用的仿真枪支包括BB弹，彩弹和水弹。

“BB弹又称气弹，不要对着人脸打，相信你们没有人想尝试。”

教官放下威武霸气的AK，又拿起一把水弹M4：“我们先来试一下水弹射击吧，谁先来？”

同学们都跃跃欲试，但是没有人率先站出来。

教官在人群里一眼看到高个子的贺铭南，喊他：“小帅哥，你来。”

贺铭南愣了一下。

教官冲他招手：“别看了，就是你，帅哥。”

同学们小声地笑：“吴教官真有眼光，一眼就看到我们这里最帅的人。”

教官扛着枪，推动子弹上膛，现在的仿真枪做得手感真是逼真，连“咔嗒”的声音都好像是在摸真枪一样。

教官把枪递给他：“小心后坐力。”

贺铭南拿到枪，站在靶子前对着瞄准镜瞄准的那一刻，眼中就只剩下靶心了，所有的伤心、压力、愤怒和不愉快都在靶心咧开一张黑色的大嘴向他挑衅咆哮，沸腾的血液呼啸着要射穿生活的恶意。

那是一种非常原始的冲动，只想瞄准前方，对准把心，扣下扳机，然后只听“砰——”的一声，子弹出膛。

教官看了一眼枪靶：“再来。”

贺铭南调整角度，脸上的表情纹丝不动，又是一声响，水弹击中靶心，它在木头的靶子上碎裂开，留下一个浅色的标记。

教官拍拍他的肩：“小帅哥的示范很好。”

同学在后面看见贺铭南和教官并肩站在一起，窃窃私语：“贺铭南和教官站一起荷尔蒙爆发。”

“以前真没看出来，原来贺草是这一挂的。以前以为他是奶油系校草，没想到是硬核系校草。”

贺铭南的风格被同学们安排得明明白白。

低低的八卦声还在继续——

“穿军装的男人最帅，贺草的颜值又帅出新高度。”

有男生插嘴：“这只是迷彩和护具好吗？和军装有一个银河系的距离。”

女生无视他：“我们说是就是。”

男生：“那我们身上穿的不也是？”

女生冷漠脸，给他一个只可意会不可言传的假笑——对不住了兄弟，只有帅哥穿才是。你穿，就是衣服。

说话的男生捂胸口，卒。

不知是谁，突然冒了句："就可惜他家里……"

顿时，大家都沉默了。

从丛林战场里面出来，所有人都出了一身汗。他们中的大部分人都是第一次接触真人野战游戏，叽叽喳喳兴奋得一直说话停不下来。

他们拉着高大威猛的教官闹着要跟他合照。

姜醒喊贺铭南："快来呀，一起拍张照。"

贺铭南被他们簇拥着，站在中间，和教官紧挨着，教官的手搭在他的肩上。

姜醒就半蹲在贺铭南的前面，现场工作人员拍照的时候，姜醒没蹲稳，晃了一下，被贺铭南扶住胳膊，这一幕被手机镜头忠实地记录下来。

"我们接下来去干吗？"

"去吃烧烤吧，我知道这个附近有一家烤鱼特别好吃。"

姜醒到地方一看，店名——北冥有鱼。

旁边挂着宣传语：鱼之大，一半孜然，一半麻辣。

真押韵，他们不禁对着餐单来了一段 Rap（说唱）。

姜醒是个吃辣小能手，但她忘了贺铭南非常不能吃辣，还兴奋得一个劲地招呼贺铭南吃鱼。她夹了一大块沾着辣椒粉的烤鱼放进贺铭南的碗里："多吃点。"

贺铭南也是个傻子，姜醒给他什么他都放嘴里放。明明不能吃辣，但是姜醒夹的他眼睛都不眨，就一口吞了。紧接着他就变了脸色，这不是一般的辣，他瞥到小票上写的——秘制烤鱼魔鬼辣。

还真是魔鬼，惨无人道。

坐在贺铭南右手的谢方羽注意到他，惊讶地说：“阿南，你怎么了？没事吧？别吓我。”

小谢这人没别的毛病，就是爱咋呼，有什么事经过他一喊，天花板都要给震掉下来了。

“怎么了？”女生们也纷纷注意到这里。

姜醒看着贺铭南，他整张脸通红，眼角湿润。

她第一次见他这个模样，手足无措。

谢方羽还在火上浇油：“我南哥这是怎么了？要叫救护车吗？”

贺铭南瞪他，对他的夸张表示无语。平时贺铭南瞪人，确实可怕，但是现在他这水润的大眼，双目含情的俊俏模样，瞪人也不合适呀。

小谢被他这么一瞪，说了一半的话，硬生生给卡在嗓子眼了。

“醒姐，还是你来。”

姜醒端着冰柠檬水来，贺铭南连灌了好几杯。

“我去洗个脸。”

姜醒跟着贺铭南去卫生间，在门口等他。贺铭南从卫生间出来的时候，俊美的脸上还带着少许水珠。

姜醒背着手低头对他说：“不好意思，忘了你不能吃辣。”

“没事。”

姜醒脸上皱成一团：“我下次一定记得你不吃辣。”

“我真的没事。”贺铭南重复道，声音有些沉闷。

姜醒没有捕捉到他此时已经有些不耐烦，还在纠结让他吃辣的问题。

因为担心贺铭南的情绪，姜醒说话的时候小心翼翼。但恰恰是她这样的态度让贺铭南心中莫名生出一种烦躁和挥之不去的沉重，他当然明白他们都很关心他，但是他们对待他的态度让他压抑，这不是一个正常的，可交流的态度。

他原本觉得姜醒应该和他们都不一样，可连姜醒也这样，好像他是个随时都会破碎的不稳定的水晶娃娃。但事实上并不是这样，他非常抗拒身边人隐隐约约同情的目光，那些目光的潜台词都在说他是个可怜人，可是他并不觉得自己哪里可怜。

当一个人用尽全力在奔跑的时候，根本不会有时间自艾自怨。

他的世界不是灰暗的，他的心中藏着一个巨大的太阳，这个滚烫的太阳融化所有哀伤，用来对抗世界。

贺铭南是学校里的名人，回到学校上课之后，他好像带着玻璃罩在学校里面行走。玻璃罩里面是他，玻璃罩外，是把他当成“励志剧本”“悲惨世界”来围观的人群。

很多年后，贺铭南同届的一些同学们回想起来，为什么当初一说贺铭南语气里就充满了怜悯惋惜，更多的原因，或许是他这个人太完美了，但人一定是有瑕疵有缺点的，他们一时半会儿找不到他最明显的缺点，就只好用世俗的，物质的幸福标准去同情他——借此找回一点自己的优越感，他念书这么厉害又有什么用，还不是连家都没有？

这些话即使贺铭南想要和姜醒说，也不知如何说出口。

可能姜醒听了之后，会觉得他是个怪人，不然怎么会有这样的想法。

他希望他在姜醒的眼中是可依靠可信赖的，是可以庇护她的，而不是一颗被人捧在手心的水晶球。

贺铭南靠在商场走廊的白色墙面上，微微低头，额前的刘海垂着，带着少年独有的沉思与忧郁。

他微微皱眉，旋即又松开：“姜醒，我感激你们对我的关心，但我没有你们想的那么脆弱。”他抬眸，“我就不回去了，你跟他们好好吃吧。”

气氛急转直下，姜醒张嘴，想劝说什么。但是贺铭南的表情阻止了她，有些说不清道不明的情绪蕴藏在他的眼里。

贺铭南伸出手，揉了一下她的头发："人生总有些事情，只能一个人去面对，你说对吗？"

姜醒目送他离开，双脚钉在原地，心里一直想着为什么贺铭南不高兴。她做这么多不就想要他高兴一点吗？他还想要怎么样啊？

姜醒越想越气，越气越想，最后憋着股气快晕过去。

最后还是白棠棠一言惊醒梦中人。

"如果是全校师生都反过来同情你呢？"

姜醒顿时跳起来："为什么要同情我啊？我有手有脚有脑子，同情能当饭吃？"

白棠棠耸肩："这不就得了。"

姜醒想明白之后，反思了一下，她确实有做得不好的地方，但是贺铭南的狗脾气，也不全然无辜，贺铭南至少要为他们不愉快负百分之五十的责任。

回到学校，两人谁也不说话。

姜醒把书往桌上一摞，跟她冷战是吧，呵，醒姐姐冷战就没输过，谁怕谁？她暗搓搓念叨："等着痛哭流涕跪着求我原谅吧，贺铭南。"

白棠棠问她："你一个人在叽叽咕咕什么？"

姜醒抬头，竖起课本："朗读课文。"

白棠棠摇摇头，转回去。

姜醒的余光看了一眼右边，旁边的贺铭南也竖起自己的课本，神情冷清。

第一回合，姜醒卒。好吧，她同意把贺铭南的责任调低一点点。

中午，姜醒不知从哪儿变出一碗螺蛳粉，那味道熏得班上同学都跑过来问她吃的什么。

姜醒给他们隆重介绍了一下螺蛳粉这种闻起来臭吃起来香的人间美味，旁边的贺铭南看了眼时间，迈开长腿离开，姜醒捕捉他的眼神。

他的眼神里只写着——你们的热闹与我无关。

姜醒想要引他说话再次失败，可恶，她同意把贺铭南的责任再调低一点点，百分之三十，不能再低了。

过了一天，姜醒改变策略，拿着本科普杂志装模作样看了半天。

白棠棠这个捧场王给她做捧哏："醒醒，你看什么呢？"

"看到一个有意思的问题。"

"什么问题？"

"这篇文章的标题是《为什么我们洗澡的时候听见水声就想要尿尿？》，里面给出了超详细的答案。"

"所以为什么？"

姜醒话没讲完，就听见贺铭南的声音在旁边响起。

她顿时瞪眼："贺铭南，我听到了，你刚刚在说'傻子'。"

贺铭南转了个方向，冲着向阳的一面看书。

姜醒站起来，拿出了撒手锏："贺铭南，你完蛋了。你再不跟我讲话，我就搬第一排去，让你'独守空房'。"

白棠棠小声提醒："'独守空房'不是这么用的。"

姜醒改口："那就'孤独终老'。"

白棠棠盯着她撇嘴，行吧，再去纠正姜醒的成语……总觉得画风要歪向什么奇怪的地方去。

姜醒站起来，贺铭南也站起来："你敢？"

姜醒开始收拾东西，冲前排的人喊："我怎么不敢？我还说干就干呢。前面的人谁要跟我换个位子？和贺学霸同桌，机不可失失不再来啊。"

教室里剩下的同学齐刷刷地回头看他们，姜醒和贺铭南的世纪大战又开始了，两位巨头打架，两边都得罪不起。

众目睽睽之下，贺铭南伸手去拉拎着书包就要跑的姜醒，结果两人面对面撞在一起，场面惊人。

姜醒捂住自己的嘴巴：“你，你，你亲了……”

贺铭南手里拿着本历史课本，他撞上去的时候，历史书正好夹在他们中间。

贺铭南也傻眼了，他用怀疑人生的目光看了看姜醒的小红唇，又看了一眼手里历史书的封面上，清晰又气势恢宏的图案。

他恍恍惚惚：“我，我，我亲了，爱迪生。”

姜醒手上的书包掉在地上，摸摸自己的嘴唇，嘴巴微微动了动，最终还是什么都没说。

经过这次的小插曲，两人的冷战再也进行不下去了。十三班两巨头重归于好，同学们只觉得每天踏进教室的时候，都轻松了一点。

他们陷入冷战的时候什么都没有说，和好的时候，也什么都没有说。贺铭南和姜醒之间，似乎达成了某种默契。

姜醒明白自己做事太过想当然，总是她觉得贺铭南怎样怎样，她觉得贺铭南应该如何如何，她把自己的想法看得太重，而忽略了贺铭南真实的需求。

贺铭南也清楚，是他苛刻，迁怒姜醒，让姜醒陷入了非常尴尬的境地。

于是，姜醒发现自己的桌里无端多出了好多零食，贺铭南则发现，自己的书包上多了一枚黄色笑脸的徽章，正对着他开心地笑。

贺铭南戳了一下那枚徽章，不由得跟着笑起来。

云翳终于散开，露出了久违的阳光。

在进入盛夏的时候，又是一学期进入尾声，期末考试成绩出来，十三班的人成绩从过去的吊车尾，一跃成为年级第一名。

贺铭南和姜醒两个人的名字更是高高挂在榜首，占据了第一和第二名。

排名公告栏前，学生都挤在那儿找自己的名字，为了保护学生的自尊，林城私立高中对公告采取的是奖励的模式，也就是只有前一百名才会对全校公开。只要登上榜，就是一种荣誉，也是学生对自己一学期辛苦的一个交代。

姜醒查了自己的成绩之后，冲人群之外的贺铭南眨了一下眼。她向贺铭南走去，两人站在紫藤萝长廊之下。

“大学霸，厉害，又是第一名。”

贺铭南笑了一下：“你第二名，紧追着我不放，我都紧张。”

姜醒：“得了吧，你是奖学金全奖的大神，我这个水准，跟你比起来，业余。”

这时陆星宙路过他们插了一嘴：“你们就别相互谦虚了好吗？你们要是业余，让我们这些在后面苦追的人民群众可怎么办？就因为你们两位大神横空出世，看看，原本我们一直保持的平均分都被你们反超了。”

“这可不是我的功劳，都是我们班同学悟性高。”姜醒连忙说。

陆星宙的后面，岳轻灵抱着书一脸哀怨。

姜醒捂住自己的嘴巴，好吧，年纪的前几名都在这里了，她还是闭嘴，不要讲话比较好。

姜醒耸肩：“反正对上贺铭南，我先认尿好吧。”

贺铭南一副拿她没有办法的样子，摇摇头。

那边几个班主任在喊：“高二分班有意向去文科班和艺术班的同学过来领个表格，填好了交给我啊。”

姜醒伸头一看，跑过去凑热闹。

“老师，给我来一张。”

这时，物理老师看到她，立马伸长了胳膊护住桌上的申请表，跟护鸡崽似的，不给姜醒碰。他庆幸自己在这儿，不然好好的姜醒就要被文科老师抢走了。

物理老头坚决地说："不行，你不能拿。"

姜醒"哎呀"一声："老师，为什么我不能拿呀？"

物理老头："你是我们理科班的优秀人才，怎么能去文科班呢？不可以。"

一边的文科班主任听到了，立马挤过来说："姜醒同学，不要听他的，理科班不少你一个，你要是来我们文科班，我敢说，我们林城私立高中的文科高考有希望了。"

情况是这样的，林城私立高中因为种种原因偏科严重，理科状元出了好几个，但是文科状元硬是被友校抢先。每一年分班，都是好的学生先分去了理科班，文科班的小朋友呢，势单力薄。

这可不行，它们是什么学校？林城第一的好学校。

这么好的学校，怎么能偏科呢？不行，坚决不行。于是，校长痛定思痛，决定大力发展学校的文科班。

两边的老师为了抢姜醒，差点在发表格的小桌子前大打出手，而罪魁祸首姜醒呢，趁他们争论的时候，拿了一张表格，悄悄溜出了人群。

贺铭南无意看到她手上的申请表，上面赫然印着三个大字——艺术班。

贺铭南惊讶不已。

姜醒拿了表格赶紧溜，她毫不怀疑，如果两边的老师知道她拿的是艺术生表格，两边老师大概会是前所未有的大团结——一起来手撕她。

晚上她的同学们就要加餐了，一盘热腾腾的手撕姜醒。

画面太美，不敢想。

看到她拿着的表格，贺铭南问："走艺术的方向，你决定了？"

姜醒抿了一下嘴唇："还没最后定，我就先写个表格嘛。"

贺铭南没有对她的选择做任何评价，只是点点头。

这就是贺铭南的优点，他不会过度干涉姜醒，也不会以亲近的朋友的身份把自己的意愿强加在姜醒的头上。和他相处，最简单轻松，他知道怎么能够让亲近的人感到舒适。

暑假，贺铭南找到了住的地方，他现在手头宽裕了许多。

七月的天空，蔚蓝无比。过了梅雨天之后，都是艳阳天，让人看了就觉得心情也跟着开阔起来。

“你还在给人代练游戏？”

“我可厉害了，要来看吗？”贺铭南问她。

贺铭南在说这句话的时候，姜醒有一瞬间觉得他好幼稚，有点中二，但是非常可爱，她已经很久没有看到他这么活泼可爱的一面了。

姜醒自然是一口答应。

只是她没想到，一放假，她姨妈就带着她的小表弟来了，说她表弟哭着闹着要找阿南哥哥。

姜醒冲小表弟露出一个“她已看穿一切”的笑容，她问表弟：“你是想阿南哥哥，还是想他陪你玩游戏呀？”

小孩长个子一天一个样，表弟只是一学期不见，个子高了不少，像个小学生了。

小表弟嘟嘴：“姐，什么叫像个小学生？我开学就是一年级了。”

姜醒：“好好，你就是六点钟的太阳，你就是祖国的花朵，你就是祖国未来的希望。”

表弟一脸高傲又不屑地玩电视遥控器，很明显，他已经看穿了姜醒对他的敷衍，他的心里只有铭南哥哥。

于是，姜醒非常无奈，一手抱着猫，一手牵着娃，去找他的铭南哥哥了。

难为姜醒这长途跋涉，千里寻亲。

网吧里的人看见姜醒的时候，都忍不住盯着她看，为他们和网吧格格不入的组合感到震惊。

姜醒找到贺铭南，飞快地走到他座位前，霸气地把小孩往贺铭南的键盘旁边一放。

“帅哥，你的孩子来了，麻烦签收一下。”

被姜醒放在桌上的小表弟满头问号，他觉得姜醒实在不靠谱，到最后还是得靠自己。

他给自己打气——

不怕，他是男子汉。

于是他伸出小肉手，用力往前一扑，装嫩的奶娃就扑到了贺铭南的怀里。

“砰砰砰……”一连串的枪声响起。

贺铭南的耳机传来一阵叫骂：“怎么回事，还能走火吗？”

贺铭南连忙把鼠标放下，伸手去搂他身上摇摇欲坠的小孩。

“嘟嘟？”

嘟嘟见到心心念念的偶像非常激动，非常兴奋，激动得话都说不清了，他一把搂住贺铭南的脖子，喜笑颜开：“叭叭叭爸……”

周围的人纷纷回头围观，脸上难掩震惊。

看起来年纪不大，但是年纪轻轻，猫、妹子、孩子，一样不少。

这是哪路神仙？

搞得贺铭南非常尴尬，连忙解释：“弟弟，妹妹。”

围观群众：“哦……”

网吧老板过来，提醒姜醒不能带宠物进来。

姜醒跟他讲道理：“老板，你知道这是什么猫吗？”

老板：“什么猫？”

看着就是一只普通的白猫啊。

姜醒一本正经：“这是招财猫，猫狗都是招财的，不能往外赶你知道吗？”

老板哑口无言：“那，那，那……它打扰了别的用户怎么办？”

姜醒带他来到收银台旁边，靠着门口的位子，对老板说：“老板，我看你这里是个玻璃门，我就把猫放这里，你帮我看着，别让人把我的猫拎跑了就行。”

姜醒是个文明的饲主，她出门的时候都把猫装在宠物袋里。

老板连声说行，结果姜醒刚走两步，就看见老板把“明星”从玻璃门外给拎到了屋子里，放在收银柜台上，当招财猫放着呢。

姜醒掩嘴偷笑。

没错，这只猫就是学校里面，她在树上救下来的“明星”。

明星不知道怎么回事，最近胃口有点不好，还总爱黏着她，姜醒带它看了医生，就把它留在家里养着。最近秦女士又出门了，山中无老虎，猴子称大王。

姜醒在贺铭南的旁边也开了台电脑，还给小表弟找了个游戏机，让他自己玩，不要打扰偶像挣钱。

小表弟：“铭南哥哥是在赚钱吗？”

姜醒：“那当然，你哥哥不赚钱，哪有钱给你买糖吃。”

小表弟若有所思：“那姐姐你也是吗？”

姜醒跷起二郎腿，拧开一瓶矿泉水，豪气地喝了一口，就差手上叼根烟了：“我当然不是。”

小表弟：“嗯？”

姜醒：“我这是在玩呀。”

为什么有人把不务正业说得这么理直气壮？

小表弟：“你暑假作业都写完了吗？”

姜醒瞪大眼，难以置信地看了一眼小表弟，又看了看专心对着电脑屏幕的贺铭南，由衷地感慨：“果然，江湖中盛传的一句话没有错。”

什么？

“粉随偶像。”

她又说：“你看看，我表弟年纪这么小，一张白纸一样的孩子，就学会怎么扎心了。”

她生动灵巧地扭了一下脖子，古灵精怪地冲她表弟吐了一下舌头：“不过让你失望了，我早写完了。”

小表弟发出幼儿式熊孩子尖叫：“不可能，我都知道，你们暑假才刚开始。”

姜醒赶紧捂住他的嘴，然后对周围被打扰到的玩家道歉：“对不起，对不起，都是他没教好，把小孩惯坏了。”然后她小声地跟小表弟咬耳朵，“因为我抄的呀，抄作业那不是快吗？”

小表弟惊讶地、缓缓地瞪圆了眼睛。

姜醒对他做了一个嘘声的动作：“这个秘密只有你知道，我只对你一个人讲了，你能保守秘密吗？”

小表弟用小肉手捂住了自己的嘴巴，拼命点头：“我明白，保证完成任务。”

姜醒摸摸他的头，满意地笑了。

后来贺铭南跟她有机会独处的时候，笑她：“你还挺会哄小孩的。”

姜醒：“我那是哄骗的哄，你还鼓励我？”

贺铭南笑笑，说：“我还不一样，整天要哄小孩？”

姜醒过了半天才反应过来他在说谁，连连用拳头捶他。

——贺铭南，你说谁小孩呢？吃我一拳。看招！

姜家父母听说了贺铭南的事，受他的牵连，姜醒被一群笨贼绑架的事情，他们当时没有提，如今也没有必要再提。反倒是秦女士，有些不放心贺铭南的生活。听说姜醒去看望贺铭南，问她有没有看看他租的房子怎么样，条件好不好，住得舒服不舒服……

姜醒惊讶地说："怎么？老妈，他住得不好你要把他接回家里住吗？"

秦女士无奈地揉揉眉心："人心都是肉长的。还有，姜醒，你关心人，也要关心到点子上，不要整天打扰人家，就知道吃逛玩。"

"妈，你怎么知道的？你在我身上装监控了吗？"她想了想，不对，除了吃逛玩，他们也一起干了很多有意义的事情的好不好？！

她捂住自己鲜血跳动的心脏，发出一声呐喊："我的心里只有——学习！"

秦女士给了她一个优雅的白眼，被妈妈一下戳穿心思的姜醒赶紧溜了。

后来，贺铭南带姜醒参观出租屋，他这次租到的屋子，比一年前和祝叔叔的居住条件要好多了。至少非常整洁干净，地方不大，只是租的别人的小阁楼，但是胜在通风，阳光充足。

阳光炙烤的午后，让人懒洋洋的，昏昏欲睡。

贺铭南拿出一把吉他，对姜醒说："给你弹个曲子。"

姜醒一下子从椅子上蹦下来："还有什么是你不会的？"

贺铭南浅笑："刚学的，楼下合租的室友是乐队吉他手。连吉他都是他暂时不用的，借我耍两天。"

"这么酷。"

贺铭南坐在阁楼高高的窗户前，拨动琴弦，乐声流淌。果然，就像贺铭南说的，他只是个初学者，但仍让姜醒听着了迷。

"好听。"她陶醉在贺铭南的笑容里。

贺铭南背着光，抱着木吉他，被包围在阳光里。

后来，姜醒在家里收拾东西，无意从笔记本里面找出一张演唱会的门票。她看到这张门票，才慌慌张张想起来，这是付立姗走的时候，给她和贺铭南的两张演唱会门票。

她差点把这件事给忘了，她连忙打电话给贺铭南提醒他这件事。结果，贺铭南告诉她，他没忘，即使她不记得，他也会提醒她的。

虽然祝叔叔不在了，但是贺铭南写信的习惯仍然保留了下来。

只是，这次换了一个收件人，收件人不再是别人，变成了贺铭南自己。

每封信，都不会再寄出去，都是写给他自己的。

贺铭南在信纸上写，他的同桌真是迷糊得可爱，他很期待，可以和她一起去看演唱会。这是他第一次去看演唱会，也是第一次，和一个女生去看。

只不过……

他有些遗憾地写，如果姜醒去了艺术班，他还是会感到遗憾，不是艺术班不好，而是他再也没有一名叫“姜醒”的同桌了。

姜醒从来不知道，看起来内敛沉静的贺铭南，内心有那么多想法。

等到了演唱会那天，姜醒兴致冲冲地带着装备就出发了。

贺铭南见到她非常惊讶，因为他不知道，原来看一场演唱会还要准备那么多东西。他忍不住皱眉，这看起来有点……花里胡哨的。

进入看台之后，姜醒要给他戴上她带来的会发光的耳朵，姑且叫它耳朵吧，因为他实在无法判断这是什么玩意的耳朵。

贺铭南全身都在抗拒戴耳朵，但是姜醒清脆的声音一喊：“贺铭南，你快过来，我给你戴好呀。”

贺铭南就忍不住把脑袋乖巧地凑到她的跟前，直到发光的耳朵已经在他脑袋上，他才恍恍惚惚地想，他这是中了什么毒？

这时，姜醒又喊了一声：“贺铭南，看这里。”

正魂游四方的贺铭南瞬间回头，不明白自己怎么就这么乖？他明明已经脱了乖巧的马甲，他现在是威武霸道、武力值巅峰的贺铭南才对啊。

说好的霸道南哥呢？没有了，什么都没有了。

姜醒举起手机前置摄像头，比了一个幼稚的剪刀手：“贺铭南，say hi（说嗨）。”

贺铭南的内心：好幼稚，好丢脸。

贺铭南的外在表现：“嗨！”

小同桌提出的要求要配合，不仅要配合，还要积极地、雀跃地、充满激情地配合。

姜醒开开心心地打开美图软件，给自己推推下巴，放大一下眼睛，看看贺铭南：“问他，你对美颜有要求吗？”

还停留在2G时代，用诺基亚敲核桃的贺铭南看着陌生的美图软件，和美图软件里面陌生的自己，努力让自己的表情不要崩掉，他板着脸：“没有要求，随你。”

于是，姜醒非常满意地点击了朋友圈，发送。

下面的好友评论立刻炸了——

“这是贺铭南？”

“长耳朵的贺铭南？”

“啊啊啊！可爱的小猫咪！这是梦中的小猫咪成精的模样！”

到了男生好友这里画风突变——

“你们叫这个耳朵叫猫耳？”

“这个被P成外星人的眼睛和下巴，你们管这个叫萌？”

女生：“直男请出门右转。”

他们忘了，还有直男中的战斗机，贺铭南。

只可惜，贺铭南没有微信，不然他就要亲自上阵点评一下这张照片了。

——你们好，地球人，我们刚从母星穿越星际降落来到这里，有事吗？

贺铭南还在观察演唱会场地。人很多，但是没有坐满。他听见他身边的一对小情侣说：“这里的票都是提前一年卖的，一次只卖两张，为的就是让情侣或者是好朋友有个纪念，让他们在一年前预购今天的票，到了今天再一起来。”

但是旁边另一个男声遗憾地说：“看着有些空，空着的座位是……”

“不是临时有事走不开，就是分手了，闹掰了吧？”

贺铭南听着觉得很有意思。一年前兴致冲冲地买票，计划着来听演唱会，却在一年后的今天，无法到场，或者说，无法和计划中的那个人一同到场，会是什么样的心情呢？他们又经历了什么样的事而分道扬镳？

这世界上，每个人都是一颗孤独的星，要两个在各自轨道上运行的星星走到一起，本就不是一件容易的事。更多的星星，只是看似无限接近。多得是有缘无分，各生欢喜。

也不知道付立姗当时买两张票是为什么，总之便宜了姜醒和贺铭南。

舞台上，灯光亮起，当大家打开手机的电筒化作一片星海，跟着节奏摆动摇晃的时候，所有人都在看舞台，而贺铭南在看姜醒。

姜醒对此毫无察觉，她兴奋地挥着荧光棒，跟着观众尖叫。

贺铭南的嘴角勾起一抹微笑。

后来，他在信纸上写，他以前觉得诗集散文里面写“春风沉醉的夜晚”“温柔的夜”都是诗人的想象，而今，即使他身处夏日的热浪，当时走在回去的路上，仍旧切身体会到，什么叫春风沉醉。

等到开学分班，姜醒给所有的同学扔下一枚炸弹，所有人炸开了锅。

学校里面到处都在讨论——

“听说姜醒去了艺术班。”

“姜醒，就是那个高一一姐醒姐？”

“你错了，现在人家仍然是一姐，但是……”

“但是，姜醒，就是上学期考了年级第二名的那个姜醒。”

“听说上学期末文科班和理科班为了抢她，老师还差点打起来。”

“没想到……”

感到意外的人包括陆星宙。

“没想到你选了艺术。”陆星宙在走廊上遇到姜醒，有些吃惊地向她问候。

姜醒笑道：“你不会也像他们一样，觉得念艺术的都是差生，好学生不能学艺术吧？”

陆星宙有点被她说中内心的想法：“不是的，当然不是。”

姜醒笑言：“得了吧，你看你的表情都出卖你了。

上课铃响起，姜醒匆忙跑了两步，向他挥手：“我得走了。”

开学第一天报到，她可不想迟到。

陆星宙在原地，伸出手，只揽住了满怀的风。他有些愕然地收回手，看姜醒一阵风似的跑远，哑然失笑，他还想问问姜醒，她学的什么艺术呢。

答案在第一天就被八卦的林城私立高中的同学们给扒了出来——

“姜醒是美术生。”

“一个翻墙爬树样样行的美术生？”

“怎么办？醒姐背着画板上学的样子，我想象不出来。”

另一人说：“那总比她提着大提琴或小提琴的琴盒上学更容易让人接受吧？”

“楼上说得有道理。”

"附议。"

姜醒这种体质，放到娱乐圈里面，就叫自带流量。把她和贺铭南放到一起，就是林城私立高中的顶级流量。

其实姜醒选择美术对贺铭南来说，不算吃惊。假期的时候姜醒曾问贺铭南有没有空跟她一起去美术馆，看展览。

免费的展览，是林城市为了文化推广，做的设计师主题摄影展。

姜醒在一张关于设计大师山本耀司的服装的摄影作品前驻足，相框下面贴了一行小字，那是山本耀司的名言——还有什么比穿戴得规规矩矩更让人厌烦呢？

姜醒侧头，对贺铭南说："这小老头真酷，是不是？"

贺铭南知道姜醒一定会喜欢，因为她也不是个循规蹈矩的人。

回去的路上，姜醒还兴致勃勃地跟贺铭南分享了一段有关山本耀司和川久保玲之间的罗曼史。

说到一半，她问贺铭南："你觉得以清华美院为目标怎么样？"

其实这时候决定冲清美已经有些迟了，很多美术生从小就接受非常专业严格的训练，就为了能够进入央美、清华美院这些顶级的学府。

但很多事情都是不跟着计划走的，梦想还是要有的。等什么都准备好，再下决心，那可能机会早就溜走了。

姜醒喜欢意外，正如她喜欢挑战，包括眼下有挑战性的事，和眼前有挑战性的人。

第二十一章

“你的脸都红了。”

姜醒开始了两点一线背着画板跑画室的日子，家里给她找了一位退休老教授，老教授一次最多只带两个学生，姜醒是好不容易塞进去的。

于是，原本两个人的画室变成了三个学生，姜醒这个多出来的学生就显得非常显眼。

老教授姓吴，是一位眼光毒辣、要求极为严格的优雅老太太。每次看到吴教授，姜醒都会想到国外时尚杂志拍摄的，发型和妆容一丝不苟、气场十足的大龄女星，在气场上，吴教授不输分毫。

也正因如此，姜醒还在吴教授的观察期。艺术考试，服装学院的考试分三项，分别是素描、色彩，还有创意设计，有的学院也会把创意设计替换为设计基础，主要考查学生对服装设计的天赋与才能。

这堂课原本应该是基础设计，姜醒纸笔都准备好了，结果吴教授推了一下鼻梁上的银框眼镜，突然改了主意：“今天我不讲课，我给你们一道题，你们发挥自己的想象力，可以用任何方法画出来。记住，重点是想象力，和自我表达。”

吴教授的题目是“松和紧”，姜醒很快就画完了，抬头一看，怎么她的两个小同学都还在沉思？

吴教授适时地补充一句：“一节课画不完的，下节课带给我。”

姜醒拿着画笔的手尴尬地放在腿上……

她刚想换张画纸，就发现吴教授不知何时站在她的身后，慢悠悠地说：“姜醒啊，你这个画不行啊。”

然后吴教授慢条斯理地把她的画从头到尾点评了一遍。

只有一个主题——你完了，你没想象力。

从画室走出去的时候，姜醒像个霜打的茄子，蔫蔫的。幸好她还有点绘画基础，不然非要在吴教授手底下被折磨得断气，就现在这样，她都觉得每天的日子死去活来，每次上课都要蜕层皮。

画室里，一个穿着白色棉裙，尖下巴大眼睛的小姑娘安慰她：“不要沮丧啦，这只是个普通的想象力训练。”

小姑娘和她站在公车站台上等车，天空上飘了点绵绵细雨。雨不大，但是在外面站久了，姜醒的帽子上还是沾上些许潮湿的雨痕。

公车一辆辆地在她们面前停下，等车的路人纷纷踩着脚跟往上挤。但一连来了三辆，都不是她们要等的车。站台的人越来少，从拥挤到空旷，也不过就是十分钟的事。

她们对了一下，才发现她们坐同一趟车，小姑娘住得略远一些，在姜醒后面几站下。

“那你说，想象力是天生的，还是后天训练出来的？”姜醒接过她的话头问。

小姑娘说：“只有当你完成了百分之九十九的努力，才有资格去和人拼百分之一的天赋，你觉得呢？”

姜醒失笑：“我怎么觉得你在安慰我？”

她在心里给小姑娘起了个外号，叫“小白裙”。“小白裙”就跟她的穿衣风格一样，纯纯的，一看就像是学生时代初恋的那种小姑娘，讲话斯斯文文、轻轻柔柔的，不像她，太野了。

“小白裙”连连摆手：“我说的都是真心话，你可不要曲解我，而且我觉得你的色彩很好。”

“你看到我的画了？”

“小白裙”轻声说：“不好意思，我没有经过你的允许，是不是不应该看？但我就是无意看到的。”

“小事，我就随口一问。”

“小白裙”又说：“那我能跟你学学色彩吗？”

姜醒笑道：“当然没问题。”

“小白裙”开心地一笑：“太好了。”

姜醒看着她：“你高兴就高兴，怎么还脸红呀？”

“小白裙”猛然低下头，狂摇头：“我就是一高兴，就容易脸红。”

姜醒哑然失笑，她没想到在画室还能遇到这么可爱的女孩子，跟棉花糖似的，说话都甜。

“小白裙”又说：“你不知道，在你来之前，我都不知道跟谁说话才好。”

原来是寂寞太久了，见到她有点兴奋。

“不是还有那谁吗？”姜醒皱眉，她说的是画室另外一个男生。

只是那个男生实在太过沉默寡言，名字又很难记，姜醒实在叫不出来他的名字。

“小白裙”一说起这个就郁闷：“他那么傲气的人，怎么会跟我讲话？”

说这句话的时候，“小白裙”的语气里充满了惆怅和遗憾，她沉下去的语调里，藏着她自己都不曾察觉的失落。

姜醒只见“小白裙”两个腮帮子充气一样鼓了起来，气鼓鼓的，她伸手去戳。她现在有点理解为什么贺铭南总喜欢把她逗生气了，看人生气的样子，多可爱呀。

“小白裙”躲开她的手，软绵绵地埋怨她：“姜醒，你干吗呀？”

姜醒顿时充满负罪感地收了手，跟她一起义愤填膺地吐槽画室里的高冷男——小冰砖。没错，不擅长记人名字的姜醒，又给人起外号了。

她说：“就是，阴沉沉的，看起来就不像好人。”

结果，“小白裙”皱了眉头，又替他解释说：“也不全是，他还是很有实力的，只是不喜欢说话罢了。也许是因为我画得太平庸了，他懒得讲话吧……”

“小白裙”越说越沮丧。

姜醒第一次面对这样软绵绵的女孩子，手足无措。她不会要把人给弄哭了吧？不要啊，她还想交朋友呢。

好在“小白裙”不至于那么脆弱，她深呼吸，一抬头，忽然看见站台对面的一个人影。她拉拉姜醒的袖子，问：“姜醒，那个人你认识吗？他一直在看你。”

姜醒顺着她指的方向一看，对面居然是贺铭南。她布满云翳的心情，一瞬间云开雾散，晴朗起来。

她吃了一惊，他怎么来了？

画室楼下车水马龙，又恰逢雨天，道路潮湿，灰色的柏油马路被细细密密的雨水用画笔抹上了墨色，车灯闪烁。贺铭南站在斑马线的那头，举着一把藏青色格纹的大伞，如同一根笔直的竹子，立在水泥丛林的中央。

绿灯亮起，人群裹挟着贺铭南向前，没几步，他就来到了姜醒的面前。

贺铭南把伞递到姜醒跟前：“给。”

姜醒呆了一下：“啊？”

贺铭南无奈：“没带伞吧？就知道你不会看天气预报。”

姜醒左右看了看："你把伞给我了，那你呢？"

就在他们说话的时候，姜醒旁边的"小白裙"不知道什么时候不见了，姜醒回头四处找她。

贺铭南说："你找刚刚你旁边的那个女生？"

"对呀。她怎么不声不响跑了？"

贺铭南指指另一边："有个男生叫她，她就过去了。"

姜醒一看，"小白裙"居然跟穿着卡其色外套的"小冰砖"站在一起说话，看起来非常紧张害羞的样子。

贺铭南把她的视线掰回来："别人有什么好看的？"

姜醒："他们当然没你好看。"

贺铭南轻笑："车来了。"

姜醒还在犹豫要不要叫"小白裙"上车，但是贺铭南没给她这个机会。

——不随便打扰别人，是我们红旗下长大的少年的美德。

贺铭南为姜醒撑住伞，让她先上车，然后才收了伞。好在这一趟车不算拥挤，还有不少座位。

姜醒选了一个靠窗的双排座椅。

贺铭南腿长，坐在她旁边，她的两腿放在座位前，前面还空出一大片，但是贺铭南的腿跟长脚蟹似的，座位前面都要放不下了。

看得姜醒那个羡慕嫉妒恨，这就是人和人的差距啊。

姜醒舔了一下嘴唇："你怎么知道我今天在画室？"

"你发了朋友圈，忘了？"

姜醒愣了一下，惊讶地说："你换手机了？"

贺铭南摇头："白棠棠告诉我的。"

公交车颠簸了一下，姜醒跟着一晃，低头玩自己的手，又不知道说什么了。

分班之后，她和贺铭南就不能像过去那样天天在一起了。说实话，她非常不习惯，总有一股冲动，想跑到贺铭南班上去看看他怎么样，新同桌是谁，长什么样……

“我没有新同桌。”似乎知道姜醒在想什么，贺铭南突然开口。

姜醒眨巴水润的大眼望着贺铭南。

贺铭南说：“老师让我自己选座位，我说我喜欢一个人坐，还是以前我们的座位，最后一排。”

姜醒听到他说“我们的座位”时，心里一暖。

贺铭南一双天生多情的眼睛看着她，微笑着：“这样的话，你要是来看我，一眼就能看到我了。”

听到这话，姜醒感到自己阵亡了。

司机猛然刹车，整辆车的人往前一个踉跄，姜醒伸手扶住前面座椅的把手，才不至于把脑袋磕到上面。

“好险。”她摸了摸胸口，借此来掩饰刚刚自己突然加速的心跳。

贺铭南看着她：“有我在，不会让你磕的，别慌。”

哪能不慌呢？慌得不行。

“看你，脸都红了。”贺铭南温柔的声音传来。

这天后，接送姜醒去画室就成了贺铭南的任务。

连“小白裙”都知道，有个高个子帅哥每次都会过来接姜醒，“小白裙”也是个爱给人起外号的。

那天，“小白裙”神秘地和姜醒咬耳朵：“那个‘小青松’是谁呀？”

小青松？是什么？什么品种的松？

“小白裙”又解释了一下，姜醒才明白她是在说贺铭南。她不禁想笑，“小白裙”给他起的这是什么名？

“小白裙”解释：“大雪压青松，青松且挺直。我第一次见到他，就想到这句诗，你说，他又高又直的，是不是很像？”

“小白裙”的声音忽然提高，惹得画室里高冷的小冰砖停下手上的画笔，抬头看向她。

“小白裙”条件反射地把脸藏在姜醒的肩膀后面。

然后，只听“小冰砖”淡淡地冲小白裙说了一句：“吵。”

姜醒发誓，她一定听见了“小白裙”心碎的声音。她一把护住“小白裙”，走到“小冰砖”的面前，非常有气势地说：“你！”下一句，她顿住了，“你……那谁，叫什么名字？”

“小冰砖”抬了一下眼皮：“韩冰。”

姜醒微微一顿，这名字，听起来就挺冷，又寒又冰的，他爸妈没觉得他五行缺火吗？

姜醒咳了一下：“韩冰，都是同学，你说话客气点。”

韩冰的表情纹丝不动，除了开头的时候看了姜醒一眼，其他时候心都放在自己的画布上。他一边挥动手中的画笔，一边轻描淡写地说：“你们为什么学艺术，为了高考走捷径？”

姜醒被他气得不轻：“怎么，就许你画画，别人画画就不行？”

韩冰张嘴，似乎准备说什么，但他瞥到“小白裙”，话在嘴边绕了个弯，给咽回去了。

跟人吵架最怕遇到这样的人，他要有话直说，那还好些，最怕这种话说一半，能把姜醒给憋得手都捏成了拳头，偏偏还不能拿他怎么样。

“小白裙”把姜醒拉到边上，给她倒了杯水，看着韩冰的方向，小声说：“姜醒，你上次问我天赋。”“小白裙”指了一下，“韩冰就是。”

姜醒的视线在“小白裙”和韩冰之间来回滑动，最后无奈地说：“天才就能瞧不起人了吗？不如等几年再看，还不知道未来的光景如何。”

“小白裙”点点头：“那你别生气，别吵架。”

姜醒轻笑出声，摇摇头。

直到陆星宙出现在画室的外面，姜醒才知道，“小白裙”居然是陆星宙的堂妹。

姜醒不禁想，这个世界也太小了。

“小白裙”有个好听的名字——陆双怡。原来，因为陆双怡每次从画室回去，都显得闷闷不乐，问她什么事，她也不说。于是他们家派出了撒手锏陆星宙来接她，都是同龄人，也好探探情况，不至于那么防备。

姜醒觉得这样亲近的家庭关系很有趣：“你们家亲戚都走得这么近？”

陆星宙笑道：“是啊，我们亲戚还住一个小区。”

现在家庭关系这么好的家族不多了。

陆星宙没有忘记自己是带着任务来的，他向姜醒打听：“你们一堂课几个人？我看学生好像不多。”

姜醒耸肩：“三个。”

“那还有一个？”

“韩冰，刚刚从我们身边路过的那个。”

提起韩冰，姜醒撇了一下嘴。

刚刚那个背影，陆星宙有点印象，他点点头，对事情有了点猜测。

这时候，慢吞吞的小姑娘陆双怡终于把东西收拾好出来了，她比姜醒他们小一届，刚刚上高一。

贺铭南一直在楼下等姜醒，他没想到，等到的，不是姜醒一个人，还有一个紧紧跟在她后面的陆星宙。

贺铭南心里一沉，他见到陆星宙就没好脸。但是他不能让姜醒看出来，于是他就当陆星宙不存在，直接走到姜醒的旁边，自然地帮她背过画板。

陆星宙脸上的笑容逐渐消失。

他们五个人在楼下不宽敞的道路边狭路相逢，贺铭南和姜醒要去公车站等车。

姜醒问：“你们怎么走？”

陆星宙健康帅气的小麦色脸上露出笑容：“我们坐车。”

然后，公交站台前驶来了一辆黑色豪车，姜醒恍然大悟，早就听说陆星宙家境好，看起来是真的不错。他打开轿车车门，邀请姜醒：“送你一程？”

他故意只邀请了姜醒，完全没有提贺铭南。

贺铭南站在姜醒旁边，和陆星宙对视，两个男生一个比一个高，在公交车站台上四目相对，暗中交锋。光是这火花四溅的模样，就足够吸引眼球了。

旁边有人窃窃私语：“他们是在拍电视剧吗？但周围没看到摄像机啊。”

姜醒笑笑，摆手说：“没事，不用了，你们走吧。”

陆双怡也邀请姜醒：“姜醒，我们两家顺路，你跟我们一起走吧。”

姜醒正要婉拒，结果贺铭南做了一个让人意想不到的举动，他把陆星宙塞进了车里。

没错，他就是这么突然地把没有一点点防备的陆星宙塞进了车后座，然后他撑着车门，俯身对陆星宙说：“姜醒说了，她不用，不麻烦。还有你知道占用公交车道是违反交通法规的吗？我们还是要做个遵纪守法的好青年。”

然后“砰”的一声，贺铭南微笑着，帮他把门关上了。

贴着防晒膜的车窗，只能印出陆星宙模糊朦胧的黑脸。

车内，他的脸比车窗还黑，可以不用化妆，直接去横店演包拯。

陆双怡也跟着慌慌张张坐了上去，司机在驾驶座上，从后视镜看到后面的情形，忍不住发笑，嘴刚咧了一半，就看见陆星宙犀利的目光通过后视镜射来。他连忙又把笑容憋了回去，努力装作什么都没有看见的样子。

司机说："少爷，我们要走了，不能在这里久停。"

陆星宙重重地"哼"了一声，从后座上找出一副大墨镜戴上，跷起腿说："走，谁不让走了。"

车子从贺铭南身边飞驰而过，陆星宙淡淡地施舍给贺铭南一个"老子不屑你"的眼神。但是他忘了，他隔着镜片，又隔着窗，贺铭南眼神再好，也看不到。

陆星宙心想，今天路边没有积水，便宜了贺铭南，不然真想溅他一身水，以泄他心头愤。

目送陆星宙离开，姜醒他们的车正好来了，上了公交车，贺铭南抱着姜醒的画板，突然没头没脑地来了一句，"姜醒，你知道我们现在坐的是什么车吗？"

姜醒愣了一下："不是 310 路吗？"

贺铭南："不，我们现在坐的，是百万级的双层豪华公交客车。"

姜醒点头，没毛病。

然后贺铭南不说话了，只盯着她。

姜醒不知道她此刻需要给贺铭南什么反应。

贺铭南提示："这辆车，和陆星宙的相比……"

这道题姜醒会答："这辆好。"

贺铭南终于满意地点点头。

姜醒心里头憋着笑，今天的贺铭南和陆星宙，好像两只争相开屏的孔雀。一个比一个争强好胜，非要比一比，谁的羽尾更好看。

把姜醒送到家楼下，姜醒问贺铭南："要不要进去吃个饭？"

"不用，你进去吧。"贺铭南把手上的画板递给她。

看着姜醒往里走，贺铭南突然喊住她："姜醒！"

姜醒回首："什么？"

贺铭南犹豫了一下："没事，之后跟你说。"

姜醒笑他神经兮兮，挥挥手，走了。

三月六号，惊蛰。天地俱生，万物以荣，一个充满希望的节气。

从这个节气开始，很快就能见到梨花红，杏花白，莺啼婉转。

初春伊始，很多冬天的厚衣服都用不上了。秦女士让姜醒整理一下衣柜，准备把冬装都收起来，送去干洗店洗一洗，把季节适宜的衣服拿出来穿。

姜醒对着衣柜里被她翻得乱七八糟的衣服犯愁，但她心里还是挺高兴的。

冬天的衣服穿来穿去，都是那样，哪有春装好，颜色鲜嫩，样式多，看在眼里都觉得赏心悦目。尤其是……

姜醒整理衣服的时候低头抿嘴闪过一丝笑意，不知道想到了什么。

她试了好几件衣服，穿在身上拍照发给白棠棠，让她帮忙选。

"棠棠，你说哪一套好看？"

白棠棠正走在外面，看到姜醒的消息停下脚步。她看了看，给了一个标准答案："都好看。"

很快，姜醒的回复发来。

"必须选！不存在都好看！"

"什么时候穿？"

"生日。"

姜醒的生日就快到了，她特意邀请了贺铭南。

白棠棠给她发了一个害羞的表情。

白棠棠："哦，要穿给某个人看啊。"

姜醒："没有的事。"

白棠棠："那就那件粉白的吧，我喜欢。"

姜醒："OK。"

姜醒盼着盼着，就等生日那天。

她最近学会了没事就去楼上办公室抱个本子什么的，然后路过贺铭南班级的窗前晃一晃。

贺铭南也很配合，每次姜醒路过的时候，他都会冲她轻轻挥一下手。

贺铭南有时候也会路过他们艺术班，但是理由总是不那么充分。

他多管闲事的同学问他："贺草，为什么你上厕所不上我们这一层的，每次非要用下面的？"

贺铭南板着脸，一本正经："下楼上楼，多爬两层楼，增加运动量，帮助消化，利尿，行吗？"

原本，他只是一本正经地胡说八道，没想到还真有人当真。结果后面几次他下楼，都发现身后成群结队，跟着一串人。

贺铭南满头问号。

同学们异口同声——

"便秘，走走。还是大哥的方法科学！"

"贺大哥就是不一样，健康生活，健康运动。"

同学们神清气爽了，姜醒和贺铭南十分不爽。

后来，他们又想了办法，他们决定利用午休时间在一起聚一聚，聊聊天。

白棠棠和姜醒也不在一个班，但她是文科生，和姜醒一层楼，省去了很多跑上跑下的时间，每天课间去水房打开水都能聚在一起。

姜醒想跟贺铭南说话，白棠棠想跟程舟说话，两人一拍即合，没事就让程舟和贺铭南两个人约在一起打篮球。然后姜醒和白棠棠负责给他们送水。

程舟高三了，到了非常关键的时刻，白棠棠有点苦恼，因为程舟的成绩一直上不去，他爸想让他别考国内大学了，直接送国外念预科去。

白棠棠没有要出国念本科的打算，她让程舟好好考，这样就不用被他爸扔国外了。

程舟嘴上答应，转头又把白棠棠的话当成了耳旁风。

直到有一天，他们在球场外面爆发了激烈的争吵。

白棠棠拉着他问："你原来不是这么说的，你究竟为什么要改变主意？我们一起在同一个城市念大学不好吗？"

程舟冷漠地甩开她的手，对她说："你不懂。"

白棠棠急了："程舟，给我站住，今天不把话说清楚你不许走。就当我不懂，你不说，我怎么懂？"

程舟还是舍不得白棠棠为他急眼。他一只手抱着篮球，看见路过的贺铭南，直接把球扔给他，让他先带人玩去。

然后，他放缓了语速，语气十分无奈，还有些不甘和愤怒："我就是要花我老子的钱！"他脸上表情骤冷，"我家里那些烂事我不想拿出来说，他做的事，说出来都荒唐可笑……"

后面的话，姜醒没有听到，她觉得不该听。后来白棠棠和她倾诉的时候，大概把事情拼凑了一个大概。

当时，程舟说："我老子，他在外面还有个家！他的钱我现在不抓紧花一花，还等什么？等着给小三和他们的小孩花完吗？"

程舟说的这些话，震得白棠棠半天没回过神来。

此刻，白棠棠在姜醒的卧室抱着纸巾盒子，哭得上气不接下气，一把鼻涕一把泪。

她问姜醒："你说，我应该说什么？我什么话都说不出来。"

她既没有资格评论程舟的家事，也不能让他放弃这样偏激的想法。想到要和程舟隔着大洋，她感到痛苦和茫然。

姜醒也为这件事感到不可思议，她只能安慰白棠棠，船到桥头自然直。

她还没把白棠棠安抚好，她自己就遇到了一件更加出乎意料的事，与贺铭南有关。

在一个毫无预兆的晴天，一个头发花白的老人找到贺铭南。老人找到贺铭南时，他正在篮球场上打球，老人来了之后，他们借用学校高层的办公室，进行了一场只有他们两个人的私密谈话。

老人看起来清癯健硕，十分精神，穿着考究，一看就是来自富裕人家，贺铭南看不透他的年纪。

老人问他："小同学，能给我倒杯热水吗？我要给你说的事，可能要费些口舌。"

贺铭南给他端了一杯热水，老人看着贺铭南，眼里写满了欣赏与喜爱。摆在他面前的纸杯里热气蒸腾，看不见的热气往上冒。

他说，他老来得女，生了一个冰雪聪明的女儿。女儿有自己的主意，找了一个穷人家的小伙子，小伙子品性很好，才学出众，在他们结婚第二年，有了一个可爱的孩子。但是好景不长，女儿和女婿的矛盾日渐增长，女儿继承家业，生意越做越大，但是她在商场上的许多做法，女婿并不赞同。两人爆发激烈的矛盾，在激烈的争吵之后，家中的孩子被父母的争吵吓到，哭闹不止。保姆急忙把他带去公园，避开家中狼藉的战争。

没想到孩子在公园走失，保姆打电话给孩子父母，没有一个人接电话。她自己去寻找孩子，但是没有孩子的踪影，因为害怕，她躲了起来。当孩子母亲找到她的时候，她还谎称孩子是被人绑架绑走了。因此，耽误了重要的营救时间，线索断在了邻省。

多年来，这对夫妻没有放弃寻找自己的孩子，这么多年，他们终于找到了线索。这不是他们这么多年来第一次获得线索，但很可惜，每一次的希望带来的都是失望。这一次，他们终于获得确切线索……

热水凉透，老人的故事说到这里。

贺铭南微微战栗，老人说的每一句话，都埋着强烈的指向性，一个答案就在他的嘴边呼之欲出。他需要用尽浑身的力气，克制自己不从椅子上猛然站起来。

贺铭南低着头，避开老人的灼灼目光，然后，那句顺理成章又无比荒谬的一句话从老人的口中说出，在贺铭南的耳边轰然炸开。

“孩子妈妈实在怕希望之后又失望，只好由我这个老头子出面请求，你是否愿意做一个亲子鉴定？”

其实，老人在见到贺铭南的第一眼起，心中就有强烈的预感——没错，这就是他的外孙。这种血缘的羁绊他不可能看错，老人期盼而激动地看着贺铭南。

听到这句话之后，贺铭南的双耳塞满了受到爆炸冲击之后，剧烈的耳鸣，他抬眼时，办公室窗外的蓝天，淡得仿佛几乎透明的蓝水晶，日光耀眼，透过玻璃窗户折射四散，目光尽头只余下一片白光。

他似乎听见自己的声音从很遥远的地方传入他的耳道，他说：“这怎么可能？我有父母，我从小生活在安村，他们在我小时候早亡，我一直……”

老人按住他的手，用浑厚沉着的声音说：“孩子，无论是或不是，很快就会有一个确切的答案，不是吗？”

这一场会面，对贺铭南而言冲击巨大，他落荒而逃。

收到鉴定结果的消息那天，他正走在回学校的路上，一只在城市里生存的麻雀从梧桐树上振翅而起，毫不客气地从空中扔下一团青中带白的排泄物，险些砸中他。他盯着脚下发呆，鉴定书上写得明明白白——亲子关系，99.99999%。

老人在电话里通知他的那一刻，声音止不住地颤抖，他说：“孩子，让你受苦了。”

老人……不，现在应该称呼为外公，他的外公说他的妈妈正在赶来看他的路上，让他放学等等，他们来接他放学。

电话挂断，贺铭南的手缓缓垂下，靠在斑驳的墙边，嘴角含着一丝苦涩，似乎是想笑，又笑不出来。他身后的白墙涂着美化用的彩色涂鸦，经历风吹雨打之后，鲜艳的色彩不复存在，墙上抱着滑板的孩子变得斑驳，笑容因此变得模糊不清。远处，一声遥远的钟鸣穿越马路街道传入他的耳中，难辨喜悲。

风停了，云走了，空旷的街道一切如旧。

这一切似乎是命运给贺铭南开的一场玩笑，他从一无所有的地方走来，他无数次告诉自己，他一个人，他只有一个人，他要坚强。也只有这样反复地告诉自己，如同火炉里锻造的热铁，经过反复的敲打锤炼，才能百炼成钢，不然，他早就承受不住了。

贺铭南也是个孩子，他受人欺负的时候，也想有个超人从天而降把坏人打跑；发烧的时候，也想吃糖。

听去市区看病回来的孩子说，大城市的医院门口不仅有糖，还有气球卖，他说这句话的时候好骄傲，孩子们坐在老柳树下围在他身边，看他的眼神都闪着星星。

又听说因为这事，隔壁的小美把自己冻感冒，也闹着要坐车去大城市的医院看病，家里人把她骂了一顿，问她：“你知道人家得的那是什么病？医生都说，别治了，回家吧。你还想生病，你这个造孽的娃娃是疯了吧？”小美的哭声震天，在隔壁院子都听得一清二楚。

贺铭南的过去如走马灯一般在眼前闪过，他也有想哭的时候，他也会做噩梦，他也会在梦里一遍又一遍，徒劳而固执地，要找爸爸妈妈，可他们总是站在很遥远的地方，不说一句话，他看不见他们的脸。他从梦里醒来，窗户缝呼呼地吹着风，推开窗，风吹鼓了亮晃晃的月亮。他对着田埂上的月亮说，他很想爸爸妈妈。

他在安村还有一个奶奶，可是奶奶不属于他一个人。奶奶属于她的二儿子，属于她的小孙子，属于很多人。

后来，就连奶奶也不在了。

这些都没关系，贺铭南告诉自己，他还有明天，他还有希望，只要他走出来，肯努力，肯吃苦。

他又遇到了祝叔叔，一个跟他无亲无故，却愿意伸出手，帮助他的人。可命运何其残忍，把这样一个给他温暖的人也夺走了。

人生总是如此，一路前行，一路失去。

第二十二章
每朵乌云都镶着银边

放学的时候，贺铭南终于见到了他的亲生母亲。对方给他的第一印象就是瘦，锁骨清晰可见，装扮华丽隆重，是一个瘦小又带着淡淡愁容的女人。

他们的母子重聚，并没有像电视里面演的那样声泪俱下，撕心裂肺。或许是母子，他们的性格有些相似的地方，正是这细微的共同点，让他们对这场跨越久远时间的重逢，选择了克制冷静。

停在路边的车内，显得最激动的反而是贺铭南的外公，看得出，他对这个在外颠沛流离失而复得的外孙异常喜爱。

“你平时都住哪里？”贺铭南的母亲，季清韵开口询问。

“住校。”贺铭南如实回答。

季清韵又说：“来家里住吧。”

她的语气不容置喙，这是一种习惯发号施令的人惯用的语气。如果是对下属说的，并没有太大问题，但如果是对儿子说的，其中的生疏和冷淡就有些令人心寒。

贺铭南没有推拒，他没有听出季清韵对他的冷淡，也或许是他对家庭和母爱的渴望，蒙蔽了他的双眼，让他回避对某些问题的探求。就当它是一个薛定谔的盒子，只要不打开，就永远不会得到一个肯定的答案，这何尝不是一种无可奈何之下的自欺欺人，也是一个十七岁少年所能想到的最好的自我保护。

贺铭南回到季宅之后，才发现季家的财富远远超出他的想象，他把季清韵的名字输入搜索框，出来的介绍令他瞠目结舌。如果姜醒家是林城的上层阶层，那么季家就是上层之上的庞然大物，十个姜家也比不了。

他所住的地方，只是季家在林城的一处房产。网络告诉他，季家拥有的瑞季集团大本营在沪市，他还没有去过沪市，听说那里淌着金，淌着银。

季清韵让菲佣给他安排了房间，只在第一天贺铭南入住的时候和他共进过晚餐。

餐桌上，贺铭南问了一句："吃饭的人就我们吗？"

他想问的是为什么这个家只见女主人？而男主人从头到尾都不曾出现。故事里，那个才华横溢的丈夫，他的爸爸呢？

季清韵瞬间冷了脸，给贺铭南夹了一筷子菜放到他的碗里，淡淡地说："吃饭。"

贺铭南低头看见碗里红椒蒸出来的鱼肉，不是他的口味，有些辣，但也能够承受，于是他轻声"嗯"了一声，和米饭一起吃了。

放进嘴里的刹那，辣椒的劲头直冲天灵盖，他的眼底顿时有些红，不知道是辣的，或是因为别的什么原因。

季清韵见他乖乖吃饭，这才想起什么似的，问："忘记问你喜欢吃什么了，还合你口味吗？"

贺铭南点头："嗯。"

季清韵又说："明天你想吃什么就跟厨房说，让厨房给你做。"

贺铭南说好。

吃过饭洗了澡，贺铭南躺在宽敞整洁的陌生卧室里。因为睡不着，他起床去外面想倒杯水，结果意外地听见外面有人在说话。压低声音说话的人是他的外公：“小韵，既然铭南已经回来了，你就不要再执着过去了，不要让铭南看到你这副样子好吗？”

季清韵的声音陡然拔高：“我思念自己的孩子都不行了吗？他说都不说一声就把我小儿子带走了，难道现在我还要给他遮掩，让他在老大面前装好父亲？”

“那是你们之间的矛盾，孩子是无辜的。”外公有些气愤，“小韵，这些年来我时常想，我真是把你宠坏了。”

“爸，好坏我都是这样。”

贺铭南听见季清韵的脚步声，连忙闪到门后，等到确认两个人都回房之后，他才从门后走出来。他来到适才季清韵和外公站的地方，走道上亮着一盏小夜灯，余光足以让他看清酒柜上的照片。照片里是一张一家三口的合影，男主人被人剪了，剩下一个十来岁的孩子和季清韵依偎在一起。

照片上，季清韵的表情生动，笑意从嘴角蔓延到眉梢，不似见到贺铭南时的生硬与不自在，照片里，她发自内心地散发着一个母亲的温柔。

看见这张照片，贺铭南便懂了，季清韵不是生来如此，只是对他如此。

他也想做个好儿子，他无数次想象过母亲的轮廓与体温，在见到季清韵那一刻，终于有了具体的对象。他不是没有动过心，也曾心存侥幸，以为命运终于对他有了一丝仁慈，要归还原本属于他的一份礼物。只是，他的希望没能持续多久，就如同冬日小女孩手里最后一根火柴的光芒，燃尽之后，便很快消失了。

后来，他了解到事情的原委，和他的猜想出入并不大。多年前，他被弄丢之后，季清韵陷入悲伤，但是很快一个好消息砸中她和丈夫——她又怀孕了！

新的生命冲淡了贺铭南走失带给她的伤痛，并燃起希望，认真对待腹中的新生命，她这一次不想再错过孩子的成长，她把亏欠贺铭南的爱加倍给了弟弟。工作之余，她付出了更多的时间和精力陪伴孩子，按照她的心意，培养孩子，看着他一天天长大。

血淋淋的伤口逐渐愈合，贺铭南成了一个在他们家里不能提的存在。贺铭南的父亲渐渐感到了不对，他们确实不能沉浸在无尽的伤痛之中，但也不是这样闭口不提，把他的亲生孩子就这么遗忘了。

每当他想和季清韵说寻找老大的事情时，她都会用别的话题盖过，甚至后来他们分房睡，她干脆躲着他，拒绝和他交流。

她对小儿子的宠爱，随之到达了顶峰。

但是她没有想到，和他离婚后，备受她宠爱的小儿子，选择了和他爸爸一起离开她。这无疑是对清高自负的她沉重的打击。

在她眼中，这就是背叛。

贺铭南的父亲带着小儿子离开了中国，去海外任职，重新生活，但她还是愿意等她的小儿子回来。

刚离婚那一阵，她没日没夜地抱着小儿子的照片哭。她的父亲，安慰她，劝她振作，她抚摸着相片说：“爸，你看，屿儿多像我，这个眉眼简直跟我是一个模子刻出来的，他怎么能够狠心丢下我？他不会的。”

也就是这个时候，贺铭南被找到了，外公把他带回了季家。

说来讽刺，新生的弟弟是他失踪之后的安慰剂，他又再度成为弟弟跟父亲离开后的安慰剂，只是效果相差有些大。对于季清韵来说，她对贺铭南的感情远比不上她和小儿子。

贺铭南茫然，谁能告诉他，他该怎么办？

学校里，贺铭南漫无目的地溜达，不由自主地走到姜醒的教室前，现在是上课时间，只有他失了魂似的瞎晃。

贺铭南看见姜醒在课桌上竖着本书，马上就要小高考了，姜醒上课还用书挡着，手底下在干什么？

看了几十秒，贺铭南终于看明白了，她在偷啃苹果。

还挺讲究的，把苹果的皮给削了，真是悠闲。

贺铭南在窗边看着看着，心情竟莫名好了一些，这大概是姜醒的魔力吧。无论什么时候看见她，都仿佛没烦恼的样子，让看见她的人也有了一丝好心情，从密布的乌云中得到片刻喘息。

贺铭南看了一会儿，转身离开，走到楼梯口的时候，突然有个声音喊住他："贺铭南！"

他闻声回头，姜醒追出来。

姜醒气呼呼地看着他："你这人怎么路过一下就跑？都不叫我。"

贺铭南眼中含笑："你吃得那么专心，我怎么叫你？"

他说得有道理，姜醒无法反驳。

"你怎么翘课了？"姜醒问。

贺铭南翘课，这可是大新闻。

贺铭南没有泄露他内心的烦闷，只是说："随便转转，马上就上去。"

"那你别瞎转，走，我带你转。"姜醒也不追问，拖着他就往楼下走。

贺铭南心里觉得有趣，学校还有哪里他们没去过，要姜醒带路才能看到？结果，他想错了，姜醒带他来的，不是什么偏僻难找的地方，恰巧是他非常熟悉的地方。

更准确地说是他们第一次见面的地方。

姜醒问他："还记得这儿吗？"

怎么不记得？当时姜醒戴着个墨镜，翻墙过来要给他结尾，就是从这儿从天而降。

这里楼上的角落是个监控死角，姜醒在这个秘密基地的花盆下放了份纸笔，她心情不好的时候，就会来这里胡乱地写写画画。

她随手咬开手上圆珠笔的笔帽，看着贺铭南说："把手伸出来。"

姜醒围着他转了一圈，圆珠笔抵着下巴，然后对贺铭南说："我裙子绑带散了，帮我系一下行吗？"

一路都魂不守舍的贺铭南这才发现，原来今天姜醒没穿校服。

姜醒问他："你怎么愣住了？今天周五，本来就可以穿自己的衣服，你晕啦？"

贺铭南恍然："对，周五。"

姜醒担心地问："你发生了什么事吗？"

贺铭南摇头："没有，我帮你系腰带吧，你转过去。"

姜醒穿了一条白色打底，浅浅的草绿色波点裙子，腰带也是青翠的草绿色，好像春天的颜色。贺铭南不太会打蝴蝶结，手笨，系了好几次。

姜醒一边扭头看，一边问："贺铭南，好了吗？"

他问："紧吗？"

姜醒说："有些松，可以再紧一点。"

"好。"

贺铭南给她重新调整，手指骨节划过姜醒纤细的腰，戳到了她腰上的痒肉。

姜醒有些突然地笑出声："痒。"

贺铭南抬高手，小心翼翼地不碰到她："还痒吗？"

姜醒一个愣神，贺铭南说："好了。"

他终于把姜醒背后的蝴蝶结给系好的时候，才发现自己出了一头的薄汗。

这时，姜醒递给他一张纸。

贺铭南接过来一看，纸上画着一组图，一半画着松开的腰间系带，另一半，画着一双手帮女孩系紧腰带。贺铭南认出来，画上是他的手。

“好看吗？”

“好看。”

姜醒说：“这是画室老师布置的课题，‘松和紧’，老师说我想象力不足。”

贺铭南摇头：“我觉得它很有想象力。”

姜醒收起圆珠笔，看着贺铭南的眼睛，然后缓缓踮起脚。午后的光线刺眼，以至于姜醒面向阳光时，不由得闭上了眼。她踮着脚，距离贺铭南的脸颊越来越近。

然后，她的唇停在离贺铭南脸颊几毫米的位置，缓缓睁开眼，看见贺铭南的眼睛沐浴在金色阳光下。真美呀，好像一双轻柔的手在天上揉碎了的星星，洒向海面，闪闪阳光下，化作三月银白色的粼粼波光。

姜醒跟他说：“考试加油。”

贺铭南：“加油。”

姜醒笑的时候，或许是笑意太深，颊边出现一个浅浅的酒窝。

贺铭南伸出手，轻轻戳了一下。

姜醒把画纸送给他：“送你了，不许心情不好，听见没？”

“醒姐发话，谁敢不从？”

姜醒点评他：“贫嘴。”她问，“我们北京见，对吗？”

贺铭南斩钉截铁地回答：“会的。”

姜醒生日当天，贺铭南早早地给她准备了一份惊喜，他把一个礼物盒子连同他平时写下的一些信件都放在盒子里，放在了姜醒的抽屉肚里。

有些心意，文字反而是一种更好的表达方式，可以更加清楚坚定地传达心情。贺铭南一直有给祝叔叔写信的习惯，祝叔叔离世后，他已有一段时间不再写收件人为空白的信件。他保存了这两年来未寄出的信，挑选了几封送给姜醒，期待姜醒看到它们的样子。

可遗憾的是，姜醒没能看到贺铭南给她的信件。姜醒上学时，在楼梯拐角遇到岳轻灵匆匆忙忙神色慌张地往下跑，正巧和姜醒撞了个满怀，她的怀里抱着一本厚厚的资料书，书里的几封信件掉落在地上。姜醒俯身帮忙去捡，被她猛然撞开。

姜醒开玩笑地问她："这么慌张做什么？谁给你的情书？"

岳轻灵埋着头不说话，急匆匆地捡起信件，扭头便跑。

莫名其妙的姜醒回到班上，在课间的时候，从班级后面的垃圾桶发现了一个浅粉色的盒子，她鬼使神差地捡起来看，看见里面放着的小礼物，没有署名，但在盒盖的上方，她看见一行不起眼的小字——给姜醒。

姜醒瞬间就认出来，这不是贺铭南的字吗？也就是说，贺铭南给她的生日礼物被人故意给扔了。

是可忍孰不可忍，姜醒捧着礼物残骸提高声音问："谁扔了我的东西？"

课间吵闹，没有人回答姜醒，在姜醒发问之后安静了一下，又迅速恢复了喧闹的鸭子塘。

见到班上情况如此，姜醒也不气愤，只是冷静地站到了椅子上，神情冷峻，高声问："我再问一遍，谁扔了我的东西？"

班上仿佛按下了静音键，陡然安静，同学们傻傻地仰望着椅子上的姜醒，面面相觑，然后看着姜醒手里的盒子皱眉思索。直到有人弱弱地说："我在进门的时候，好像看见岳轻灵从我们班出来，那时候我们班上没有人，会不会是……"

姜醒皱眉："看见了就是看见了，没看见就是没看见，不要说好像。"

对方肯定地回答："我确定，就是她。"

姜醒从椅子上下来，长发的发尾甩动："我明白了。"

姜醒带人找到岳轻灵，白棠棠冲在最前面，拦住从食堂路上回教学楼的岳轻灵，要她把拿走的信件交出来。岳轻灵一开始不承认自己拿了姜醒的东西，最后才在教学楼后面的垃圾桶里翻出一堆被撕烂的碎纸。

气得白棠棠和跟来的朋友要把岳轻灵揍一顿，姜醒没有动手，深深地看了岳轻灵一眼，没有讲话。

"我们的事，之后跟你算。"她面无表情地看着岳轻灵。

这天是姜醒的生日，是她过得最糟心的一个生日，她一个人坐在教室里，白棠棠在外面干着急，可她就是不开门。

姜醒埋头，一心要把被撕碎的信给拼起来。看电视剧里拼信件的时候，总觉得他们拼得好容易，可是轮到姜醒，怎么拼，始终都缺一块。

夕阳的余晖照进教室，温柔的橘红色洒在她的课桌上，看着桌上一片狼藉，她扑在桌上，把脑袋埋在手臂里，久久不曾抬起。

关心她的朋友被她阻隔在门外，直到贺铭南背着书包走到她的班上，看到白棠棠他们都聚在门外，惊讶地问他们发生了什么事。

白棠棠见到贺铭南，就像见到了救星，解铃还须系铃人，她火急火燎地说："你让姜醒开门，快进去看看吧。"

姜醒最终还是给贺铭南开了门，她垂着头沮丧地说："对不起，你给我的东西成了这样。"

贺铭南看着心疼，摸摸她的脑袋："这有什么好对不起的，信没了，但我人还在呀。你想要多少信，我这个大活人都可以给你写不是吗？"

姜醒这才从低沉的情绪里走出来。

为了安慰她，贺铭南问她："要不要去走走？"

两人走着走着，走到了操场上，放学之后还有些同学在踢球，两人走到树下，姜醒双手放在单杠上轻轻一撑就坐到了上面。

“上来呀。”她喊贺铭南。

贺铭南和她并肩坐在单杠上，两人的视野瞬间更高更开阔，高处的空气似乎都有些不同，夕阳渐沉，天边留下一抹残阳，晕开红色、紫色、橙色，还有些许不易察觉的淡青。

“有封信，最后我没看到，你能告诉我吗？”姜醒侧头问，她的双眼亮晶晶的，闪着光。

贺铭南脸皮薄，面对她，心疯狂跳动，他微笑着，不知道如何开口。有些话，放在心里，写在信里显得那样顺理成章，浪漫生动，可是要把话说出口来，这就让他的两颊跟着夕阳一起烧了起来。

仿佛熊熊火光，红了一片。

轻风拂动，早樱和桃花的花蕊颤动，轻柔的花瓣振翅欲飞，不知名的暗香袭来，缠绕着姜醒纤细皓白的脚腕。她的双腿跟着轻微晃动，微微歪头，等着贺铭南的回答，一派天真的模样。

贺铭南说：“祝你生日快乐。”

“嗯？”姜醒期盼的答案可不是这个。

他接着说：“我的意思是，我想要你的生日一直有我，每一年，我都能陪你过。”

姜醒眼角的笑意忍不住扩散。

贺铭南紧张地问：“可以吗？”

姜醒不说可以，也不说不可以，她说：“那你给我唱首生日歌吧，唱得好，我就每年都找你唱。”

说这话的时候，姜醒嘴角的笑容不断扩大，露出雪白的牙齿，有一粒不听话的小虎牙露在外面，也跟着雀跃。

贺铭南的歌声如潺潺溪水，推开仙境之门，清凉的溪水便蜿蜒流淌而来。

姜醒缓缓闭上眼睛，风吹起她额前细小的碎发，贺铭南看她，满是笑意。

他们没有想到，岳轻灵比他们想象的还要疯狂，或许是她知道，她已经把姜醒得罪狠了，干脆放手一搏，把事情闹大。她不好过，也不想姜醒和贺铭南好过。

她看到了贺铭南写给姜醒的信，里面的一字一句都让她觉得刺目。

她想不通呀，她看见贺铭南和姜醒并肩走在校园里，他们的快乐让她嫉妒得发狂。还有另一层原因，就连她自己也不想承认，如果她借此机会扰乱贺铭南和姜醒的学习，年级前三名的位置顿时就会空两个出来，她也想让他们尝尝失败者的滋味。

岳轻灵想到什么，她盯着手机里贺铭南和姜醒假期时候一起在滑冰场上玩的照片，下了决心。她把那张照片打印出来，照片里贺铭南和姜醒两人错位，显得十分亲密。她把照片贴满了校园的每一个角落，在上面用醒目的记号笔写着——早恋。

姜醒一进校门，就感到气氛有些不对劲，大家都奇怪地看着她。她还没有问清楚发生了什么，就被老师叫到了校务处办公室，同时出现在办公室的，还有贺铭南。

老师把从校园各个角落收集回来的照片放到他们面前，高老师现在还是姜醒的班主任，她问姜醒和贺铭南："这是你们吗？"

姜醒点头。

高老师迟疑了一下，让他们两个坐下来谈，她斟酌再三，说："你们不要紧张，我想跟你们说的是，老师也年轻过，知道青春是什么感觉，但是有一句话你们也知道——青春期最主要的任务是学习。"

姜醒点点头，心里忍不住接上：我不仅知道这句话，我还知道"我们一定要给自己提出这样的任务：第一，学习，第二是学习，第三还是学习”，这是列宁说的。

姜醒一紧张，思想就开始放飞，就在她脑内剧场激烈活动的间隙，高老师又说了许多。

“学校一贯的方针你们也知道，我们做老师的，非常尊重你们，在不影响你们学习成绩的情况下，我们也不会过多干涉你们的私事。你们都是我喜爱的学生，都是好孩子，是我一手带出来的。但是现在情况不同，你们的事情闹太大了，已经给学校和学生造成了十分恶劣的影响，我希望你们能清楚事情的严重性。

贺铭南护住姜醒说：“老师，不关她的事，况且这张照片也说明不了什么。这明显就是有人针对我和姜醒，我觉得不应该因为一张照片而给我们定罪。”

高老师语重心长道：“现在我不是在追究你们谁的责任。”她又拿出一封信，“有人给学校发了投诉信，说你们在学校行为高调，已经影响了同学的正常学习。”

“放屁。”贺铭南脱口而出。

欲加之罪，何患无辞！

姜醒顿时瞪大了眼，她完全被这当头一棒给打蒙了。浑浑噩噩地听贺铭南和高老师来回争论些什么，然后贺铭南把她推出了办公室门，留下来单独和高老师交流。

既然事情发生了，就要面对它，解决它。这是贺铭南的一贯方针，但他不希望因为自己，给姜醒带来伤害。

姜醒在门外来回踱步，好像一只热锅上的蚂蚁。她不喜欢这种感觉，被保护，被人挡在身前，但她对正在发生的事情无能为力，就如同深陷漩涡的溺水者，只能随着深不见底的潭水不断下沉。

后来白棠棠听说事情的经过，大骂举报的人无耻：“简直不要脸！”

她冲动得要去找人算账，“肯定是岳轻灵搞的鬼。”

姜醒没有阻止白棠棠，她的心思都在贺铭南身上，不知道为什么，她总有一种非常不好的预感。事实证明，她的第六感非常准。

贺铭南和姜醒说让她静待结果，别担心，他都会解决。等待的时间总是难熬，一分一秒都是一种折磨，就像温水煮青蛙，永远预测不了身边的水什么时候会沸腾。就算可以预测，又有什么用，身在瓮中，又如何能逃脱？

高老师在讨论会上据理力争，想要保护两个孩子，她提出的方案是让贺铭南和姜醒两人写下保证书，保证不会在念书期间，在学校有过密的交往，并且就“照片”事件在年级范围内做一个澄清。至于要不要找家长，看他们的后续表现。

有个别教师不同意，认为他们的事情需要严肃处理，不然学校里面的同学都跟着有样学样，那以后学生还怎么管理，岂不是要乱了套。

就在校方因为意见不同僵持不下的时候，季清韵得知了这件事。

季清韵快刀斩乱麻，迅速地处理了这件事，展现了她强硬的手腕。

季清韵先去见了学校领导，拿到了在学校里面贴照片的学生视频，没有人看到是谁贴的照片，是因为她选择了深更半夜偷溜进学校，所以即使姜醒他们猜到了，也没有证据。季清韵把视频证据给了贺铭南，让他自己去解决。

最后，也是对于贺铭南来说最重要的一个决定——给贺铭南转学。

不是商议，而是通知。

季清韵把新学校的资料放在贺铭南面前，告诉他，她原本就打算把他带去沪市，她的商业大本营都在沪市，不可能在林城久留。

但是贺铭南外公说了，还是要顾及孩子的心情，不宜操之过急。可他被爆出来的“照片事件”，坚定了她一定要尽快把他带走的决心。

姜醒，季家不会接受他们在一起。

个中缘由复杂，季清韵很难和贺铭南说明。

自然也有在财富上，季家这个庞然大物完全碾压姜家的原因，这样的“小门小户”，季清韵是一百个看不上。

姜醒与贺铭南的命运轨迹早在季清韵出现的那一刻，就偏离了它们原本的方向。岳轻灵只是一个催化剂，以一种毫不体面，近乎赤裸的方式，加速了这一切的发生。

得到岳轻灵在学校里面散布流言的证据，贺铭南第一时间找到了她。

最近找岳轻灵的人有些多，白棠棠来找她，贺铭南也来找她。上一次白棠棠带人找她之后，她害怕被报复，在家躲了好几天，后来发现只是雷声大雨点小，就又回到了学校，照常上课，仿佛她什么都没做过，没有用卑鄙阴暗的手段给任何人造成伤害。

但班上的同学有眼睛，有耳朵，有自己的判断，若要人不知除非己莫为。学生之间私底下有自己的信息传播方式，岳轻灵在这次事件中扮演了什么角色，不言而喻。

反应最为剧烈的，还是论坛里面“对照观察组”那群小伙伴，他们的反应最稀奇。他们应当是最不相信贺铭南和姜醒在一起的一批人，观察组置顶层帖子就是“乖草和醒姐能走到一起，头给你”。

“照片事件”一出，他们就开始上线讨论——

“等辟谣。”

“一般辟谣的都是真的。”

“人活得久了，真是什么都能见到。”

“你们怎么回事？我们的立场不是‘姜贺组CP（搭档），你信我不信’吗？”

“LZ（楼主），人生都已经走过十来年了，你还没有认清这个世界运行的必然法则吗？”

“什么法则？”

“求锤得锤，‘真香’定律。望周知。”

论坛里的小伙伴们一声叹息——

“真不希望自己追了这么久的大戏就这么大结局。我要收回以前说过的话，其实姜醒和贺铭南看起来也不是那么不对盘。”

“我也是，我已经把头准备好了。”

“准备好了 +1。”

LZ 满头问号，话题走向真是越来越奇怪了，敢情他们观察着，观察出真爱了。

无论贺铭南和姜醒关系如何，大家都对岳轻灵这样的人感到害怕，想一想都觉得毛骨悚然，即使她伪装无事发生，也阻止不了大家对她的疏离，恨不得都躲得远远的。

真正给了岳轻灵致命一击的，是贺铭南在她的班上当众找她，与她当面对峙。她打印照片贴满学校，但是贺铭南不会这么做，他不会用自己瞧不上的手段拉低自己。他常说“被狗咬了，人总不能咬回去”，就是这个道理。

他把视频片段拿到她面前，问她：“这是你，没冤枉你吧？”

贺铭南的表情冷酷。

岳轻灵没想到贺铭南拿到监控，一个角落的监控，把她的脸拍得非常清楚，让她没有一点辩解的余地。白棠棠找她的时候，手里没证据，只能干生气，那一会儿是她占上风，但是现在铁证如山，她辨无可辨。

她瞬间想好了应对的策略，柔弱地哀求贺铭南：“求你别在班上吵，有什么事我们出去说。”

不知情的人还以为贺铭南把她怎么了。

贺铭南冷眼看她表演，不为所动，干脆而简洁地对她说：“做人是有底线的，有些底线碰都不应该碰。岳轻灵同学，希望你为自己做的事负责，不要让我在林城再看到你。”

贺铭南走后，岳轻灵班上的同学都用古怪的眼神看着她，不用贺铭南做什么，同学们避如蛇蝎的目光就足够让她煎熬了。

她的同桌在第二天就向老师报告，调换了座位。

岳轻灵走在学校里面，周围仿佛有一个真空带，没有人靠近。她耍的手段，终于反噬到了自己的身上。

有一天，岳轻灵和班上的同学爆发了激烈的矛盾，双方动手打了起来，老师请来岳轻灵的家长，她家里人才知道她在学校里做的事情。她妈妈在老师的办公室扯着她的头发要打她，说她把家里的脸都丢光了。

据目睹了这一场母女混战的同学说，岳轻灵的妈妈看起来非常恐怖，柴瘦、高、皮肤黢黑，一双眼瞪向窗外围观的学生时，把学生们吓了一大跳。

经历这些，岳轻灵在林城私立高中也待不下去了，她走得悄无声息，谁也不知道她转去了哪里。据说他们家也搬家了，搬离了林城，再也没有他们家的消息。

一个院子的邻居，听见他们离开的晚上，岳轻灵的妈妈冲她吼：“送你去学校，让你好好学习，既然你心思都不在学习上，就不要学了！”

紧接着，便是岳轻灵尖锐的哭叫……谁知道，离开林城的岳轻灵命运如何。

岳轻灵的事告一段落，但贺铭南的事还没有解决。

他想要反抗季清韵，让她改变给他转学的主意，但无异于蚍蜉撼树，不自量力。

姜醒不知道贺铭南发生了什么，从她的角度看来，一切毫无预兆，贺铭南转学了。

早自习之前，姜醒错过了一通来自贺铭南的电话。等她看到的时候，她刚走进学校大门。她给贺铭南拨回去却变成了忙音，她捏着手机，不知道为什么，心中有些不安。

姜醒立刻向学校跑去，冲进贺铭南的班上，教室门“砰”的一声磕在墙上，贺铭南班级里的所有人都看向她。

姜醒气喘吁吁地问：“贺铭南呢？”

班上的同学左看右看，纷纷摇头：“没看见。”

“对啊，贺铭南呢？他以前来得都很早。”

“今天从早上就没看到。”

“奇怪……”

姜醒到他的桌子一看，书包不在，她又匆匆往自己的班上跑。

“你们谁见着贺铭南了？他早上来我们班没？”她问。

有个同学想了想，不确定地说：“好像有。”

姜醒跺脚：“有就有，没有就没有，什么叫好像有？”

那人挠头：“我就看到一侧影，也不确定嘛。”

姜醒旋即离开，脚步带起一阵风，她从宿舍跑到老师办公室，从办公室又跑到食堂，一无所获，四处都没找到贺铭南。

白棠棠劝她别急，或许是贺铭南生病了在宿舍休息呢。

姜醒受她提醒，才想起自己还没去贺铭南的宿舍看过，又一路狂奔到他的宿舍。她闯进宿舍，见到他室友。

谢方羽说：“醒姐，铭南哥没跟你说吗？他早就搬出去了。”

姜醒愣在当场。

“搬出去了，什么时候的事？”

“有一个多月了。”

姜醒的牙齿不自觉地咬住下唇，她又问：“他有没有说他搬去哪里？”

谢方羽摇头："没有，他搬出去的时候，我看他心情还是挺好的，应该是遇到什么好事了吧。"

姜醒听白棠棠的话，等了一天。然而，第二天，姜醒推开贺铭南班上的门，他的座位依旧空空荡荡，他没有来。

就在姜醒寻找他的时候，他已经登上了去沪市的航班。

姜醒向老师打听贺铭南，最后从教务处得知，贺铭南已经把学籍转走了。姜醒难以置信，她不停地拨打贺铭南的电话，但是手机听筒里只传来冰冷的女声，不断重复"您拨打的电话已关机……"

白棠棠担心，跑来看姜醒，她紧紧握住姜醒的手，姜醒的双手都是冰凉的，冒着涔涔冷汗。

姜醒说："我要去找他。"

白棠棠喊她："你要去哪里找？他连学籍都转走了。"

姜醒回头，怔怔地看着白棠棠。白棠棠在她清澈的眼神里败下阵来，她说："我陪你。"

跟来的人不止白棠棠，还有谢方羽、傅扬和韩辛。后来几位班主任知道这件事气得头发都要竖起来了。

崽子们能耐了，集体翘课！

只是他们现在只顾得了眼前，哪顾得上日后？他们走遍了贺铭南常去的网吧，打工小店……去了所有他可能出现的地方，但没有人见到他。

姜醒站在天桥上，望着下面车流穿梭，恍如隔世。突然，她的手机振了一下，她急忙从口袋里掏出来，结果低头一看，是过生日的时候订蛋糕那家店发来的会员信息，说这个月是会员日，买一赠一，欢迎顾客前去选购。

她失望地捏着手机，望着车流想："贺铭南，你在哪里？"

姜醒抬头，从天桥栏杆的缝隙望去，古老的城墙边玉兰花盛开，好似一片白的粉的云霞。

蓝桥西路青青处，拾得璠儿似虎牙。四月中旬，春色正浓。

后来，姜醒收到一条短信息，来自陌生号码，信息简短："一切都好，勿念。"

再后来，姜醒从他人处得知，季家找回了遗失多年的孩子，那个孩子就是贺铭南。

数月后，姜家公司陷入经营危机，面临被收购的危险，而收购方，正是来自季家瑞季集团旗下的公司。

姜醒通过贺铭南留下的信息，终于见到了他。他发来的消息，是他给姜醒的信中的一句话，姜醒辗转找到他，两人避开季清韵见面，却被季清韵抓了个正着。

姜醒见到了贺铭南的生母——季清韵，她盛气凌人地警告姜醒，离她儿子远一点。

要不是她，姜醒做梦也想不到她这辈子还能体验一次被人用支票甩到脸上是什么滋味。她觉得讽刺，好笑是真的，觉得被侮辱、贬低，拼命压制怒气也是真的。

她对季清韵说："对您来说，或许世间一切都有价格，都可以买到，但对我来说不是这样的。"

后来白棠棠安慰她，这也算是经历过场面的人了，她只能苦笑。

姜醒不懂屈服，不撞南墙不回头，可她再见贺铭南时，贺铭南却变了态度，他叫她走，别再来找他。

姜醒失望地问他："你要认输？"

贺铭南淡淡地点头："嗯，我服输。"

姜醒的故事还很长，可故事里已经没了贺铭南。

姜醒走后，贺铭南沉着脸看向季清韵："她走了，我不会再见她，希望你可以遵守你的诺言，不要再动姜家的企业。”

当他发现季清韵对姜家的公司下手之后，背脊发凉，他找到季清韵据理力争，说姜家对他有恩，她怎么能恩将仇报……

季清韵似乎早就等着他发问，她用冰冷的声音回答他：“铭南，你要我说多少次才明白？生意是生意，感情是感情。就因为你和姜家的情分，我就要放弃到手的利益吗？针对林城的布局早就开始了，我们要进军东南，最好最快的办法就是收购，姜氏是我们直接的竞争对手，能够直接吃掉它，你知道这对我们集团是多大的胜利吗？

“商场如战场，这场战争不因为你开始，也不会因为你停止。”

更为阴暗的想法季清韵没有说，她的儿子本应该尊贵地长大，却被姜家施舍一般资助，还拿来做慈善宣传，这极大地戳伤了她的自尊。她无端的愤怒总要有个人来承担，她压根就不在乎贺铭南，或是姜家怎么想。

正因如此，才有了贺铭南和季清韵的交易，她放过姜氏，而贺铭南必须停止和姜家小姑娘的来往，这就是她开出的条件。

此刻，季清韵从座位上站起来，轻轻拍贺铭南的肩膀，她手上的祖母绿戒指熠熠生辉。

她说：“这是我教你的第一课，识时务者为俊杰。”

窗外乌云滚滚，雷声轰鸣，一道闪电劈开铅灰色的天空，白光短暂地照亮贺铭南的脸。声势浩大仿佛要涤尽世间尘埃，阵雨之后，天边一片巨大的乌云被镶上银边。

这让贺铭南想起一句谚语，“Every cloud has a sliver line（黑暗中总有光明）”。

春天过去，盛夏来临。这个春季，贺铭南过得并不好。不知道，他何时能够等到他的雨过天晴。

第二十三章

天涯何处无芳草，喝杯奶茶再去找

八年后，林城。七月，姜醒回国月余。

这八年来，每个人都经历了很多，虽然姜醒人不在江湖，但是江湖中关于她的传说从没少过。当年她和贺铭南相继转学离开林城，年级第一和第二名都走了，惊掉无数人的下巴。关于他们的话题，持续了一年。

消息满天飞，其中最劲爆的，还是当年姜家破产的那条新闻，还有最近的——

“瑞季集团年轻总裁贺铭南传出好消息，不日将与温氏千金订婚。”

#精英男神订婚#的消息迅速被顶上热搜，热搜榜上十个有五个是关于贺铭南的全民大讨论——

#我不同意这门亲事#

#贺铭南温欣#

#百亿联姻#

让人想不看都不行。

公司楼下的咖啡馆内，白棠棠坐在靠窗的位子，她一边看手机，一边不时抬头看向窗外。终于，她等的人来了。

姜醒走过来的时候，白棠棠迅速地扣上手机，怕她看到上面的消息。

姜醒穿了一身白色衬衫，法式半裙，手臂上挽着一件浅咖色薄羊绒大衣，优雅又干练，一缕长发垂在耳边，随着她的动作轻轻晃动，时光浸染之后的面庞，比从前更美。

她坐下来，先要了一杯馥芮白，然后才温柔地笑着说："在看什么东西？神神秘秘的。"

白棠棠忙说："没什么，就是闲得无聊的八卦。"

咖啡上来，姜醒轻轻搅拌杯中的咖啡，看着漂亮的拉花被搅成一团，她漫不经心地挑眉："关于贺铭南？"

白棠棠赧然，小心翼翼地说："你看到啦？"

"全国人民都关心的话题，我只要上网，就免不了会看见。"

"那你……"

姜醒迅速接过话："我很好，我跟他那么多年不联系，大家嫁娶自由不是吗？谁能拥有谁一辈子呀，更何况，我们当年……没有任何承诺，谁也不必负责。"

她都没有机会，对他说出那句——我喜欢你。

他们当年没有机会向彼此表白，如今他们的生活是两条完全不相交的轨迹。姜醒继续在红尘里打滚，贺铭南已经挂在天上成了一轮如玉的明月。

姜醒喜欢"谁能凭爱意要富士山私有"这句歌词，她一个人难过的时候反复听了好久，晚上手机放在枕边，手机播放器一丝不苟地转动着虚拟CD碟，她躺在床上睁着眼，直到天快亮才睡着，再睁眼，手机因为电量过低而自动关机。

他再也不是那个只围绕着她转，永远在她需要的时候，站在她身边的"乖草"。现在有无数人爱他，爱他的财富，爱他的容貌，爱他的才华。

谁能想到，当年那个打了无数份工的贺铭南有着传奇的身世，有一天被瑞季集团的季家找回去，是坐拥财富无数的顶级财团的孩子。

和贺铭南做过同学，这样的戏剧性反转，够他们的校友吹一辈子了，生活如此平淡无聊，谁不想和传奇做同窗？

贺铭南念书时展现的超群活力与才华同样在商业领域得以体现，他从美国名校毕业后进入瑞季集团任职，从普通职员做起。当他再以高层身份空降瑞季集团时，同事无不惊讶原来天天跟他们一起工作的能干的新人就是老总裁的大外孙。

从基层做起，是外公对他的考验，也是对他大学理论、美国大公司实习实干经验的一次升华总结。

事实证明，贺铭南从不令人失望。

比起保守安全的做法，他更偏爱开疆扩土，大开大合。全公司上下，很快见识了他的雷厉风行，他用他超凡的胆识和澎湃的激情征服了瑞季集团。他为陈旧老牌的瑞季集团带来了全新的活力，在他的带领下，电商、产品和品牌宣传三个核心部门成绩非凡。尤其是他引领的时尚概念，坚持引进国外年轻的时尚品牌，还开设了一间极具他个人色彩的设计师集成店。至此，他成为全国女性的追捧对象。

无数的记者趋之若鹜，以能够采访到贺铭南为荣。可是他极少面向公众发言，他也不需要华丽的语言去炫耀自己靓丽的羽毛，他的公关团队极其谨慎，不时放出一些关于他的消息，或者是他发给内部员工的公开信。这样低调又神秘的做法，让公众对他的好奇和好感值到达了顶峰。

这里面，也包括了白棠棠。白棠棠现在在一个国内知名的高端财经媒体工作。

她对姜醒说："你看，订婚这么大的消息，贺铭南也不出来表个态，也不知道消息是真的假的。到现在微博还停留在过年祝大家新年快乐的时候，我都服了。你不知道，我们行业都在打赌，看哪一家能最先采访到贺铭南，谁要是采访到了，就请大家吃火锅。”

姜醒即使知道贺铭南现在是个巨富，仍然为他的口碑和人气吃了一惊。

“包场火锅，什么时候媒体人这么赚钱了？”

白棠棠古怪一笑：“唉，媒体是不赚钱，但是你初恋的采访值钱呐。”

姜醒白她一眼：“谁跟他恋了？”

白棠棠揶揄她：“得了吧，你们当时看彼此的那个眼神啊，那个火花四溅，情意绵绵呀。”她支着脑袋，遗憾地说，“两个‘林私双霸’怎么就没在一起呢？”

不需要姜醒回答，她自问自答：“也是，你们一个跑美国，一个在英国，说走就走，头也不回，中间隔了个大西洋，难度太大了。要是订婚消息属实，现在贺草就要被别人拱了，唉……这之间的距离，何止一个大西洋。”

白棠棠不完全清楚当年发生的事情。

国家与国家的距离，有确定的公里数，有确定的时差，有确定的机票价格，但是人与人的距离，则更加变幻莫测，有时候，遥远得像是要跨越银河系。

姜醒摆手：“不谈他了，都翻篇了，离了男人日子就不过了？”

这话说到了白棠棠的心坎里，她端起咖啡杯：“醒醒，你说得对，为了这广阔的花花世界，我们必须干一杯。”

“对了。”白棠棠问，“同学会你准备去吗？”

“什么时候？”

“还没敲定，等通知。”

姜醒耸肩："贺铭南不去我就去。"

白棠棠非常肯定地说："他怎么可能去？他要是能去我把头给你。"

姜醒皱眉："谁要你的头？拿走拿走。"

白棠棠的头惨遭嫌弃，她转了一圈眼珠："姜醒，你给我说实话，你究竟是想见他还是不想见他，你是不是对他余情未了？"

姜醒听见这话，停顿了几秒，然后反将了白棠棠一军："那你呢？想见程舟，还是不想见程舟？"

白棠棠的两颊顿时因怒气染上薄红："那个渣男，谁要理他？"

姜醒冲她露出一个过来人的微笑，好闺密的聚会，说不完的话题里，吐槽男人撑起了半壁江山。

回想当年，姜家资产受到挤压，被迫撤出林城之后，姜善把全家人送去了英国，全家人过了一段缩衣节食的日子。

公司遭遇破产危机，姜善已是强弩之末，但是他还在硬撑，不仅卖掉了手上的固定资产，还大肆举债，企图堵住公司的窟窿，不想让一手创立的公司易主。但多米诺骨牌已经倒下，早就无力回天，他的债务如同雪球，越滚越大。

姜善把家人送到海外，自己留在国内处理生意。姜善一直告诉姜醒，堂堂正正做人，干干净净经商，家里的基业都是他一手打拼出来的，再艰难的情况，他都坚持做生意，要有规矩，要讲"德"。所以他一直坚持在国内偿还债务。

姜善住院的消息传来时，身在英国的姜醒刚收到设计学院的offer（全称是offer letter，录取通知）。姜善叫他们别回去，一回去就会被讨债的堵住。

那天，秦女士、姜醒和姜风眠三人坐在公寓的餐桌上，吃着从外面买来的沙拉和土豆泥。

土豆泥在姜醒的盘子里搅来搅去，秦女士看了心烦，皱眉冲她说：

“不吃你就把叉子放下，搅来搅去的，坏人胃口。”

姜醒默默地放下叉子。

过了会儿，姜风眠说：“要不我们先把伦敦的房子卖掉吧？”

秦女士说：“卖掉？说得容易，这是我们唯一没有被冻结的财产。你们明白唯一没有被冻结是什么意思吗？”

就是其他所有的固定资产和公司清算，都归银行和债主。

因为是临时拍卖清算，很多资产都是低于市价的价格卖出，伦敦这套房子，没有记在姜善的名下，这才逃过一劫。

秦女士急促而果断地说：“你们留在这里，我回去。”

姜醒和姜风眠被强行留在英国，姜醒找护照想要偷偷瞒着回国的时候，才发现护照被她妈一起带走了。她第一时间去使馆补办护照，但是补办护照需要十五个工作日。这期间，他们在英国什么都做不了，每天只能通过视频或者是社交软件交流了解姜善的情况。

秦女士让他们放心，姜善是因为精神压力过大，在路上时一阵恍惚，才导致的车祸。人受伤了，但是没有生命危险。

最后，姜醒和姜风眠赶回国内探望姜善的时候，他刚刚转移到另一个私立医院的病房。之前那家医院暴露了，有一群人来围堵病房。风雨飘摇，他们一家人都处在巨大的不安之中，未来的道路从没有这样模糊而遥远。

这一次车祸元气大伤之后，姜善看起来仿佛老了十岁。他轻轻抚摸女儿的头发：“你要好好把书念完。”

姜醒非常伤心，不仅是伤心，还有更多的是对她所经历的一切感到愤怒和不甘。

她说：“爸，我就不应该认识贺铭南。”

姜善轻轻摇头，似乎看穿了她：“你扪心自问，你是真的后悔吗？相逢从来不是错误。人生本就有起落，你可以不甘心，它会鞭策你成为一个更加刻苦上进的人，但不要憎恨，那会让你变得丑陋。我女儿这么漂亮的小脸蛋，成天活在憎恨里，可就不美了。”

“爸！你怎么这时候还跟我开玩笑呀？”

“不管什么时候，都要生活呀。”姜善说。

瘦死的骆驼比马大，姜家一家人在海外的日子也不算太难过，但是想达到过去的生活水平，只能靠姜醒和姜风眠奋斗了。

姜善上了年纪，没那个野心了，在公寓阳台养养草，养养花，跟秦女士遛猫逗狗，每天下午学英国人喝点下午茶，好不惬意。但姜善还是说要喝绿茶，喝惯了龙井和碧螺春，要改口味喝英国红茶，不习惯。

在这样的情况下，再提起贺铭南这个名字，姜醒的心情怎么能不复杂。

姜醒情场失意，但她埋首学业，毕业后一心扑在工作上，做出了很不错的成绩，她此次回国，就是为了在国内创建自己的设计师品牌，她非常看好成衣行业里这一细分市场。

其实她没有告诉白棠棠，她回国之后，见过贺铭南，只是她觉得不值得提，那只是个意外，他们终究是两条不相交的平行线。这不，新闻都说贺铭南好事将近。

一忙起来，时间过得就特别快，姜醒回国的时候是盛夏，不知不觉就立了秋，天气转凉。

纵使相逢应不识，能够一笑泯恩仇，以后再也不要有任何联系，这是姜醒能想到的她和贺铭南最好的结局。

贺铭南却不这么想，当姜醒出现在他的眼前，他还是不由自主地被她吸引，想要靠近。但他清楚，经历那么多事后，他又有什么脸面奢求她原谅？能够看看她，就让他觉得心满意足了。

可事情的发展，却没有给他这个静静看着的机会。温欣爆出所谓的订婚婚讯时，他第一反应就是要找姜醒说清楚，让她千万不要相信这种空穴来风的假消息。他应该感谢同学会，给了他一个和她见面的理由。

同学聚会那天，姜醒因为店面装修遇到突发情况，迟到了一会儿。

聚会被安排在一家价格不菲的杭帮菜精品菜馆，走进包间，白棠棠向姜醒招手，过去的老同学们招呼姜醒落座。

姜醒身为时尚设计师，打扮时尚不失优雅，加上她一张越长越美的脸，轻松获得了全场同学的注目。包厢里的空气都因为姜醒的到来而安静了三秒钟，不知是谁先反应过来，带头起哄："姜醒，老同学这么多年不见，好不容易聚一下你还迟到，迟到罚三杯！"

姜醒不紧不慢地脱掉身上的卡其色风衣外套，露出里面一身黑色天鹅绒长裙，随着她落座的动作，修身的长裙将她的曲线勾勒无遗。

裹在布料里高挑性感的身材，让姜醒左手边的女同学看得眼睛露羡慕之色，左手边的女同学也穿了一身黑裙，现在看着姜醒的小黑裙，对方只想把自己身上的裙子剪成碎片。

这位女同学特意为今天的聚会穿了一身香家新款，姜醒没来之前，大家都夸她的包，夸她的穿搭好。结果姜醒一来，一身看不出品牌的衣服，简简单单，就能穿得仙气满满。

女同学咬咬牙，当年被醒姐支配的恐惧又来了——你醒姐还是你醒姐。

姜醒微笑着摆摆手："先让我吃两口菜。"

念书的时候这群小朋友都没一起碰过酒精，白棠棠很想劝他们，最好还是别跟姜醒喝，分分钟教他们怎么做人，告诉他们什么叫人不可貌相，青铜变王者。

在座的同学们憋着不说，但姜醒太清楚他们心里在想什么了，他们就是好奇，就像好奇贺铭南这个传奇贵公子现在的生活一样，好奇姜醒家里经历破产、公司易主之后，她的生活如何。

说实话，姜醒很好，比任何时候都要好。

当年她家里遭遇破产，她在英国念完高中，随后收到了服装设计学院的offer。三年本科毕业，因为教授对她的欣赏，她先后进入奢侈品公司做产品，又进入业内首屈一指的英国版时尚杂志担任编辑。

现在她回到国内，自己的设计师品牌虽然刚在起步阶段，但怎么看，都是一件充满希望的事。

有些人假关心的时候，姜醒说“我很好”，可对方非要扭曲姜醒的意思，一副“我懂你，你太可怜了，别逞强了，你在强颜欢笑，我都知道”的样子。

姜醒左手边的这位女同学就是典型，如果是过去的姜醒，可能会很容易发怒，但人总是会长大的，现在的醒姐，成熟多了。

女同学还在一个劲地扎姜醒的心窝子：“你和贺铭南是我们这一批同学们里面最早出国的，没想到现在命运差这么多，你跟他现在还联系吗？你们当时在学校里面关系那么好。”

“早就没联系了。”

女同学用“我就知道是这样”的语气惋惜道：“唉，这也难免，人家现在身份不同了。”

姜醒嗅到了浓浓的酸味，并不想接她的话。

然而女同学又继续把话题引到她的身上：“当初听说你家里生意出事，吓了一跳，你现在在做什么？”

她见姜醒没拎包来，特意把自己的香家限量版包包在身后有意无意地露出一个角。

姜醒决定满足她的好奇心，漫不经心地翻看手机说：“要不要加个微信好友？”

女同学：“嗯？”

姜醒：“我也不怕跟你说，我现在正卖东西呢，加个微信，看看有没有合适你的，照顾一下我生意呗？”

女同学顿时大声惊呼：“微商？”

姜醒拉住她：“嘘，小声点，性价比超高的好东西，我只推给你，怎么样？留个联系方式？”

姜醒觉得自己现在对着泛着白光的手机说话的样子，一定很像童话故事里长着鹰钩鼻长下巴的邪恶巫婆，不时发出一声诡异的笑。

女同学顿时缩了一下脖子，对她避之不及：“我，我手机好像没电了，要不你搜索我的微信号，我回头充上电就通过好友。”

姜醒“哦”一声，热心地说：“这里有共享充电宝呀，我进门的时候都看到了，要不我去帮你租一个？”

女同学一张脸顿时拧成麻花：“姜醒啊，不用，真不用了。你看你这么热情搞得我都不习惯了。”

姜醒原本还想说什么，正巧来了一条消息，她对着消息轻轻皱了一下眉头，然后手指轻巧地在屏幕上打出一串消息。回完消息之后才很不好意思地对女同学说：“抱歉，业务忙。你刚刚说什么？”

女同学愣了一下：“你这么拼，生意做得挺不错啊？”

姜醒用过来人的语气，语重心长地对她说：“唉，全靠朋友们捧场。你看，同样都是玩手机，为什么你们不能挣钱，但我能？”

女同学茫然地看着她。

姜醒冲她眨眼，微微一笑：“因为我有信念啊，你若盛开清风自来，你若精彩天自安排。”

女同学忍不住把座位往旁边拉了一点，生怕微商女王下一步就要给她推销三无产品。

姜醒的耳边终于清净了，在座的各位同仁都用纯洁而好奇的小眼神看着她，对上她的眼神，瞬间就把头低下去。

姜醒端起酒杯：“我自罚三杯，敬你们。”

所有人："不不不，醒姐，您随意。"

姜醒笑眯眯："没事，都是朋友嘛。"

——跪了，我们不配和您做朋友。

潜台词：不要，不买，别问我。

姜醒满意地笑了，她趁着出去透气的工夫提前溜走，她原本以为同学会能看到当年玩得好的老朋友，结果非常失望。

白棠棠看她走了，恨姜醒自己溜不讲义气，用去找姜醒的借口，也跟着走了。结果等她追到餐馆外的时候，姜醒已经不见了踪影。她暗自纳闷，姜醒怎么跑这么快，一会儿工夫人就没了，她哪里知道，姜醒在走向停车场的时候，遇到了一个让她意外的人。

昏黄的路灯下，姜醒和对方面对面撞了个满怀。姜醒退后一步，停住脚步，她抬眸一看，眼里印出了男人高大的身影。

"贺铭南。"姜醒定定地看着他。

贺铭南在停车场等了有一会儿。

他感谢他们过去的老同学，让他有机会在这里等待。其实，这点时间比起八年来，一点都不漫长。

早在两周前，贺铭南收到班长辗转发给他的邮件，询问他是否愿意参加同学会。当时，他沉默地用精致昂贵的钢笔，轻轻敲击着办公桌面。

向他转达邮件的特助林同皱眉，说："我记得你不喜欢别人谈论你的过去，你要是去同学会势必会引人讨论……"

贺铭南手上的动作顿住，他用极小的幅度摇头："过去是我的一部分，不会因为我承认或者否认它就不存在，我从来没有要掩藏过去的意思。不能接受我的过去的人是她，从来不是我。"

贺铭南口中的她是谁，不言而喻。他突然露出一个难以捉摸的笑容："如果所有人都知道，她的儿子是个贫民窟长大的穷小子，你说，她会是什么表情？"

“贺总……”林同担忧地看着他，只有在紧要的关头，林同才会这么严肃地喊他。

下一秒，贺铭南又变成了那个冷静沉着的总裁，仿佛刚刚那个令人担忧的神情只是林同的幻觉。

他说：“帮我联系一下，问一下他们姜醒去不去。”

林同秒懂：“保证完成任务。”

林同同步翻译贺铭南的指示，没有机会见面，就要创造机会。

今天，贺铭南到的时候，天色尚未完全黑，天边还挂着云霞，夕阳烧红了半边天，另一半天空，则是厚厚的云层交叠映衬出的铅灰色。

贺铭南把车停在露天停车场，停车场的斜对面是一片民国时期的小洋楼公馆，白天供应下午茶，晚上摇身一变就成了清吧，里面悠扬舒缓的爵士小调穿过花窗缝隙，穿过蜿蜒街道飘进他的耳朵。

贺铭南摇下车窗，点了根烟，刚吸了一口，灰白色的烟雾从他的口中缓缓吐出，突然想到姜醒不喜欢烟味，又忙把烟头掐灭，打开空调给车里通风。

刚刚在餐厅姜醒接到的消息就是贺铭南发来的，贺铭南在姜醒的微信上，备注是一只狗的表情符号。

聚会上，姜醒的手机提示：你收到了一条微信消息。

点开一看，“狗”：“不要信八卦，我们见面聊。”

姜醒的手指在屏幕上轻点，给他发了一个表情：“滚。”然后迅速关掉微信，反扣手机。

她的手机一直在振，“狗”连发了好几张图片，还有一连串哀号的表情。

姜醒没有仔细看，她觉得他们还没有亲密到用表情包交流的程度。于是，她木着脸，面无表情地选择刚刚自己发送的表情，长按，选择撤回。

结果微信提示已经超过两分钟无法撤回操作，姜醒闷闷不乐，索性不再看手机。

而此刻，月色与灯光交错的夜里，贺铭南的面庞被光影雕刻成一尊绝美的雕塑。

姜醒走进他的视线的那一刻，他垂着的睫毛抬起，嘴角跟着轻轻上扬，目光撞进他的眼眸时，他的眼神如同多年前一样，清亮透彻，乌黑又多情，真是一双美目。

一阵寒风吹过，激起姜醒的鸡皮疙瘩，她抱着双臂，裹紧了身上薄薄的外套。初秋气温骤降，早晚温差极大，她没料到这么冷，穿着单鞋的脚背单薄白皙，透着一点乌青。

姜醒无视贺铭南想往前走，结果被他一把抓住手腕，姜醒没站稳，一下子跌到了他怀里。下一秒，温暖宽大的西装外套裹住了她，那个坚实的怀抱将她抱得更紧。

两人彼此凝视，相顾无言。

贺铭南的车还开着车灯，姜醒的腰后仰在车身上。贺铭南俯身，珍惜而克制地用下巴轻轻蹭了一下她的脸颊，在她反应过来之前，迅速与她拉开距离。一切发生得太快，好像一切都是她的错觉。

姜醒倒吸一口气，看着贺铭南皱眉：“你属狗的吗？”

他自嘲地一笑，姜醒走后，他就是一条丧家之犬，四处流浪。他不想让人看出他的脆弱，强撑笑容说：“是啊，你是骨头，我是狗。”

贺铭南自己都没有察觉，他的手指不自觉地勾住姜醒的大衣口袋。

姜醒骂他：“不要脸。”

车门不知道什么时候打开的，姜醒被他塞进车后座。他的上半身向姜醒逼近，手臂绕过她的脖子，正好将她困在双臂之间。

姜醒目光警惕：“你干吗？”

贺铭南被她眼中的防备刺痛，他从后面拿出一件备用的风衣外套，盖在她的腿上：“你不耐寒，又受不了热。我见不到你，冬天怕你冷，夏天怕你热。降温了，你也不知道保暖，你们设计师是不是都这样，要风度不要温度？”

凉风卷着叹息吹过。

“你手伸出来。”姜醒说。

贺铭南听话地伸手。

姜醒的手钻进衣服里，姿势别扭，不知道在干什么，过了几秒，她的手上多了个东西，她放在贺铭南手上。

贺铭南愣住：“什么？”

姜醒叹息一声：“暖宝宝，你以为女生傻？”

贺铭南看着暖宝宝，像是看什么新鲜事物，皱眉思索，然后发出一声轻轻的、恍然大悟的“哦”。姜醒当年就是被他这副模样迷了眼，姜醒总结了一下，当时是鬼迷心窍。

一个坑，她不可能踩两次，如今她练就了铁石心肠，不会再给贺铭南伤害她的机会。

贺铭南可怜地说：“我报恩不行吗？姜醒，别躲我，求你了。”他半是叹息半是哀求，“你想要我拿你怎么办……”

这语气真要了她的老命。贺铭南就是她的克星，当年她就应该知道。

姜醒的手抵在贺铭南的胸口，没费什么力气，就把他推开了，他的眼神很受伤。她硬下心肠说：“你的报恩，我不敢要。”

他们的高中同学出来找姜醒和白棠棠两个失踪人口，结果一群人撞见了贺铭南和姜醒两个人正在纠缠。

“你是，贺，贺铭南？”

同学们，尤其是饭桌上一直缠着姜醒说话的女同学脸色瞬间就变了，一会儿青一会儿紫，跟霓虹灯似的，别提多精彩。

女同学确定她不会看错，这就是贺铭南，她不知道在杂志上对着贺铭南的照片花痴了多久，不知道看了多少遍当年存在手机上，和贺铭南高中时期的合照，有时还会幻想自己和贺铭南是青梅竹马，从校园到社会，她幻想中的王子终于骑着白马向她伸出手。

她无数次幻想自己是姜醒，这样她就有机会在贺铭南危险时给他提供帮助。然而事实是，贺铭南连施舍她一个眼神都没有，当她是一团空气，他的眼里只有姜醒，过去是，如今依然。

贺铭南上了车，对姜醒说："我送你回家。"

不等姜醒拒绝，他就发动了汽车，他们一路没有说话，气氛尴尬。直到贺铭南问她："我给你发的图片你看了吗？"

姜醒终于点开对话界面，看到贺铭南给她发的三张图，里面都是贺铭南发出去的律师函，警告对象是传播他和温欣"订婚"的媒体。早先，他就用自己的大号发了辟谣消息，风格一如既往地简洁明了，两个字——假的。

他怕姜醒没有关注到，特意还要再跟她汇报一遍。

姜醒没话说。

贺铭南调整了一下后视镜，又说："在你右手有个文件袋，你打开看。"

姜醒觉得莫名其妙："什么东西？"她打开看了之后，眼睛慢慢瞪圆，举着手里的文件问，"这是什么协议？"

贺铭南握着方向盘，一边看路打转向灯，一边回答："嗯，我买下来了。"

她手里的文件，全是贺铭南买下的媒体的协议文件。简单来说，就是跟他对着干、造谣的几家媒体，他全买下来了。如果他去做采购，应该也能干得不错。

他说："我跟温欣没有任何关系，你不要听信传言。"

姜醒淡淡地说："我信，或者不信，又有什么关系呢？"

结果并不会有任何不同。

回到家里，姜醒背靠在门上，过了好一会儿，才积蓄起足够的力气支撑自己走到客厅。她从客厅的小冰柜里拿了一听冰啤酒，随手打开电视，她并不在意电视里在播放什么，她只是需要一点声音。

她坐在沙发前面的地毯上，仰头喝了一大口充满麦香的啤酒，液体摇晃，冷热交替凝成的水珠攀在啤酒瓶身上。

姜醒全身放松，向后仰倒，靠在丝绒面的沙发上，一歪头，才发现自己没有脱掉贺铭南的外套。

她讽刺地扯了一下嘴角。夜深人静的时候，她常会想，她和贺铭南是怎么走到这一步的……

答案是无解。

小时候解题，每一题总能得出一个正确答案，区别只是用时的长短，但是长大之后才知道，这个世界上不是每件事都有答案。

去英国念书，最初，姜醒很不习惯，不习惯周围都是说着各种外语的人，不习惯英国的食物，不习惯伦敦一年到头阴雨绵绵的天气，不习惯身边没有一个叫贺铭南的人……

她问过白棠棠，有没有贺铭南的消息，问了几次，她便不再问。因为她知道，即使问了，也会是让她失望的答案，不如不问，还能给自己留个空间幻想。

姜风眠申请上了英国的大学，排名一般，但是艺术教育还不错，也算是圆了他的愿望。

姜风眠劝她："天涯何处无芳草，喝杯奶茶再去找。"

姜醒也是这么告诉自己的，要加珍珠，加红豆，加冰激凌球，再加双份糖。但是心碎的时候，多少杯奶茶也治不了。喝到嘴里都是咸的，因为不知什么时候混进了泪珠。

她没有预料到她的心会这么痛，直到飞机起飞的那一刻，她才后知后觉意识到，在机翼之下，慢慢变小最后再也不见的，不只是故土河山，还有贺铭南。那一刻她意识到，原来心真的可以痛到碎成两瓣。

王尔德写：“燕子亲吻了王子的嘴角，然后重重跌落在他的脚下，停止了呼吸。王子的身体在那一刻，发出奇特的爆裂声，他的心碎成了两瓣。”

原来她看书的时候不懂，现在终于感同身受。

另一边，贺铭南回到家中。

水声哗哗响起，淋浴间的水雾很快模糊了透明玻璃，也模糊了贺铭南的面容。

他回到家后，拖着疲倦的身体走进浴室，脱掉一件件覆在皮囊之上的布料。任由冷水冲刷他的躯体，他仰起头，水从他刀刻般分明的脸上顺流而下，在下水道口打转形成一个小小的漩涡，坠向深处。

和姜醒被迫分别后，他所经历的一切，远远超出了姜醒的想象，一切都发生得太快太迅猛。

一开始是不能见，后来是不敢见。他压抑自己，欺骗自己，一直守护她，那也很好。

但是贺铭南现在才发现，他高估了自己，在深爱的人面前，不可能忍得住，那种刻入肺腑的思念和蠢蠢欲动的冲动，怎么可能因为距离就消散。

尤其是姜醒就在眼前，触手可得的时候，他对姜醒的渴望，几近癫狂。

什么是爱情？爱情里没有办法分辨好坏对错，没有办法用标尺测量出一个限定的标准，它没有统一的定义，没有固定的形状。

它有无数的姓名，它是快乐，是朝夕，是痛苦，是长夜，是炽烈，是抗拒，是吸引……

这些复杂的东西，在青春期的贺铭南和姜醒都无法理解，他们对彼此的认知更像是荷尔蒙的吸引，和对青春躁动深埋血液的一种隐性的回应。

青春的故事里，男孩和女孩有一千种面孔，但他们的形象总那么相似，女孩扎着高高的马尾，穿着白裙，男孩高瘦的身材，在球场上投下一个漂亮的三分球。

直到贺铭南在林城再见到姜醒，从没有哪一刻，比当时更让他确信，姜醒，是他年少的眷恋，永恒的爱情。他的心脏剧烈地跳动，在身体里跳，搅动他的五脏六腑，好像下一秒他的灵魂就要脱离躯壳朝着姜醒飞奔而去。

姜醒，姜醒，姜醒……

淋浴间的水流不停地冲刷着，贺铭南将额头贴在大理石面的墙壁，无声地垂下头。

第二十四章

他渴盼着，永恒的星空里，来自邻星的呼应

时间回到一个月前，贺铭南刚刚得知姜醒回国，得知这个消息的第一时间，贺铭南就把自己打包去了林城。

他的特助林同一边订票一边问："老板，我们这次的行程安排多久？"

贺铭南坐在办公室沉吟不答。

多久？谁知道呢。

贺铭南来林城，就住在姜醒家附近的居民房。他很喜欢这片社区的环境，充满了生活气息，附近有很多学校，包括历史悠久的林城大学老校区，因为宽林路和林城私立高中的距离不远，姜醒以前还会拉着他跑到林城大学二食堂"改善伙食"。

二食堂盛名在外，最出名的是西红柿盖浇饭还有腊肉饭，也不知道食堂师傅有什么秘诀，腊肉饭的咸香让人至今难忘。

小区附近的餐馆换了好几茬，但是兰州拉面和沙县小吃一直在，屹立不倒。

姜醒家早就卖掉了，买家换了几手，价格翻了好几番，最终户主

变成了贺铭南。贺铭南试图凭借记忆，还原房子的样子，但是他失败了。

回忆就是回忆，用金钱无法赎回。

于是，他把房子空置在了那里，等有一天，交还给它的主人。

贺铭南在这片街区购置了一个老房子改造的上下两层的loft（阁楼），房子从外面看不怎么起眼，普通的灰色砖瓦，屋檐上爬着爬山虎，因为多出的这一抹绿，才让房子的外观别有生机。

可是从里面看，就能看出主人的品位和用心，冷棕色的麻布窗帘与纯白百叶窗隔绝了窗外的喧闹与人间烟火，编织地毯，还有放置在壁炉旁的，芬兰设计师Alvar Aalto（阿尔瓦·阿尔托）的曲木扶手沙发椅，让空荡荡的客厅变得温暖起来。

如果有客人来参观，一定会惊叹，贺铭南不愧是M81的创始人。

“M81”是贺铭南的设计师集成店品牌，他这次来林城，就是为了筹备在林城的分店。

从M81的官网上，能看到M81又名“波德星系”，1774年，德国科学家波德发现了它。而官网介绍上没有写明的是，它是一个双星系。与M81同时被发现的星系，还有M82，它们样貌迥异，一个呈旋涡状，一个如同一支长条雪茄，数十亿年来彼此强烈地吸引着。它们两两相望，异常活跃而明亮，交织成满天星辰里“最迷人的二重奏”。

M81与M82每一亿年就会有一次擦肩，每一次擦肩而过，都会使这两团星系产生惊人的变化。如同宇宙里一团熊熊燃烧的火焰，炽热的红色烟云喷发，在星体周围形成如丝如雾的尘埃，大量的新恒星因为它们的碰撞不断地诞生……

科学家预言，几十亿年之后，它们将会合并成一个完整的巨大的星系。

天上的星星，比散文诗还要浪漫。

贺铭南曾看过一句话：“我羡慕火车，它们连擦肩都要那么久”。

他更羡慕M81和M82，它们耗费一亿年，换一个擦肩。

闪烁的星星似乎看穿了他的虚弱，他还在期盼，永恒的星空里，来自邻星的呼应。

贺铭南的卧室里放着一架大口径天文望远镜，天气好能见度高的时候，就能清晰地看见天上的M81和M82。

突然，一只斑纹花猫“喵呜”一声，无声地踩着小肉垫从门缝里溜进房间，围绕着天文望远镜翘着尾巴转了一圈，然后围着贺铭南的腿打转，用小脑袋不停地蹭他的腿。

贺铭南的注意力终于从星空离开，伸出手抚弄小猫的脑袋，勾着手指挠挠它有一块小灰斑的下巴，小猫舒服地眯起眼，发出享受的咕噜噜声。

贺铭南一直觉得猫是一种神奇的动物，永远也分不清它“咕噜噜”的声音从哪里冒出来，它好像不来自喉咙，而是一种奇妙的腹语。

他笑着对小猫咪说：“好啦，你这个小男孩，这么爱撒娇。”

说来也很奇怪，贺铭南和它出奇地投缘，它因为下巴上多了一块斑，同一胎的兄弟姐妹都在店里被卖出去了，只有它，一直待在猫舍。

贺铭南路过它的时候，一人一猫对视，他心中一动，再回过神来的时候，已经把猫抱在了怀里。

它是任人挑选的猫，他是任人挑剔的人，落单的人和猫，正好做个伴。

外界都以为他是巨富的上流社会失而复得的财富继承人，身世传奇，成就惊人，但是他们怎么会想到，他面对的是怎样险象环生的现实。

“要麻烦你跟我凑合过了。”他说。

他把猫抱回家，给它起了个名字，叫“小明星”。

如果姜醒在这里，一定会发现，“小明星”和他们曾经从树上救下来的校园霸猫“大明星”十分相像，说是大明星的崽都不会有人怀疑，如果忘掉“大明星”是一只做过绝育的小猫咪这件事。

贺铭南回国，生活稳定之后曾回学校找过“大明星”，他那时候才知道，大明星不在了，不是被人领养了或者是离开这片它生活的地方，而是永远不在了。

放学的时候，它兴奋地跟着学生跑，在校门口过马路的时候，冲在前面，伴随着一声急刹车，它被车扎了。那一周，学校的小花坛摆满了学生们自发送给它的花还有小卡片。

贺铭南听说这件事之后，在原地愣了半晌，直到一颗篮球滚落到脚下，他才回过神来，年轻的学生大喊着叫他传球，他却恍若未闻，想到什么似的匆忙走开。

学生们郁闷地埋怨：“真是怪人。”

再度出现在校园的时候，贺铭南手上多了一束小雏菊。

小雏菊代表着希望，他希望“大明星”下辈子不要再吃花了，它想吃什么，他都给它买。

“小明星”似乎是“大明星”生命的延续，但是贺铭南能够清楚地区分它们的不同，毕竟性格实在是南辕北辙，没半点相似。“大明星”是一阵狂野的风，天天带着猫小弟横行校园，而“小明星”则是一只爱撒娇爱黏人一点都不像猫星人的“奶狗系小猫咪”。

还要多亏了它，贺铭南才有机会和姜醒搭话。

这天，一点大事将要发生的预兆都没有。

一大早，贺铭南被“小明星”闹醒，他对猫毛有轻微过敏，跟“小明星”处了这么久，硬生生把他的过敏症给治好了。他轻轻打了个喷嚏，从自己的枕头上捡起一根猫毛，然后摸了一把脸。不出所料，在睡觉的时候被“小明星”给舔了一脸的毛和口水。

贺铭南无奈地起床，喂过猫之后开始收拾自己，他撸了一把猫，然后准时出门。

出门之后，有早起遛鸟的老大爷，还有要去练太极的大妈向他问好。大妈非常关心这位新来的小伙子的婚恋情况，一路跟他往门口早点摊走，一边问他：“小伙子，我看你长得蛮俊的哦。”

贺铭南谦虚地笑笑。

大妈问他：“这是你租的房子还是你买的？”

这就是林城老居民的本事，新来的住户，聊上没一会儿，就能把对方的来龙去脉、祖上八代给盘得明明白白。贺铭南简略地答了一些，没有详说。

贺铭南终于买到了自己想吃的早点，准备和大妈说再见。结果大妈太过热情，堵着他让他难以招架，大妈平地一声惊雷：“小伙子，我给你介绍个对象吧，保证人美条顺，最符合你们年轻人的要求啦。”

贺铭南：“不，不麻烦了。”

他没有应付热心大妈的经验，左支右绌，力所不逮。大妈不依，以帮助天下单身狗脱单为己任。

贺铭南拎着煎饼果子，谎称自己有对象。

大妈火眼金睛，不信任地看着他。

贺铭南随手一指，说道：“我对象就住对面，我马上就去接她。”

大妈顺着他的手看过去，赞叹了一句：“哦，真不错，郎才女貌，般配。”

贺铭南一头雾水，大妈在说什么？于是，他也顺着望过去。

他看见了什么？他竟然看见了姜醒站在马路对面——的公交站台。

姜醒穿了一袭漂亮的印花长裙站在路边，光是看一眼，贺铭南的心脏就狂跳。

大妈惊呼：“小伙子，你流鼻血了。”

大妈真的喊得好大声，贺铭南似乎感受到姜醒望过来的目光。他没有心理准备，猝不及防，就这么碰见了！

这场宿命般的相遇，久别重逢，和贺铭南理想中的差太远了，计划中，他应该通过旧友联络姜醒，请求她给他一个机会，让他们能够坐下来，喝杯咖啡。而不是像现在这样，他流着鼻血，手上还拎着煎饼果子和老板送的咸菜！

他条件反射地捂着鼻子蹲下来，就蹲在自己的豪华迈巴赫车身之下，林同看到自家老板到了，下车准备给他开门。

结果就看见这么一幕——一身深灰色定制西装的贺总一手拎着冒着香气的煎饼果子，一手捂着流鼻血的鼻子，在车边上鬼鬼祟祟。

林同手足无措，瞬间钻回驾驶座里。

贺铭南鼻音很重地喊他："你干什么？"

林同回答："我找找员工手册，遇到这种情况我应该怎么办。"

贺铭南："凉拌！"

林同一下子站到贺铭南面前，非常难办地说："老板，不行啊，我又没调料。"

贺铭南给了他一个眼神，让他自己体会。

林同终于开窍，给他递纸，询问他："老板，上车吗？"

贺铭南蹲着，林同也不好跟他站着说话，于是也跟着蹲下来。

贺铭南问："对面那个女的走了吗？"

林同："哪个女的？对面好多女的。"

"就是最漂亮的那个。"

林同："哦哦哦，来了一趟公车，走了，都走了。"

贺铭南松了口气。

乘车离开的姜醒对此一无所知，完全不知道自己错过了什么。

直到她在家楼下遇到贺铭南。命运如此离奇，让他们都选择了姜家旧居附近落脚，两个人穿越八年时光，做了相隔一条街的邻居。

“贺铭南？”姜醒不敢相信自己的眼睛，在见到贺铭南的刹那，她几乎没有费力辨认，就确信是贺铭南，就是那个贺铭南，让她爱、让她痛的贺铭南。

贺铭南站在楼下便利店的门口，灯箱的灯光照亮他的脸，一片蓝紫色的光如梦幻一般。

姜醒浑身上下每个细胞都散发着对他的抗拒和冷淡：“你在林城？”

贺铭南：“不是因为你在林城我才来的。”

一点说服力都没有，听起来就像是不打自招。

“那你这个点在这里想干什么？”姜醒从工作室收工回来，警惕地看着贺铭南。

贺铭南已经不是过去的直男贺铭南了，他接收了非常多的新知识，他明白，这时候，一个会撩的霸总通常会回答说：“你。”

但是他也非常清楚，如果他这么说，姜醒一定不介意给他看看她的拳头。他还不想因为被她揍了一顿住进医院，所以他采取了曲线救国的方式，一把抱起手上牵着的小家伙。

他对着姜醒温柔一笑：“我在遛猫，要一起吗？”

姜醒埋头往前走，突然，想到什么。

等等，这只猫，为什么有点眼熟？

贺铭南举着“小明星”的爪爪，露出乖巧的肉垫：“来，跟姐姐打个招呼。”

姜醒惊讶地皱眉：“大明星？”

“这个是‘小明星’。”贺铭南把猫塞到她怀里，“你看，‘小明星’喜欢你，难得它这么亲近生人。”

姜醒手足无措地抱好了怀里的小家伙，怕把它摔到。

说实在的，贺铭南真的好像一个带着小蝌蚪千里寻妻的单身奶爸啊。

“它怎么跟‘大明星’这么像？”姜醒被“小明星”牢牢地吸引住目光，惊诧不已。

“小明星”用湿漉漉的小鼻子拱了一下姜醒的胸口，然后嗲声嗲气地叫了一声：“喵呜。”

姜醒的心融化了，但是她的理智尚存，纵使万般不舍，她还是把怀里的猫还给了贺铭南。

“我要走了，你也回去吧，我们不要再见了。”

姜醒本以为他们再相见，会是天崩地裂，雷电齐鸣般的激烈，可她没想到，会是这样，堪称平淡，甚至是平和地和他对话。

一别八年。

其实她想要多看看贺铭南的脸，但她不敢。他又高了，肤色似乎比以前深了一些，眸子又黑又亮，她只好把目光放在他的衣襟前，琢磨他深更半夜散步还穿这么正经，衬衫衣领上还有暗纹，这个纹路做得不错，是什么布料，什么工艺……

姜醒的思绪不断发散，直到蚊子飞过耳边发出的嗡嗡声惊扰了她，她才回过神抬脚往家走。

贺铭南眼睁睁地看着她离开，心中着急，想要多和她说一会儿话，于是匆忙叫住她：“姜醒！”

“还有什么事吗？”姜醒回头。

贺铭南急中生智：“‘小明星’舍不得你。”

姜醒摇摇头。

贺铭南又说：“你别怕蚊子，我特招蚊子，你跟我站一会儿，蚊子绝对不会叮你的。”

怕姜醒不信，他又把袖子往上卷了卷，露出结实的胳膊。

一人一猫，眼睛都湿漉漉地看着她，好像姜醒是什么铁石心肠的负心人。

“姜醒，对不起，如果你没有遇到我，就不会发生那些事……”

“我都忘了。”

“我没忘！”贺铭南眼角通红，脸上的表情紧绷着，上下起伏的胸膛还是泄露了他的不安，“我不是来求你的原谅，我就是想……”

蚊子绕着他转，他恍若未闻，就像他说的，只要他在，就是个天然避蚊器，姜醒看见他的手臂上因为蚊虫叮咬红了一片，微微皱眉，用手挥了一下。

贺铭南冲她露出一个拘谨的笑容，眼中欣喜的笑意被点燃，姜醒无意的一个举动，足够让他开心很久，但他又不得不把这种喜悦藏起来，他怕姜醒被惊跑，怕姜醒把他的喜悦理解成他狂妄的自以为是和肤浅的势在必得。

姜醒看着贺铭南这样，说不动容那是假的。她问：“想什么？”

贺铭南愣了一下，似乎才想起来，他的话没有说完。

他机智地说：“想跟你遛遛猫！”

无辜的“小明星”：“喵。”

姜醒的眉毛轻轻地拧在一起，贺铭南已经是全球几万名员工的领导者了，但这个说话的水平，跟他高中比起来，似乎没有什么进步呀。

贺铭南忐忑。

姜醒没有戳穿他不高明的小谎言。但是，她提出了一个听起来不可能达到的要求：“你遛猫，我又没有小家伙可以遛，你也给我找一只来，我就答应你。”

贺铭南看着她的目光顿时亮了，他把“小明星”的牵引绳往她手里一塞，然后飞快地说：“你在这里等我，不对，你到便利店里等我，这里蚊子多，要吃什么自己买。等我。”

贺铭南掏了掏身上没零钱，于是，他往姜醒手里塞了个东西，说是给她买零食吃。

姜醒低头一看，一张黑卡。运通黑卡，买零食，随便刷。

后来白棠棠听说这件事后，惊讶地问："你刷了吗？"

姜醒淡定地说："刷了啊，买了两根棒棒糖，现在棒棒糖都涨价了呢。"

白棠棠感到窒息："我能不能摸摸它？"

姜醒："还给他了。"

"还了？！"

姜醒："当然，我又不打算以身相许。"

白棠棠给他们默默地点了个赞。

在便利店等了五分钟后，姜醒再度傻眼。贺铭南很快赶了回来，招手让她出来。

这附近没有宠物店，但是，没有宠物店难不倒贺铭南。

贺铭南把一根绳子递给姜醒，姜醒的视线沿着绳子往下看，这拴着的是啥？

姜醒："就是你给我的？"

贺铭南："对。"

"但这是玩具狗。"姜醒脸上写满了"你在逗我吗"，她难以置信地看着贺铭南。

她蹲下来，狠狠地撸了一把黄色玩具狗的毛。当她的手捏到玩具狗的肚子时，玩具狗突然放出音乐："祝你生日快乐，祝你生日快乐，Happy birthday to you（祝你生日快乐）……"伴着音乐，玩具小狗兴高采烈地迈着机械的步伐往前走，她被吓了一跳。

贺铭南："不好意思，买得匆忙，不知道它还会唱歌，应该还有别的歌，我给你换一首。"

“别唱了，吵。”

“现在就关！”贺铭南从善如流，服务到家。

姜醒兑现自己的承诺，和贺铭南沿湖走了一圈。

“你等一下。”石子路上，姜醒递给他一瓶喷雾。

“这是？”

姜醒指了一下他的胳膊。

贺铭南手臂上被蚊子咬了之后看起来十分恐怖，红肿连成了一片，一看就是对蚊子的唾液过敏。

贺铭南把胳膊往后藏：“我没事。”

姜醒沉默而固执地把防蚊喷雾递给他。

两人走在一起，明明有很多话，却谁也没有开口。

送姜醒到了楼下，贺铭南不舍地看着她，几近贪婪地呼吸着和她在一起的空气。

贺铭南委婉地问：“我还能和你联系吗？”

姜醒冲他微笑了一下：“再见。”

回到家里，姜醒把玩具狗放在厨房的料理台上，给自己热了一杯牛奶，她盯着眼睛圆溜溜的劣质玩具狗，愣怔了好久，直到她的手机振动了一下，她才回神。

她拿起手机一看，是一条推销短信，推销某个品牌的饮品。广告词是“冬日送温暖，夏日送清凉”。姜醒扯了扯嘴角，现在外面天气炎热，但她只觉得手脚发寒。

跟贺铭南碰面的后劲可真大呀，都上头了。最好的办法，就是以后不要再见。

后来，有一个奇怪的男人光临了姜醒的工作室数次。

第一次他给姜醒送资金，提出要入股工作室。姜醒以为他是某个欣赏自己的时装的社会人士，但不巧，她刚招到一个新合伙人，她是刚起步的小品牌，暂时没有再招合伙人的打算。

第二次，他又来了，说要给姜醒介绍笔大生意。姜醒更加纳闷，向他解释，她暂时不缺订单，她这里的单子都是要提前两到三个月提前预订的，因为全部是手工定制，需要和面料商、工厂厂房合作也要耗时耗力，所以她的成衣项目暂时还没有对外上线。她告诉他，大生意可以等她以后成衣线上线再谈。

这时候，姜醒已经起了疑心，等到这位老哥第三次登门的时候，姜醒直接跟他说："回去告诉你老板，不要再来了。"

林同噎了一下，装傻："老板，什么老板？"

姜醒叼着她的棒棒糖，把一张照片从电脑上调出来，指给他看："贺铭南旁边站着的这个人是你吧？林先生。"

林同再次否认："弄错了吧？真的不是我。"

姜醒把照片下面的小字放大，林同没话说了，因为新闻记者在图片下面还写了备注，连个否认的机会都没给他。

林同礼貌地解释，自己也是受人之托，忠君之事。

姜醒表示，他可以把话带到。

林同把话传给了贺铭南，第二天，他又来了。

这一次，他说："贺总说，您拒绝他的帮助他非常理解，您不想再见到我也可以，但有个条件。"

姜醒："什么条件？"

林同露出灿烂的笑脸，使出他的浑身解数说服姜醒："加个微信吧！"

姜醒最后还是加了贺铭南的微信，并给他添加备注，一个"狗"的表情包。

林同觉得自家老板实在可怜。

跟姜醒"遛猫"的第二天，贺铭南打电话给林同，喊他赶紧来，出大事了。林同吓了一跳，十分紧张，连忙赶到贺铭南家楼下。

进了贺铭南家里，光线昏暗，天气阴沉，明明是上午九点，天色却灰暗得像是太阳还没出来的黎明之前，贺铭南一个人在家没有开灯，林同战战兢兢，不知道他发生了什么。

“老板？”林同叫他。

林同跟贺铭南的关系不仅仅是简单的上下级，他们共同经历过一段艰难的岁月，走到现在非常不容易，相处时，也就更多了一份信任和随意。

卧室深处，传来贺铭南虚弱的、瓮声瓮气的声音：“我在这里，水，我要喝水……”

“水这就来！”林同愣了一下，先把水烧上，然后找出家里的矿泉水。

确认贺铭南还活着，他轻松不少，一边拿着水往里走，一边说：“老板，你什么时候去学了配音？”

贺铭南咬牙：“什么配音？”

林同：“你刚刚那个语气，特别像苏大强，说，我，我要喝手磨咖啡……”

贺铭南：“苏大强是谁？”

林同：“没谁，别搜。就是一位品位特别好的网络名人。”

贺铭南听完“哦”了一声，放过了这个话题。

林同走近贺铭南的床边，才发现大事不妙。

“老板，你脸怎么啦？”

“一言难尽。”

早晨起来，贺铭南看了眼镜子里的自己，差点没晕过去。完了，破相了。

他的眼皮上被蚊子狠狠地咬了两口，左边一口，右边一口，十分对称。他的双眼肿起两个大包，整个眼睛就剩一条缝，糟糕的身体状况使他异常虚弱，嗓子冒烟，整个人昏昏沉沉的。

林同慌忙说："老板，你在发烧，我们去医院。"

十分钟后，只见一个用奇怪的丝巾包裹住自己，全脸戴着墨镜的高大男人鬼鬼祟祟地从小区侧门出来，在另一人的搀下颤颤巍巍地上了车。

上车之后，贺铭南对着车上的镜子深深地叹了口气。

林同奇怪地问："老板，你以前没那么在意脸啊。"

贺铭南捧住自己的脸说："我现在就剩下这一张脸对她有点吸引力了。"

林同敏感地捕捉到关键词："她？"

贺铭南叹口气："没什么。"

林同懂了。

贺铭南靠在车座椅上，生无可恋。

回家之后，贺铭南在家躺了两天，林同问他要不要把他生病的事情告诉"她"，他垂死病中惊坐起，大喊："不可以！"

但是，贺铭南交给他了另一个艰巨的任务，给"她"送钱、送人、送订单。

只可惜，被姜醒识破。

同学会一别，贺铭南有好一段时间没见姜醒。

姜醒的时装工作室接到了一个新项目，这是她很不容易争取来的一线时尚杂志的内页拍摄，服装造型由她提供。

和一线杂志合作，是她事业重大的一个迈步。登上杂志，意味着她的设计得到业内专业人士的认可，也会更为人知，成为她向大众推广品牌的一项助力。通常，让自己的品牌为大众所认识之前，更多的是接触时尚圈内的人。

姜醒非常重视这一项工作，和她的合伙人乔棋提前一周就开始确认服装，还有联络到的饰品和鞋子。当天一早他们就去了拍摄现场，和摄影团队还有妆发造型师确认工作。

今天的拍摄对象是一对银屏情侣明星，出演了一部网剧，意外地火了，在网上 CP 人气非常高，女方公司的时尚资源比较丰富，杂志方就委婉地提出，她一个人上杂志分量还不太够，可以两个人一起。

很多时候时尚杂志都是这么操作，新人刚红的时候，一个剧组的主要演员一起拍摄，紧跟话题热度，也规避了新艺人单独出现在镜头里，时尚表现力不够，出片不够出彩的风险。

女方团队先来了，女生看起来温和柔美，很有礼貌，人来了，还给工作人员送了两箱水，一看就很懂得为人处世。

化妆师先给她上妆，结果等到她妆发造型都好了，男艺人还没有出现。

整个摄影棚的人都在等他，一个“大牌”新人。

一开始，女艺人还表现得比较担心，耐心地等，还给男艺人找理由：“可能他堵在路上。”过了一会儿她又安慰自己说，“可能是遇到什么突发状况，等等就来。”

可是这位大哥左等不来，右等不来，所有人都干耗在棚内。

女艺人的经纪人接连打了好几个电话，联络对方，还挨个给工作人员致歉，不断拜托大家一定要给她家艺人拍好看一点。

“就拜托各位老师了”。

都说伸手不打笑脸人，经纪人做到这个份儿上，大家的不满自然不会迁怒到她们身上。

又过了一小时，现场统筹终于联系上对方。果然，用的理由是堵车。

也不知道堵车是影响了他们接电话，还是影响了他们提前告知一声。但既然人来了，杂志方也不会穷追猛打，多数时候都不会撕破脸。

男艺人路过姜醒的时候，姜醒闻到了一股酒味，她揉了揉鼻尖，瞥了他一眼。对方一来就不客气，一屁股坐在椅子上，招呼不打一声，直接说："不是说迟了，还不赶紧？"

姜醒和乔棋对视一眼，乔棋把她拉到一边说："我敢说，他绝对是昨天喝酒喝大了，没起来。"

姜醒无奈地摇摇头。

另一边，女艺人担心地问化妆师："我的妆不会花了吧？"

化妆师给她补了一下妆，仔细看了看说没事，保证她漂漂亮亮的，女艺人这才柔柔地笑了一下。

大家都在腹诽这个男艺人，真是难搞，人名气没多大，谱却大到天上去了，也不知谁给他惯的。

连累女艺人喝水不能喝，只能用吸管抿一点，因为换上了服装，也不能坐下来，坐下来衣服后面会皱。

挂着两个大黑眼圈，一脸"纵欲过度"模样的男艺人，脸盖了两层厚厚的粉底，终于捯饬得像点样，试服装的时候他就借口行程忙碌没来。这会儿，他刚看到衣服的时候还表现得很兴奋，但是跟姜醒聊了两句，发现是个他没听过的设计师品牌，顿时脸就垮了下来。

男艺人的经纪人过来，两人避开姜醒，他和经纪人激烈地说着些什么，肢体动作夸张。

经纪人劝他息事宁人，按照经纪人的眼光来看，这套服装很不错。

"为什么别人能穿D家和香家等大牌，我就只能穿十八线不知名品牌啊？！"这句话的音量实在太大了，大到姜醒站了老远都能听见，大家的目光齐齐看向她和乔棋。

姜醒淡淡地说："我出去透个气。"

摄影棚外，姜醒拿了根女士薄荷细烟放在鼻尖嗅了嗅，没抽。听着里面的争吵，她的烟在她手里被捏成了两段，烟丝落到了她尖头鞋的鞋尖上。她低头怔怔地看了两秒，跺了一下脚，烟丝轻轻一颤，就滑到了地上。

“没事吧？”乔棋过来问她。

姜醒说：“没事，能有什么事？小状况。”

乔棋抱着手臂：“这可不小了。”

过了一会儿他们进去，姜醒带着淡淡的笑意问：“怎么样，有结果了吗？”

经纪人说：“我觉得这个造型很好。”

男艺人却不卖经纪人的面子，对姜醒冷脸说：“不好意思，我穿衣服比较讲究。”

就差没把对他们的嫌弃写在脸上了，乔棋是个直肠子，差一点要跟男艺人怼起来，姜醒劝住他，然后对他使了个眼色，跟他说了些什么。

最可气的是，男艺人也不直说不愿意穿姜醒的衣服，而是提出许多奇怪的要求来折腾人，姜醒满足他，可他还得寸进尺，时间都这么被浪费了。

边上的女艺人等得脸都白了，焦虑地拧着手指，多次欲言又止，被自家经纪人劝住。

这时，旁边现场统筹走过来通知：“你不用换衣服了。”

男艺人一脸志得意满，等着听他想要听到的好消息：“是给我换了大牌服装吗？什么牌子的？我瞧瞧。”

统筹说：“感谢你来这一趟，你可以走了。”

男艺人一下从座位上跳起来：“你说什么？”

统筹用无比清晰而冷静的声音说：“本次拍摄改为阮小姐的单人拍摄。”

女艺人听到这话的一瞬间，眼睛亮了。

“阮小姐，这边走，我们开始吧。”

女艺人轻轻地笑了一下，没有看男艺人，跟着统筹头也不回地走了。

男艺人张着嘴原本准备喊她，结果一个字都还没吐出来，女艺人就走了，这还是跟他合作过的艺人，可见他的人缘有多差。

男艺人暴躁地狠狠踹了一脚化妆师的凳子，低吼：“我粉丝都知道我要来拍杂志了！没有我在上面我粉丝一定会来找你们的！”

姜醒不知道，都是成年人了，怎么还这么幼稚？

乔棋在边上冷冷地说了一句：“如果他们知道你今天的表现，你就没有粉丝了。”

不知道是谁，在边上发出了一声笑。

男艺人狂躁地围着化妆间打转，像一头随时要喷火的暴龙，怒瞪着凸出的布满红血丝的眼要把人找出来，把人吓坏了。

情绪不稳定的男艺人随手抓住手边上的东西一股脑地砸向对面的人，造型工具箱里面混着一把剪刀，一团慌乱中剪刀脱手飞向姜醒。

乔棋惊呼：“姜醒！”

姜醒瞳孔放大，被这突如其来的变故惊住，身体的应变机能在此时如同生锈的机关突然失了灵。

这时，一只手从身后疾速地推了姜醒一把，把她推向一旁，她踉跄着倒向地面之前，落入了一个温暖的怀抱，剪刀在粉白的墙上砸出一个浅坑，重重地落在木板地上。

姜醒回头看，贺铭南清峻刚毅的下巴映入她的眼帘。

第二十五章

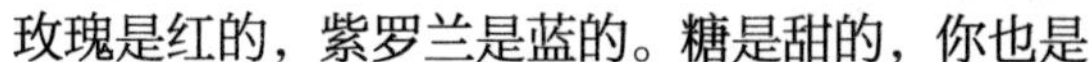

玫瑰是红的，紫罗兰是蓝的。糖是甜的，你也是

姜醒和贺铭南静静对望，眼里暗流汹涌。

旁边的人快速涌上来，把姜醒扶起来，男艺人也被吓了一跳，扔东西的时候全凭冲动，看到剪刀飞向姜醒的那一刻，他手软脚软，一下子跌坐在地上，心脏快要停跳了。

贺铭南居高临下地冷冷看着他，说：“报警。”

男艺人的经纪人上来想要拦，觍着笑脸：“别别，这不是没受伤吗？虚惊一场，虚惊一场。”

贺铭南不为所动，向林同重复：“报警。”

他小心呵护、一个手指头都不敢伤害的人，差点因为这个不知道从哪里冒出来的不知所谓的家伙见血，可想而知，他心中有多么懊恼和愤怒。

男艺人神情呆滞，似乎还没有反应过来自己究竟犯了多大的错误。过了两分钟，他伸手去拉经纪人的膀子：“谭哥，让他们报去呗，公司还不能摆平吗……”

经纪人神情木然地看着他，拂开了他的手，眼神冰冷。显然，他是彻底被放弃了。

乔棋在旁边连连拍自己的胸口，他说："姜醒，真的吓死我了。那明晃晃的刀子，冲你脸就这么过来了，幸好，你这张艺术品一样的脸还完好。"

姜醒可以感谢他的关心，但总觉得他关心得不是地方。

从警局出来，姜醒问贺铭南："你怎么来了？"

贺铭南说："谈生意。"

姜醒："哦，那你的生意呢？"

"谈好了，在见到你之前。"

姜醒假装信了他的鬼话。

派出所外面，空调的外机像个破损的风箱呼啦啦地喘着粗气。贺铭南皱着眉说："刚刚太危险了，我都不敢想象，如果我没有及时赶到……"

姜醒打断了他的话："走了。别担心，我是成年人，我懂得怎么保护自己，更懂得永远不要等别人来，因为通常他们不会及时赶到。"

姜醒冲他浅浅一笑，好像一只森林里消失不见的精灵。

贺铭南一直望着她离开的方向，直至林同喊了他好几声。

远处的一束光线掠过，瞬间照亮他的脸，下一秒，夜色又将他的怅然与无助完好地遮掩。

没过两天，女艺人找到了姜醒，直接来了她的工作室。

姜醒的工作室已经装修了有个把月，就差最后收尾了，她抱歉地对女艺人说："不好意思，楼下乱，楼上是我们的仓库加临时的工作间，如果你不介意，我们可以楼上说，隔壁有咖啡馆，你要是不怕被人看到，去咖啡馆也行。"

“就去楼上吧，给你添麻烦了。”女艺人说话轻声细气，知书达理，让人很有好感。

坐下来之后，姜醒给她拨开摊满了橡木桌子的布料和图纸，挪出一小块地方，给她放上一杯胶囊咖啡。

“抱歉，冒昧来访。”

女艺人名叫方橙，她两道古典的细眉微微拧着，淡淡的愁绪笼罩眉间。

姜醒再度细看她的容貌，她气质独特，如今的电视上，已经很难看到这样通身古典气质的纤弱美人了。

“是这样的，我想拜托你给我做一套礼服，参加影视节典礼，价格我都可以接受。”

姜醒没有问方橙为什么找她，方橙开这个口，肯定是已经试过了别的渠道，没有合适的。

事实也正如姜醒猜想的那般，方橙受到关注之后压力也很大，网上对她以往的造型都是差评居多，还有很多网友批评她太土了。她对造型其实没什么主意，一向是造型师安排什么，她穿什么。直到她看见姜醒的设计，只一眼，就让她坚信，她需要姜醒。

而姜醒，也需要她，两人在工作室谈了很久。

方橙入选了影视节最受欢迎女主角，即使大家都猜测她就是个陪跑，但这不影响影视节红毯成为各位明星名流争奇斗艳、博取版面的最佳时机。

方橙独特的形象气质也给姜醒带来了新鲜的灵感，她出草图的时间并不长，但是最难的部分，是怎么把设计落实到具体的布料、高科技材料、装饰、宝石和刺绣等细节。

为了找到最合适的布料，姜醒跑遍了国内的布料市场，终于在一间小店找了她理想中的布料。

这期间，一位意想不到的故人找到了姜醒。

“你们，闪婚？”

站在姜醒面前的，是她曾经学画时的小同学——“小白裙”陆双怡。而站在她旁边的正是当时浑身上下散发着“我很酷”“莫挨老子”气质的韩冰。

姜醒惊讶不已。

韩冰搂着陆双怡的肩膀，还是一脸酷酷的模样，但是眼里的温度骗不了人，满眼都是爱情的甜蜜。

陆双怡两颊浮起羞涩的红霞，一只手下意识地抚摸自己的肚子，小声地对姜醒提出一个要求：“我们想在你这里买婚礼的礼服，最好能快一点，买了就能穿，腰那里，要放一点点。”

姜醒看着她忍不住笑，发自内心地对她说：“恭喜你们。”

她瞬间就懂了，陆双怡不好意思说，婚礼安排在下个月，原本没有这么匆忙，两人先领了证，优哉游哉地商量婚礼，却没想到一击即中，着急降临的小宝宝打乱了他们的计划。再不办婚礼，就要显怀了。

姜醒看了陆双怡手机的存图，就明白了她想要的风格：简约，不失浪漫。

陆双怡说很喜欢姜醒挂在官网上一条看起来很素的白色缎面婚纱，它属于一个系列中的其中一个作品。设计时，姜醒对它们的诠释，不单为某一位新娘，或某一场婚礼而存在。姜醒更愿意把它们定义为，给每一个对婚礼憧憬的女孩的礼物，奥黛丽赫本在影片里演绎的缎面婚纱是它的灵感来源。

这个系列里，有一件，姜醒绝对不会拿出来售卖。因为那一件，她要留给过去的自己。

陆双怡拿着这个系列来找她，让她回想起了当时画这个系列的心情。

那一会儿她刚刚大二，身边的朋友都开始了新的恋情，他们家刚从那场丑闻的阴霾中走出。

曾有一段时间姜醒不敢登录社交账号，也不敢打开放着旧号码的手机。只要一打开，就是铺天盖地的垃圾信息和神通广大的网友们发来的谩骂以及对她全家的“问候”。

甚至有一次，他们在英国的住址被人扒出来，家里收到一个包裹。打开一看，秦女士尖叫，里面躺着一只血淋淋的死老鼠，把他们吓坏了，谁知道有没有携带什么病菌。姜醒冷静下来再一看，是仿真老鼠，还有糖浆做的血液。

姜醒在英国女校里面被中国同学拿手机对着脸拍，同学嘲讽的声音在她耳边响起：“国内来的过街老鼠，有什么资格跟我们站在一起？”。

姜醒跟她们打了一架，把她们狠狠揍了一顿，然后紧接着就是转学，搬家，再转学，再搬家。

生活从来不曾体恤她，经历这一切的时候，她也只是一个十八岁的小姑娘。

一开始姜醒会忍不住咬着被子哭，明明都是假的，明明他们家也是受害者，她又做错了什么，要承受这样的咒骂和诋毁？后来好了一些，她学会了无视，在秦女士看这些垃圾消息的时候，她会走过去关掉页面，跟秦女士说：“别看了。让你不高兴，他们的目的就达到了。”

大二时期，遇到“婚纱”课题，姜醒做了一个梦，梦里她身披洁白的婚纱，有人深情地牵起她的手，喊她的名字。她笑着侧头看去，那人模糊的脸庞一点点变得清晰——贺铭南在冲她微笑。

姜醒惊醒了，她竟说不出这是个噩梦，还是美梦。

姜风眠说：“我觉得是个春梦。”然后姜哥哥为了躲避姜醒的追杀，一周没敢回家。

姜醒本来收拾了所有关于贺铭南的东西，想要把它们一起扔掉。但她实在不知道，把扔掉的东西赶在垃圾车来之前翻垃圾桶捡回来，和把它们丢铜盆里点燃烧掉，结果又手忙脚乱地抢救回来，哪一种更丢人？但反正，两件事她都干了。

写着他笔记的课本，他用草稿纸折的小青蛙，他给姜醒买的乱七八糟的教辅书，还有他们一起的合照……整理起来，他们的回忆竟这么多。

丢不掉的就算了吧！枯萎的落叶会化成泥土的养料，以全新的方式盛开。

姜醒婚纱的灵感从梦里被汲取，她终于学会了原谅自己，即使决定不见面，可是画下第一笔婚纱图稿的时候，眼前浮现的，还是他的脸。

回过神，姜醒拿出婚纱系列的印刷图册给陆双怡，她颇为怀念地轻抚图册上的裙子："部分礼服有现货，你可以看看这本册子，看看喜欢哪一件。"

陆双怡快速浏览着，双眼亮晶晶地跟韩冰说了些什么，韩冰大概回她说："你喜欢的都行。"

于是，陆双怡点点头，指了一件对姜醒说："我想先试这一件。"

乔棋对陆双怡说："你真是有眼光，你知不知道，姜醒在学院里面被我们称作什么？"

陆双怡好奇地问："什么？"

乔棋说："造梦师。"

陆双怡看着姜醒，抿嘴笑。

"你看她的服装，难道不像是云彩里的一场美梦吗？"

陆双怡点头，脸上尽是甜蜜。

姜醒最近刚提了新车，从工作室出来走向露天停车场的路上，路过报刊亭，一转头，印着贺铭南照片的杂志撞进她眼里。

姜醒扭头就往前走，可两分钟后，她又鬼使神差走回了报刊亭，对老板说："拿一本。"

这本杂志她没有打开看，她回家就后悔了，准备把包着封皮的杂志放到电视柜的最下面。

她戳戳封面，指着上面潇洒不羁的贺铭南恶狠狠地说："就你这样的，只配垫桌脚，知道吗？"

然后，她把封面抚平，放进电视柜的编织筐里，盖上盖子不想再看。似乎只要这样，她澎湃的心，就能够安定下来。

陆双怡婚礼之前，姜醒交付了方橙的定制。方橙看了之后十分满意，连说了几次感谢，特意叫人送了两张影视节的请柬，给姜醒和乔棋。

姜醒一看日期，正巧在陆双怡结婚之前。乔棋兴奋地开始准备参加影视节的服装，兴奋地盘算："你说我是穿深色好，还是浅色好，你怎么一点都不积极呢？作为设计师，我们的排面不能输。"

姜醒手上的尺子抵着眉心，叹了口气："我当然积极，我是表面淡定，内心积极。"

她说的是大实话，她其实非常期待方橙穿她的礼服亮相，这将是她的设计第一次在聚光灯下亮相，辛辛苦苦两个多月，总想要听个响。

她对自己的设计，有信心。

影视节红毯当日，姜醒和乔棋就在外围看方橙，画面细节看得一清二楚。

车门被拉开，长枪短炮的镜头纷纷对准了方橙。

方橙提着裙摆从车内下来，一只精致简洁的缎面高跟鞋先进入眼帘。紧接着，是她华丽的裙摆，如同开到荼蘼的重瓣蔷薇，一层层地抖开花瓣，毫不吝啬地向世人展示它的娇艳绮丽。再接着，她从车后座下来，站在镜头前。

记者们的镜头只停顿了一下，然后镜头疯狂地对准了她……的裙子。

嗅觉敏锐的记者预感，今晚的方橙将会是全场的焦点，就凭她今天这一身，头条预定。

烟粉色的长裙，粉却不俗。姜醒将颜色调出了一种近似浅桃色胭脂，雾感十足的色彩，轻盈、灵动，符合方橙的年纪，鲜嫩得如同刚刚摘下的水蜜桃，还带着露水。长裙不挑肤色，自有风情。

它嫩而不俗的颜色，配上根据昆虫的透明翅膀纹路，有序排列组合的刺绣，大面积在法国蕾丝和缎面华美的布料上铺开。

胸前薄纱覆盖，没有什么暴露的地方。心机藏在背后，后背的深v设计让方橙的美背一览无余，她的后背骨肉均匀，动起来的时候两瓣蝴蝶骨振翅欲飞。背后的衣料由上至下，由浅至深绣着低调的立体小花，青色的橄榄枝隐隐约约缠绕其间，腰后一粒一粒手工缝上去的扣子一路延伸至裙尾，用了百粒圆润饱满的小珍珠。

裙摆不大，但是能够衬出方橙的曲线。

她沿着红毯一路向前，裙摆上刺绣的串珠，精致的纹路如同精灵翩翩展翅，一瞬间鲜活了起来。

如今是网络发达的时代，方橙这组活动照不等活动结束，就被人通过直播、短视频和云图等各种渠道发到了网上。

就连以“明星照妖镜”而著称的某家摄影团队的图，方橙这一身都扛住了。无论从哪个角度看，都堪称完美。

网友飞快留言——

“这套裙子好美！”

“这演员是谁？”

“这样的宝藏美人我以前怎么不认识？两分钟，我要知道她的所有资料。”

“天啊，这个不是方橙吗？”

“谁？”

“就是之前演那个网剧的那个。”

“差别也太大了吧，是同一个人吗？”

“论一个好造型的重要性。脱胎换骨，你只需要选对一条裙子。”

“是换造型团队了吗？方橙的粉丝今晚真幸福，希望我家偶像也能睁眼看看人家的造型师。美，真的美啊！”

不需要任何营销，各家大V火眼金睛，迅速发布了方橙今晚的造型，对她的礼服分析得头头是道。一个好造型，自带流量。

方橙的团队也赶紧跟上，发布了一组精修图。方橙的经纪人一直有些担心，万一造型不受认可，她们家的艺人置装经费，可就要紧张了。

姜醒这条裙子，可不便宜。

事实证明，方橙的经纪人真想含泪握住她的手，买一条太少了，她跪求长期合作。

注意到这组图的人心中都有同一个疑惑，这是谁家的裙子？好仙，又仙又有气场。

走在时尚前沿的时尚界人士都犯了难，难道是他们的知识储备量不够才没找到这条裙子的品牌？还是哪家大牌专门给方橙定制的高定？

时尚博主们使尽浑身解数，跟方橙团队的人打听，这条裙子究竟出自哪位大师之手。

颁奖典礼上，方橙没有意外地落选了，但这晚她是除了最佳女主角，最大的赢家。

性格安静不活跃的方橙也没想到，她因为一条裙子，成了今天社交圈的焦点。

典礼后活动方提供了冷餐宴，以满足大家的社交需求。平时认识的不认识的，脸熟的不脸熟的，全围到她身边，想跟她打听设计师是何方神圣。

姜醒就站在方橙的身后侧，方橙一脸神秘地说："远在天边，近在眼前呀。"

然后，她的身体微微一侧，姜醒露了出来。

只要看到姜醒，没有人能够忽视她的出尘美貌。她一身绿松石色吊带裙，不规则裙摆的裙边坠着一圈复古精致的蕾丝，优雅漂亮，曲线婀娜。红唇搭配她耳垂上大粒的巴洛克异形珍珠耳坠，仿佛从画报里走出来的古典女神。

她不是明星，不需要和明星比美，造型相对简单，但盯着姜醒看的明星们依然呆了。

宴会上，一位颇有江湖地位的中年女演员注意到他们这里的动静，缓步走过来，询问原委。

听了他们七嘴八舌一通说，女演员笑道："真是没想到设计师如此年轻，设计的东西美，就连人都这么美。设计师本人站在这里，让我都不知道是看人好，还是看衣服是好，真是左右为难。"

围在边上的明星、名流们纷纷发出善意的笑声。

表面上都是一团和气的姐妹，私底下已经开始暗暗较量，谁能先拿下这位横空出世的设计师。

结果，就在他们暗中较劲的时候，这位颇有分量的女演员向姜醒伸出橄榄枝，她和善地问："我能请你到旁边里坐一坐吗？"

谁能想到江孟烟这种大咖也来抢人呢？江孟烟开口谁能抢得过？但他们也羡慕姜醒的好运，因为他们深知江孟烟的能力。以后，姜醒的衣服要一件难求了。

方橙听见心碎了一地的声音。

在姜醒离开之前，有人火速拦住她："姜老师，留个联系方式吧！"

会场另一边的某个角落，有人鬼鬼祟祟地冒出头，正是和方橙同一个网剧出来，又暴躁伤人的男艺人。他已经好几个月都没接到通告了，公司给他的决定是全面停工，永久雪藏。

这一回，他好不容易走后门，找人混了进来，却发现他瞧不起的小设计师成了全场的话题中心。

何其讽刺！

他的脸都要气歪了。直至多年后，方橙捧得大奖回国，还有媒体津津乐道说起这一段，同一个剧组出来的两位演员走上完全不一样的道路，一个因为卖假货被查封，一个已经成为新一代影后。鱼目与珍珠，高下立判。

江孟烟把姜醒请去了隔壁的房间，有招待送饮品进来，她笑盈盈地问姜醒："喝什么？"

"水，谢谢。"

江孟烟说："我非常欣赏你的设计，今天方橙身上的这条裙子有名字吗？"

姜醒说："它是一个系列，'雨雾森林'。"

非常形象，也非常诗意的名字。

江孟烟听了缓缓点头："那我就不跟你绕弯子，直接切入正题了。我明年上半年有一个国际电影节要参加，现在缺一条裙子，不知道姜设计师有没有合适我的设计？"

姜醒缓缓挑眉，像江孟烟这样重量级的中年女演员，手上大把的时尚资源，也不需要奇装异服博出位，她想不出她如此大胆，要用她这个新手的原因。

似乎是看出了姜醒的疑惑，江孟烟轻笑一声，解释道："我也是要看你成品的，不是你做成什么样我都会穿，我期待你给我一个惊喜。"

姜醒和她轻轻握了一下手："好。"她非常愿意接受这个挑战，但她还是要说清楚，"重工礼服定制时间长，不知道能不能赶得上，我尽力。"

晚宴结束后，江孟烟走到酒店宴会厅的小露台上。露台上站着一个人，月桂树下，背对着江孟烟看不清脸。

听见脚步声，那人转过身来问："烟姨，她答应了？"

江孟烟笑了一下："你好像知道，她不会轻易答应。"

贺铭南无奈地低头苦笑。

他不知道姜醒也会参加今晚的酒会，看到她时有些惊讶，见到她的视线向他的方向看来，他下意识地躲进了角落。

林同走过来，看到他的神走位，奇怪地问他："老板，你在干吗？"

贺铭南整整自己的衣领，咳嗽一声："你看见那个谁没有？"

林同朝他指的方向看了一眼，顿时心下了然，"姜小姐吗？看见了，最美的那个嘛。"

然后，林同就看见平时不苟言笑的贺铭南两腮浮上两抹诡异的粉色，林同大吃一惊，老板不会是在……害羞吧？

贺铭南指使他："你去看看他们在说什么。"

过了一会儿，林同回来了，告诉贺铭南他们都在讨论姜小姐的作品——方橙身上的礼服。

姜醒自然是需要招揽客户的，贺铭南一思索，找到了江孟烟。江孟烟是他生父的故交，她也是惜才之人，见到姜醒十分喜爱，答应贺铭南的请求，只是举手之劳。

贺铭南也清楚，如果被姜醒知道这其中有他的关系，她一定不会接受，他没有选择，他只能把自己藏起来。

这便是江孟烟这段插曲的由来。

此时，江孟烟的手指轻轻敲击栏杆：“你判断得没有错，她做事踏实严谨，不会因为合作对象是我就夸下海口。荣辱不惊，不卑不亢，很不错呀，你从哪里认识的小姑娘？”

贺铭南目光幽远：“老同学。”

江孟烟点点头，懂了，不是一般的老同学，是有故事的老同学，不然也不能拜托她。她说：“但是，即使没有我托一把，她也会成功。你明白我的意思吗？”

江孟烟的话不假，姜醒的才华有目共睹，闯出一片天地，是早晚的事。

贺铭南抬头，望着天上的月亮沉默不语。

他明白，当然明白。没有人比他更明白姜醒的才华，梦想还有努力。

今天会场上，姜醒一抹亮绿色撞入他的眼帘，她多么耀眼，只一眼，再也无法挪开视线。

时间一天天滑过。

陆双怡婚礼当日，姜醒提前到了会场，帮她整理婚纱，姜醒帮她戴上白色的腕花，赞美着：“真美。”

陆双怡腼腆地说：“都是你的礼服美。”她在姜醒耳边说，“我抛捧花的时候，你要记得接。”

姜醒皱眉：“别浪费捧花了，我结婚，不知道要等到什么时候呢。”

陆双怡：“不一定要结婚呀，也许是桃花呢？”

姜醒不解陆双怡的深意，直至后来她遇到一个老熟人，才琢磨出来，陆双怡这是要给她牵红线呀。

陆双怡和韩冰的婚礼定在一个极为漂亮的画廊里举办，非常符合他们艺术家的身份，他们办的是简单的西式婚礼，没有什么太复杂的程序，新人说完誓词之后，伴随着《Next to Me（在我身边）》的音乐与鼓点，大家在画廊简单地吃一些冷餐和甜点。

姜醒正拿着红酒杯站在角落，看着一对新人从台上走回后台，十分感动。她听见有人讨论新娘的礼服，惊叹礼服精美的设计，温柔的蕾丝和优雅的缎面，是这个世界上最美的结合。

姜醒听了，会心一笑，这就是对她最好的褒奖。

突然有个清冷干净的声音问她："草莓挞，要来一个吗？"

姜醒一回头，看见一张陌生又熟悉的脸。

"你是？"这人的名字在她嘴边盘旋，差一点就能叫出来。

对方非常绅士地没有让她尴尬，主动说："我是陆星宙，高中三班，你还记得吗？"

姜醒出于礼貌，想要接过他递过来的草莓挞，但是她一手拿红酒，一手拿碟子的样子似乎有些蠢，因为她没有另一只手可以吃东西。

陆星宙看出她的纠结，主动接过了她的酒杯，帮她找地方放置。

姜醒这才轻松一些，她恍然大悟："我记得你，学习好，运动又很强的那个是不是？"

陆星宙爽朗地笑："说起学习，怎么比得上你？你不知道，你是咱们那一届的传说。"

姜醒："太夸张了吧。"

"一点都不夸张，直到我们毕业，同学们碰见，都要忍不住提起你的名字。"

姜醒尴尬地冲他微微一笑，她实在没好意思说，她说自己做微商她们班的同学差点都信了，还是隔壁班的同学们有义气。

陆星宙说："你给我妹设计的婚纱真好看。"

姜醒诧异："她都告诉你了？"

陆星宙点头："她特意叮嘱我要好好招待你这位贵客，她非常感谢你。”

交谈中，姜醒得知陆星宙博士毕业后，回到林城大学，正在大学里教书，网上可以搜到陆星宙讲课的视频。试问，谁不想听这位年轻帅气的哲学教授在课上侃侃而谈，聊人类历史上那些闪烁璀璨的思想，聊尼采，聊弗洛姆，聊海德格尔呢？这简直是学生眼里最浪漫的事情了。

陆星宙邀请姜醒：“去外面吹吹风？”

姜醒同意。

等到他们的身影消失之后，角落红丝绒的帘幕里探出一个生无可恋的脑袋来。

贺铭南把脑袋搁在帘幕中间，双眼水汪汪的，忧郁地望着姜醒消失的方向，郁郁寡欢地说：“我学习也好，我以前在我们学校第一名呢，他们怎么不回忆一下我？”

他身后一个声音问：“老板，姜小姐刚刚走过来，你躲什么呀？”

贺铭南叹息：“你不懂，我怕看不见她，又怕被她看见。”

林同双手交握放在身前，点点头：“确实不懂。但是，老板，你现在这样躲在小角落，真的很像变态跟踪狂。”

贺铭南瞬间松开帘幕，把自己的脑袋缩回去，他整理了一下自己的仪容，严肃地说：“我怎么变态了？我怎么跟踪狂了？就算我变态，也是最帅的那个变态。”

林同盯着贺铭南细细观察，眯着眼睛凑近。

贺铭南护住自己帅气的胸膛：“你干吗？”

林同：“老板，我在仔细感受，你一直蔓延到头发丝的帅气。”

贺铭南还是要跟他说清楚：“我不是跟踪来的，我是有正经请柬的。”

“是是是，我明白，我都懂。”林同看老板追人追得可怜，忍不住给他打气，“老板，别怕，加油！你是最棒的！”

贺铭南死鸭子嘴硬，谁怕了？他长这么大怕过谁？

好吧，他是怕过一个人——姜醒。

特别怕，怕老婆跟人跑了。

贺铭南站在冷餐台旁，手里端着一杯马丁尼，冷着脸，一副生人勿近的模样，直到新人宣布舞会时间到，隔壁老陆想要邀请姜醒去舞池中间舞一曲。

林同用四十五度角的目光，注意到贺老板的脸瞬间黑成炭，这盆黑炭里面，还有噼里啪啦迸溅出火光四射的火焰。他毫不怀疑，这个脑门青筋暴起，捏紧拳头的商场上的老手，情感上的嫩男，下一秒就要自爆了。

气成河豚，气到爆炸。

回到林城，姜醒就像翻开了一本老相册，泛黄的记忆伴随着故人一点点鲜活起来。

陆星宙邀请跳舞的时候，她愣怔了一下。时光重叠了，她看着他伸出来的那只手，仿佛瞬间回到了高一的练舞房。

在那间装满了傍晚温柔阳光的练舞房里，贺铭南笨拙地向她伸出手，问她："我可以请你跳支舞吗？"

姜醒眼中不由自主地流露出怀念与温柔，陆星宙的手悬在半空。

一秒，两秒，三秒过去……

陆星宙的手没有放下，姜醒看了他一眼，不知道要不要答应他的邀请。

这时，突然伸出来一只手，伸到她的面前，异常熟悉的声音响起："我可以请你跳支舞吗？"

"贺铭南？"

姜醒抬头，眼前是贺铭南清晰而愈加英俊的脸。他双目清亮，看着她的时候，好像走进了她心里，有无数的话在嘴边呼之欲出。他细密的睫毛微微向下垂着，好像屋檐下的雨帘哗哗流淌，半遮半掩，欲说还休。

姜醒的嘴角微微扯动，看着他。

贺铭南的手稳稳当当地停在半空，眼神似是恳求。

姜醒缓缓向后退了一步，脸上浮现出一个苦笑："恐怕今天不是跳舞的好时候。"

当十二点的钟声敲响，穿着水晶鞋的公主就要离场。

现在才晚上八点半，贺铭南果断地握住了她的手腕，饱含情愫的双眼望着她："就一曲。"贺铭南喊她，"好吗？姜老师。"

姜醒只对一个人心软，那就是贺铭南。她眨了眨酸涩的眼睛，转回身，面向贺铭南，高跟鞋敲击在木质地板上，发出轻响。

姜醒今天穿了一身灰蓝色的蕾丝裙，斜裁的花苞裙边垂在膝盖上方，别出心裁地采用了一片丝绒拼接，裙摆便随着她细长白皙的双腿摇曳。

她注视着贺铭南的眼睛："你先松手。"

贺铭南耍无赖："我不松！"

姜醒似乎是笑了一下，但她的笑容一闪而逝，让贺铭南拼命想要捕捉那片刻的笑意。

她笑起来的时候，仿佛天边的冷月洒下一地银色的清辉。

她说："你不松开，我怎么跟你跳？"

贺铭南的手被烫到似的，登时松开，他惊喜地看着姜醒，喜悦又无措。

一路被无视的背景板通知陆星宙看着姜醒，他说："姜醒，你要是不愿意……"

他的话没说完，就被贺铭南挤到了一边去。

贺铭南一脸傲娇地说："不相干的人往边上让让，你挡到我们跳舞了。"

这时，林同挤了进来，他拐着陆星宙的手臂问："帅哥，缺舞伴？这么巧，我也缺！"

然后陆星宙带着目瞪口呆的表情，被林同拉走了。林同拽走陆星宙的时候，回头冲老板做了个口型："回头记得给我加工资。"

贺铭南这次学乖了，他没有再给姜醒反悔的机会，一只手牵着她的手，一只手紧紧揽住了她的腰，脚步往舞池一滑，就进入了舞池中央。

舞池所在位置，位于画廊的中央大厅，画廊顶上的水晶吊灯灯光调暗，周围的壁灯亮起，爵士乐队舒缓的旋律在这个深秋缓缓流淌。

他们就这么静静地跟着舞池里的人群晃动，一切声音都化为背景，只剩下他们交缠的心跳和呼吸，在她耳边反复回荡，声如擂鼓。

姜醒决定放任自己沉溺于他的温柔，就一曲的时间。多么希望这首歌永远不会结束，但再动听的乐曲，也有曲终人散的那一刻。

姜醒深深地看了贺铭南一眼，转身拨开人群，急于从婚礼现场逃离。姜醒一阵鼻酸，现场过于充足的暖气让她喘不过气。她急切的脚步泄露了内心的慌乱，如同被白细胞驱赶的病菌，慌不择路，横冲直撞。

贺铭南愣了一下，拔腿就追："姜醒！"

姜醒好像贺铭南的一场美梦，无数个夜晚，他梦见姜醒在层层叠叠的白纱之间，温柔地回眸，四周弥散着百合花香气，她向贺铭南伸出手，呼唤他的名字。

贺铭南笑着把手递给她，她却残忍地转身离开："我等过你了，不想再等了。"

贺铭南在梦里奔跑，拼命地奔跑，每当他伸出手，眼看就要触摸到姜醒的衣角，她却一闪身不见了。终于，他弄丢了他的玫瑰。梦中的大雨，打湿了枕头。

他追到外面，街道繁华，灯火辉煌。

贺铭南没想到他有一天会在街上这样追着人跑，姜醒跑的时候也在想，她也没想过要被人这么追啊。

看人家日剧跑，韩剧跑，都挺浪漫的，自己跑跑就知道了，真的累。

姜醒脱了高跟鞋，气喘吁吁地站在临湖大桥边停下脚步，贺铭南没来得及过马路，只好站在桥的另一边，他们中间是川流不息的车流。桥上的灯是黄色的，刹车灯是火红色的，湿漉漉的地上折射着光，桥下的湖水是深不见底的幽蓝，重重雨帘后，站着白皙如玉的姜醒。

姜醒喘着气："别追了，歇歇。"

姜醒心想：老娘体力真是不如当年啊，果然年纪大了，当年高中还能跑马拉松，现在跑着跑着就心跳过速，心律不齐，回去就锻炼起来。

贺铭南站在桥对面冲她喊："你要是不跑，我就不追！"

姜醒："贺铭南，你这个大傻子，几年不见，这么能跑？"

贺铭南咧开嘴笑，露出傻兮兮的笑容，一排白牙整齐洁白："我说了，我就是体力很好啊！"

姜醒："你说什么？我听不清！"车流穿梭，阻断了贺铭南的声音。

贺铭南大声喊："我说，我现在有八块腹肌了，你还要不要摸一摸？"

姜醒听清了他的话，对他竖了一个中指："臭流氓，我不要！"

贺铭南："什么？你说你要？你别动，我来了。"

"不许过来！"

姜醒不知道他是真傻还是装傻。

他们站在桥两边喊话的幼稚行为，路过的司机大叔实在看不下去了。司机大叔在等红灯的时候探出头冲他们喊："演电视剧啊？在桥两边吼来吼去，润喉宝都因为你们这种不理智的小情侣销量上升了好吗？"

姜醒尴尬了。

这时，又有一个看不下去的路人司机探出头，对贺铭南说：“小伙子，愣着干什么？快去过去呀！追人就是要主动，不主动到嘴的鸭子都飞了。”

他们中间这一排双向四车道的司机给他们打了双闪，红绿灯变幻倒数十秒。

倒数三秒，三，二，一。

后面的车子不知道他们在干吗，狂按喇叭。

贺铭南跑到姜醒面前，一把把她搂在怀里。

姜醒抬起手，不知道是想要推开他，还是想要回抱他。她的手抬到半空，又无力地放下，最后什么都没有做，声音闷闷的：“脸都丢光了。”

贺铭南注意到姜醒赤脚站在地上，脚都被石子划破了。

他把姜醒打横一把抱起，把自己的西装外套罩在她的脸上，一边快速地往前走，一边说：“那你就把脸遮起来，丢脸的事情，让我一个人做就好。”

贺铭南的外套沾着一些尚未消散的草木香气，沉稳独特的香气，就如同他本人一样，令人难忘。

姜醒还在他怀里垂死挣扎，贺铭南被她闹得差点抱不稳，他不由分说，换了个姿势，把姜醒一把扛在肩上。

姜醒扭动着尖叫：“贺铭南你这个神经病！我又不是大米要你扛，你这倒霉肩膀也太硬了吧，顶得我胃疼。”

哪想到，贺铭南不轻不重地拍了拍她撅着的屁股，声音低沉沙哑：“别动。”

姜醒难以置信，她这么大一个人，居然被人打屁股了，她才不理他，继续扭动，拼命扭动，她敢说，贪吃蛇都没她这么会扭。

贺铭南脸色忽然一变，绷着脸对她说：“你不要再扭了。”

姜醒拿出在他肩上蹦迪的架势：“嗯？”

“你的胸一直在蹭我，你再这么蹭下去，我怕我把持不住。”

姜醒的脸一下红得要滴出血来，她把贺铭南的外套扔他头上：“停止你乱七八糟的想法。”

贺铭南的嘴角弯了一下。

晚秋，天空突然下起大雨，秋天的雨丝凄婉萧瑟，还带着一丝黏糊糊的缠绵，既不像夏天的暴雨那样狂妄，也不像冬日那样决绝。

贺铭南换了个姿势托住她的身体，不让她的脚落在地上。

姜醒举起外套，把两个人的脑袋蒙起来遮雨。

无人的灯下，贺铭南幽幽地注视着姜醒，他的眼睛越来越亮，好似一团燃烧的火焰。姜醒亦注视着他，刹那间，他毫无预兆地猛地吻住了她的嘴唇。

姜醒的嘴唇软绵濡湿，像刚出炉的糕点般软糯香甜。贺铭南紧紧抱着她，娇软的身躯在他怀里颤抖，惊起一片他手臂上的鸡皮疙瘩。

他覆盖姜醒的嘴唇，她一阵失神，雨水打湿了为他们遮雨的外套，微弱的光挤进来，描绘他们深情又失措的眉眼。湿漉漉的雨气包围着他们，凉意充斥每一个毛孔，但是她觉得好热，忍不住颤抖。

姜醒闭上眼睛，回应他的吻，如同清晨啜饮露水的鸟儿，轻啄他的嘴唇。

火花落在枯柴上，一触即燃。坠落，不断地坠落，直至坠入深海，直至潮水淹没头顶，直至宇宙的尽头。

这是他们第一次接吻，却仿佛已经在梦里排演了无数次。

——玫瑰是红的，紫罗兰是蓝的。糖是甜的，你也是。对不起，我还是爱你。

第二十六章

“我们恋爱吧。”

“所以你们睡了？”白棠棠惊呼。

姜醒说：“我们只是因为身上都湿了，去酒店暂住了一晚。”

白棠棠：“所以你究竟有没有把他那个？”

姜醒脸红，拒绝跟她讲话。

姜醒还不知道，他们当晚住的酒店是贺铭南自家的产业。这是贺铭南第一次带异性住酒店，虽然不应该八卦老板的感情世界，但还是有人不敢相信地向当晚负责接待的前台提问：“开的一个房间，大床房吗？”

前台当然不可能告诉别人，老板秘书提前打来电话，要求在老板带女伴来的时候告知，酒店就剩下一间大床房了。

什么，双床房？总统套房？

没有，不可能有的。她敢肯定，阴晴难测的老板在拿走房卡的时候，露出了“满意”的表情。

“所以你们这算是和好了吗？”白棠棠问。

姜醒说：“看后续吧。”

白棠棠笑道："那就先恭喜啦。"

其实，姜醒内心也很纠结，但是贺铭南的一句话打动了她。

贺铭南的手指缠绕着她的发丝："醒醒，我们试着在一起吧。那些困难，我们一起面对。"

姜醒说："我们早就试过了不是吗？"

结局惨痛。

他说："不一样，每个阶段，人都不一样，我们现在长大了，不再是手无缚鸡之力的孩子。我们这么努力长大，不就是为了去争取自己想要的东西，不就是为了让遗憾不再重演？"

爱情，是勇敢者的游戏，怯懦者只能望而却步。

姜醒的态度终于有了一丝松动："看你的诚意。"

贺铭南兴奋得一蹦三尺高，差点从床上摔下去，他说："姜醒，你真是全世界最好最善良的人。"

姜醒伸出食指放在他的嘴唇上："嘘，捧着我也没用，我这个人，不好，也不善良，我就是铁石心肠。"

贺铭南含住姜醒的手指，轻轻啄了一下。

姜醒一个激灵。

——男色误我！

姜醒答应贺铭南试一试的第一天，贺铭南干的第一件事就是带姜醒看房。

"我租的房子挺好，要看什么房？"

贺铭南把房子的钥匙交给姜醒："进去看看吧。"

姜醒看着熟悉的门，捏着钥匙，对着防盗门的空洞，半天没有对准。贺铭南握着她的手，把钥匙插了进去，轻轻拧开，"咔嗒"一声，门开了。

姜醒走进房子，上下打量，她的指尖划过雪白的墙壁。

房子保养得很好，只是跟她记忆中的模样差了很多，房子里没有什么家具，空荡荡的客厅摆着一组蒙着白布的沙发。

姜醒上去把防尘的白布掀了，露出棕色的真皮沙发。窗帘拉开，尘埃在强烈的光线下无序地飞舞。

姜醒坐在沙发上，仰头看天花板。以前，她们家用的水晶吊灯，现在灯被换掉了，变成了一盏白色的吸顶灯。

她感慨地说："当时你来我家，就是这么跟我坐在沙发上。"

贺铭南走过去，在她的身边坐下。

姜醒缓缓把头靠在他的肩上，说："没想到，这套房子是被你买下来了。"

她回国之后，和中介咨询过这套房产，中介说房子的主人没有出手的打算，她就把它当成了一个不大不小的遗憾。

贺铭南说："对不起，如果不是我，你们也不至于要把房子卖了。"

他有时候会想，自己是不是一个灾星？总是把不幸带给身边的人。

好像看穿了他的心中所想，姜醒软绵绵的手捂住他的嘴。

或许是这个举动安慰了贺铭南，让他又重新充满了能量。他冲姜醒笑了一下，兴致勃勃地说："把它装修起来吧，把它还原成原来的样子，或者重新设计，总之，一定装成你满意的样子，怎么样？"

姜醒背着手，绕着客厅转了一圈，欣然同意。姜醒心里清楚，即使装修还原成原来的样子，也不会是当初那个家。所以她说："重新设计吧。"

时间不会倒流，不会有两个相同的夜晚，美好的东西总会消逝。

"你消逝——因此而美丽。"诗文里如是说。

她曾花费很长时间，说服自己接受遗憾，现在她长大了，她学会了向前看，也会学了和过去和解，让一切顺其自然。

很多事情并非按照她的想法进行，她不曾想要父亲遭遇公司危机，不曾想要贺铭南家财万贯，不曾想要相聚别离……但她无力抗拒它们的发生。

贺铭南说："好。"

这一回，他们一起设计装修。

姜醒笑说，那这可找对人了，她刚巧有装修工作室的经验。

贺铭南不甘示弱，告诉她，不巧，他家的装修是他亲自动手设计的。

"你要不要去我工作室看看？"

"你要不要去我家看看？"

他们异口同声。

他们都看穿了彼此在感情中的虚弱，但又张牙舞爪，虚张声势，他们的未来还有太多的不确定。但此时此刻，没有人愿意低头认输。

所以，他们对那些不安定因素绝口不提，只想享受片刻全身心投入的欢愉。

他们需要一点时间重新认识。

姜醒把贺铭南带到自己的工作室，乔棋外出了，店里就剩下一个一个店员，一个设计师助理。

姜醒着手处理手上的订单，有一搭没一搭地跟贺铭南聊天，贺铭南在窗边找了一个风景绝佳的位子，光线充足，视野开阔，可以让他随心所欲地注视着姜醒。

美人做什么，都赏心悦目，尤其是姜醒这样韵味十足的现代美人。她咬着尺子，修改尺寸，贺铭南手肘抵着窗沿，支着下巴凝神看她，想要把自己变成尺子，被她咬住。

姜醒被他看烦了，说："你不是总裁吗？但怎么看起来我比你还忙？"

贺铭南跷着的腿换了一个方向："所以你赚一万的时候我赚一百万。"

姜醒怒目相对："你这个不要脸的资本家，瞧不起我们劳动人民？"

贺铭南连说不敢：“你误会我的意思了，我来林城，就是为了谈一笔大生意。”

“什么项目，成了吗？”姜醒随口问。

贺铭南正襟危坐，他一身浅香槟色的格纹马甲，米色西装，棕红色的口袋巾放置胸前，他往哪里一坐，哪里便构成一幅浪漫主义古典画，一切都成为衬托他这位美男子的背景。金色的光在他墨色的眼眸中闪烁流转，他说：“甲方还没有同意。”

“那你准备怎么办？”姜醒问。

“我正准备割地赔款，这个几个亿的生意，姜醒，我只想跟你谈。”

别人说这句话，或许是个不怎么高明的段子，但是贺铭南说这句话是认真的，他的保险和信托基金全部写了姜醒的名字，他的几个亿，货币单位是美金。

姜醒不为所动：“价值千金，更不能操之过急。”

贺铭南露出乖巧的神情，都听老婆的。

贺铭南看着姜醒围着工作台忙前忙后，心里不是滋味，他心里那点酸忍了又忍，终于按捺不住，对姜醒说：“只见到你给别人做衣服，也给我做一件吧。”

姜醒说：“行啊，等乔棋回来，让他给你量量，价目表在我桌上，你自己看，给你打个八折吧。”

贺铭南的脸色沉了下来，像是黎明前天边暗沉沉的天。

姜醒顿时笑了：“逗你的，生气啦？”

贺铭南憋着气：“不生气，心寒，你摸摸我的心脏，都结冰了。”

姜醒摸下巴说：“贺铭南，有没有人说过，你很会 flirting（调情）？”

贺铭南抿紧了嘴，两腮鼓着气：“没有。这些话我跟别人都说不出来。”

姜醒拿他没有办法："脱外套，抬手。"

贺铭南照做，定制西服对他而言并不新鲜，但为他量尺寸的人是姜醒，就完全是另一番体验了。

姜醒问他有什么要求，他说："要去炎热的地方出差，想要一套夏装。"

姜醒为他量腰围，虚虚环抱他结实的腰，鼻息之间的热气喷在他的胸口，他伸出手，怜惜地为她把落在脸颊旁的发丝别到耳后。

一通工作电话打断了他们的旖旎时光，挂断电话后，他想起什么，发了个消息给林同。

"一般人谈恋爱都干些什么？"

林同说现在就去查，过了一会儿，发了一份情侣网红打卡圣地过来，贺铭南一看，觉得都是小孩玩的地方，直接点叉。

林同发来一串问号："不好吗？"

贺铭南语音回复："算了，你单身，不懂。"

林同半晌无言——没想到你是这样的贺铭南，算你狠。

贺铭南身边围绕的女人很多，可是真的让他花时间相处的寥寥无几，他不知道姜醒想要什么样的约会，又不好开口去问。

他只好硬着头皮上，好在他一直是个聪明学生，之前做得一直都不错。但是优等生也有蒙错答案的时候。

傍晚，姜醒被人流挤来挤去，贺铭南护着她，两人都成了人海里的夹心。

姜醒说："我们是来看人的吗？"

贺铭南愧疚道："对不起，我不知道周五这里会有这么多人，我以前来的时候，这里揽生意都难。"

"你说的以前，是什么时候？"

贺铭南轻微蹙眉思考："七年前？"

姜醒点点头，这时间够楼房推倒又重建了，她露出一个尴尬不失礼貌的微笑。

贺铭南发现他以前打工的餐厅还在，带着姜醒走进去，她点了一杯鸡尾酒搭配法式饼干。

老板看到贺铭南的脸，第一时间认出了他：“小贺，是你？”

其实贺铭南只是抱着试试看的心态过来看看，谁也不知道一家小店能开多久。老板看起来没什么变化，还是那么和善，看到熟悉的店面，贺铭南的回忆好像找到了落脚点，他不安定的心需要一个肯定的回答，告诉他世界上的东西不总是彩云易散，总有东西是长久的，包括这间普通的小酒吧，包括他和姜醒。

姜醒用询问的眼神看向贺铭南。

在贺铭南开口之前，老板率先说：“你看起来混得不错，没有再离家出走了吧？”

离家出走，是怎么回事？

贺铭南没说话，老板熟稔地拍拍他的肩膀，神秘地告诉姜醒，他以前在这里弹吉他的时候，超受欢迎。老板让他好好招待女朋友，他免单了。另一桌客人喊他，老板丢下一枚炸弹之后，旋即离开。

姜醒拌着淡金的酒液：“你是不是应该给我解释一下，怎么回事？”

贺铭南没有正面回答她的问题，站起来说：“送一首歌给你。”

贺铭南轻盈地跳上乐队演出的木头台子，向正在试音的乐手借了一把吉他。酒馆把演出台安排在了角落，头顶上是一盏黄澄澄的灯，像是十五的月亮。

贺铭南的手轻轻在话筒上碰了碰，发出拍打砂砾般清脆的声音。他调整了一下坐姿，灯光把他的深棕发丝照得透亮，像是玻璃糖纸包裹的太妃糖，轻灵的音符从他手上的吉他传出。

姜醒双手撑着下巴，聚精会神地凝望着他。她的身体跟着他的音乐来回轻轻晃动，他是汪洋大海，她是海浪中心的一叶扁舟。

多年前的下午，她在小阁楼听他初学的吉他，时过境迁，换了一个地方，他的指法熟练多了，还是一样的好听。

不知是因为他弹得太好听，还是因为他长得太帅，总之，肉眼可见的，进来酒馆里听歌的人越来越多，掌声、人声和脚步声混杂在一起……

贺铭南在身份暴露之前，抓起手边上的帽子扣在头上，拉起姜醒的手就跑。

他们出了门，在人群中穿梭，没走多远就被堵在了人流里，他们只能被人群裹挟着向前。

这实在是一种新鲜的体验，周围太过吵闹，姜醒只能贴着贺铭南的耳朵问："他们在干吗？"

贺铭南也学着她的样子，对着她的耳朵说："不知道。"

只喝了一杯酒，但姜醒觉得自己醉了，不然为什么她无法控制自己，想要亲吻贺铭南的脸颊。

原来他们碰上了一个大型的快闪活动，活动方请来了当下最火热的嘻哈歌手参加活动，突然涌进来的人群就是为了来看歌手的。

无意间，他们凑了一个大热闹。

暮色沉沉，天边闪着红的、橙的、黄的和蓝色的光，分不清是云烧了起来，还是落日要将整片天空点燃。

来的人太多了，已经超出了活动场地能够消化的人数，警车开过来，紧急维护治安，疏散人流。大喇叭反复地高喊："活动已取消，人群由北向南接受疏导，不要回头走，听从指挥，不要回头走……"

贺铭南的手紧紧搂着姜醒的肩，生怕她受到伤害。

为了追星来的人群爆发出强烈的不满，有的人从外地赶过来，只为了看明星一眼，结果现在因为活动方的失误，明星不能演了，可想而知，他们有多么失落和不情愿。

人多了，就容易出问题，前方突然发生一阵骚动。

有人的手机掉在地上低头去捡，结果被后面的人推搡摔到地上，顿时，尖叫声此起彼伏。人的情绪总是传染得飞快，后面的人不知道前面发生什么事，也跟着哭喊。

踩踏事件最容易在这时候发生，贺铭南的手臂如同坚实的铜墙铁壁护着姜醒，尽量把她往人群的边缘拉。

姜醒被突如其来的意外吓到，人群推着向前，她便跟着向前，人群推着向后，她便只能跟着向后。

任何哭声和喊声，在这一刻都化为了虚影，贺铭南紧紧握住她的手，他们十指交握。她心中只剩下一个念头——她绝对不可以跌倒。她可以听到自己的心发出怦怦的声音。她没有见过比这更多的人，像是一滴水，落入无边无际的海里。也没任何时候，比这会儿更加孤独，她孤独的世界里，只剩下她和贺铭南。

她与贺铭南被冷汗沾湿的手掌握紧时，她听见来自心底的声音，她十分确定，他们拥有彼此。

这短短的通向出口的路，他们仿佛走了一个世纪，山中一日，世上千年。当她再度呼吸到新鲜充足的空气时，她恍惚，仿佛和贺铭南走到了世界末日。飘浮在冷冽空气中金色的灰尘不是灰尘，是一蓬蓬金黄的砂砾，拍打天猫脸颊，划伤天猫柔嫩的肺。

贺铭南说出现这样的错觉，她一定是缺氧过度。

姜醒怔怔地看着他，眼中水光盈盈。

贺铭南双手捧着她的脸颊，在暗处的雕塑之下，狠狠亲吻她的双唇。

“给你点氧气。”

他们不知道吻了多久，天旋地转，海枯石烂，分开时，姜醒粉嫩的唇瓣上亮晶晶的，闪着光。

贺铭南的指腹轻轻摩挲她的唇瓣，饱含情意的目光，如同凝视着这世间最珍贵的宝物。

姜醒腿软脚也软，不知道是刚刚被人群挤的，还是因为贺铭南的亲吻。

她不知道自己是怎么回到公寓的，贺铭南把她送到家，他问她："我们恋爱吧，好吗？"

一直爱下去，爱到世界末日，爱到宇宙尽头。

姜醒说："好。"

她踮起脚尖，献上一个深吻。他们吻得投入又自然，像亲吻水的鱼。

第二天新闻出来，这场活动险些酿成大祸，好在只是有人员轻微受伤，没有出现更严重的伤亡情况。

电视台主播再次强调，在人群众多的场合一定要注意安全，不要推搡不要惊慌，听从指挥……

贺铭南从姜醒的床上醒来，就看见她的电视开着，电视里面正播放昨日现场的乱象。

宽大的双人床上，他身边空了一片，他穿上拖鞋，去到卧室外找姜醒。

姜醒正穿着睡衣在厨房做早餐，她一回头，就发现贺铭南不声不响的，站在料理台旁支着脑袋盯着她看。她吓了一跳："你在这儿干吗呢？"

贺铭南眼睛弯弯的，说："我在看我的梦想。"

"什么？"

"我的梦想就是，一日三餐和你。做梦都想有一天醒来，你在一片晴朗的阳光里做早餐。"

十几岁的贺铭南，应该无论如何都料想不到，有一天他居然可以如此流畅地对姜醒说情话。

但偶然也会暴露本性，比如现在，姜醒捂住眼睛，拿着煎蛋的锅铲对他吼：“贺铭南，你怎么回事，衣服不穿好？”

贺铭南揉了揉自己松软的头发，低头看了一眼自己袒露的胸，一本正经地说：“哦，我不冷，暖气挺足的。”

姜醒：“谁问你冷不冷了？我让你把胸遮上。”

贺铭南恍然大悟，捧着自己的胸肌说：“你反应这么大，是嫉妒我的胸比你大吗？”

姜醒要被他气笑了。

可怜的贺铭南，因为说错话，被没收了早餐。过了一会儿，贺铭南饿得肚子咕咕叫，又蹭到了姜醒身边。

姜醒无奈，自己选的男人，还是要投喂他。

贺铭南咬了一口姜醒煎的蛋，赞不绝口：“好吃。”

煎蛋配吐司，人间绝配，他一口接一口，盘子瞬间就空了。

他抬头问餐桌对面的姜醒：“我可以公开我们的关系吗？”

姜醒拒绝了他想要公开的打算。

贺铭南理解她的顾虑，对她说：“我想去拜访一下姜叔叔和秦阿姨。”

姜醒怀里抱着贺铭南带过来的猫，有一下没一下地撸着。“小明星”和它的主人一样黏人，窝在姜醒怀里，舒服地眯着眼，发出闲适的咕噜声，时不时还要抬起头，用它湿漉漉的鼻子顶一下姜醒的掌心。非要姜醒夸它一句“真乖”，它才肯乖乖地蜷起两只小爪子，开心得晃尾巴，它的眼神扫过它的正牌主人贺铭南时，贺铭南总觉得，“小明星”那得意扬扬的小眼神，是在跟他炫耀它的恩宠。

气得贺铭南一口气没上来，在心里骂它：看你那狗腿的小样！

结果姜醒说了句：“都说宠物像主人，你看，‘小明星’多像你。”

贺铭南更气了，看它尖嘴猴腮的，像什么，哪里像？

姜醒亲亲“小明星”的小鼻子，对贺铭南笑：“和你一样，有眼光。”

贺铭南的心里顿时舒坦了，他也想变成一只大猫，露出雪白绵软的肚皮，让姜醒给他揉一揉。

关于他想要拜访长辈的事，姜醒斟酌了一下说：“还是先等等吧，我找机会跟他们沟通一下，这也是我想暂时不公开关系的原因……”

姜醒头痛的，不仅是她和她父母的感受，她更忧心的，是贺铭南的妈妈。

季清韵给她带来了巨大的阴影，她非常严肃地跟贺铭南讲：“你妈要是再拿支票给我，让我离开你怎么办？”

贺铭南斩钉截铁地说：“那肯定不行啊，她给你填个五百万，这不是侮辱人吗？你叫她给你空白的。”

姜醒扑哧一声轻笑：“你就这么帮我呀。”

贺铭南说：“我的婚姻，和她无关，你只要记住，我永远站在你这边就可以了。”

“真的吗？”

如果成人的世界都这么简单，泾渭分明，也不会有那么多关于“我和你妈妈同时掉水里，你先救谁”的问题了，问这个问题的人不知道这个问题很傻吗？知道的，但还是要问。因为只有一遍遍地问，一遍遍地获得一个肯定的回答，才能把心填满一点。

贺铭南把姜醒搂在怀里，轻声抚慰：“醒醒，我爱你。”

他和季清韵的关系，和姜醒理解的母子关系截然不同。他想和姜醒解释，又不知从何说起。

曾几何时，他也是期待过“亲生母亲”的。但是，当他被接入季家的那一刻起，他就注定了不会成为让季清韵满意的孩子。她心目中的好儿子，只有一个，那就是贺云雁。

那是他走失之后降生的亲生弟弟，他拥有高贵的出身，良好的教养，一个古意盎然的名字，和父母无尽的宠爱。

说起来讽刺，他在山村里养育他的人家，也姓贺，但是跟他弟弟的“贺”，天壤之别。

贺先生带着贺云雁走了，只剩下季家空旷宅子里，孤独的季清韵和碍眼的他。

贺铭南曾试图逃离，他成年了，他不敢跑回祝叔叔的老家，只能四处躲藏，他规划了缜密的路线，先坐车去他长大的云村老家，然后又悄悄回到林城。

都说最危险的地方，就是最安全的地方，他只要躲过这一阵风头，等到季清韵对他的执念过去，他的生活就会回归正轨。

他还要去找姜醒，然而，季清韵没有给他这个机会。

他在小酒馆打工期间，还是被季家人找到，他说，不要牵扯到酒馆的人，他和他们走。

这一走，就是好多年。

权利更迭，长江后浪推前浪。

随着贺铭南走向权利的中心，季清韵终于渐渐退居幕后。他无法感激和原谅季清韵所做的一切，但是他不怨恨，他心里有一个空荡荡的漆黑的洞，呼呼地响着风，但独独没有恨。

他谁也不恨。

每当贺铭南想起姜醒的时候，他的心是完整的。

和姜醒地下恋情的贺先生，在哄好老婆的第二天，就不要脸地抱着自己的铺盖上门了。

姜醒说：“我以为你昨天只是暂住一下。”

贺铭南：“你有两个选择。”

姜醒挑眉。

他说：“你住我家，和我住你家，你选哪个？”

“砰”的一声，姜醒把门关上：“我选我住我家，你住你家。”

她听见贺铭南在她门口喊：“你要是不开门我就睡你家门口。”

姜醒说：“别闹，我哥要来，让他看到你在这里，我们两个死定了。”

贺铭南以为姜醒在找借口，嘀咕道：“你就骗我吧。”

姜醒皱眉：“我好好的骗你干吗？”

结果，她去洗了个澡出来，悄悄把门拉开一条缝一看，贺铭南果真还在门口站着。他抱着铺盖在门口来回走动，活像个不法分子。

贺铭南听到动静，顿时睁着他那大大的眼睛，眨巴着眼，期盼地望着姜醒：“是要让我进门吗？”

姜醒给了他一个塑料小凳子：“你走来走去，怕打扰邻居，给你个小板凳坐坐。”姜醒给他的凳子，就是市面上最常见的，放在浴室里的迷你小板凳。

贺铭南屈辱地动了动鼻翼，决绝地对姜醒说：“士可杀不可辱，我是不可能坐这种小板凳的。”

姜醒点点头：“随你。”

贺铭南不敢相信自己的眼睛，姜醒家的大门就这么关上了，她怎么如此残忍，如此绝情。

贺铭南求助林同，问他：“我有一朋友，一美男，深夜被家中爱妻关在门外，怎么办？”

林同秒回：“我没有恋爱，不知道。”

贺铭南：“不知道你好意思回这么快？”

林同：“可怜的单身男子，只有手机为伴。”

贺铭南：“我觉得你的工作量过低，是兄弟就应该996（九点上班，九点下班，周末休息一天），不仅要996，还要主动加班加点为人生奋斗，不要浪费人生玩手机。”

过了一分钟，手机提示有新消息，林同传来一份文件——《中华人民共和国劳动法》。

贺铭南仰望天花板，为什么他的眼中常含泪水？因为他没人疼，没人爱，还不如地里的小白菜。

一小时后，贺铭南终于撑不住，把屁股搁在小板凳上，只轻轻搭了个边，对它充满嫌弃。两小时后，贺铭南稳稳当当地坐在小板凳上，仰着头，靠着墙，睡着了……

姜醒早晨打开门，看见贺铭南长手长脚缩成一团，靠在门口，她没想到贺铭南真的在外面过了一夜，无奈地把人晃醒。

“进来吧。”她说。

贺铭南露出一个大大的笑脸，猛地站起来就要昂首阔步向前迈，结果，很不幸，腿抽筋了，只好一瘸一拐地进了门。

突然，贺铭南脸色一变，对姜醒说：“我能不能……”

姜醒：“嗯？”

贺铭南的脸色憋得通红：“能不能先用一下你的……”

姜醒看着他扭成一团难以启齿的表情，重重点头：“能。”

贺铭南直奔卫生间而去，这绝对是他人生中最狼狈的时刻，没有之一。

他整理好仪容，再度器宇轩昂地来到姜醒面前，但是他看到了一个意外的画面。

一个陌生高大的男人抱住姜醒，手边上还放着一个巨大的行李箱。

贺铭南冲上去就把他拉开，护崽子似的把姜醒揽到身后：“你是谁？干吗的？”

姜醒在他身后花容失色，一个劲地拍他的肩。贺铭南没有看见，姜醒在他的身后一个劲地冲他面前的男人摇手。

贺铭南眼前的男人皱眉，一双犀利的美目盯着他，带着点疑惑问：“贺铭南？”

他昂首挺胸："是我，认识我就好。"

男人也点点头："很好，我找的就是你，我想揍你很久了。"

贺铭南终于后知后觉地感受到事情的发展有些不对劲，他盯着男人再次细细端详，一个熟悉的名字在他的嘴边呼之欲出，他将信将疑地问："你是……姜哥哥？"

姜醒在他的身后捂脸，是的。

完了，他刚刚好像把他的未来大舅哥给骂了？

姜风眠已经挽起了袖子，冲贺铭南勾勾手指："是男人就来决斗吧。"

姜醒再度捂脸，为什么？她哥哥能够说出这种羞耻度爆棚的台词。她真的太小看男人的中二程度了。

贺铭南脱了外套，对姜风眠说："哥哥，如果这是我必须经历的考验，我愿意接受挑战！"

姜醒扶额。

——贺铭南，爸爸对你很失望。一个人疯还不够，这两个还要一起疯。

她随手拿起沙发上的抱枕对着他们的脑袋一人捶了一下："不要把我家打乱了，房子是租的但家具不是，都很贵的！"

贺铭南深深地看了姜醒一眼，一开始，他的眼神有点受伤，姜醒关心家具都不关心他。下一秒他的心情又突然好了起来，他老婆真好，勤俭持家，爱惜物品，身上的美德在闪闪发光。

姜醒也不知道他在傻乐啥，她不会把贺铭南打成傻子了吧？但是抱枕软绵绵的，不疼呀。

这时，贺铭南和姜风眠异口同声："醒醒，男人的战斗，你退后。"

下一秒，两人同时被姜醒扫地出门。

第二十七章

无人能够抵挡今夜的月色，就如同我无法抵挡你

姜风眠还是和当年一样，容貌出众。

他穿衣打扮有自己的风格，他喜欢轻薄宽松的棉麻衬衫，浅蓝色的料子，配上他染成墨灰色的头发，光线下泛着闪闪的冷蓝。迎着风，宽大的衬衫便成了天边展翅的白鹤，显出姜风眠不食人间烟火的美。

别人的脸上，总会留下一些岁月的痕迹，但对姜风眠来说，这似乎只是一个不值一提的伪命题，他深红色的嘴唇，在冷白色调的脸上冷冷绷着。他与姜醒像极的眼睛，斜斜地飞向鬓角，因为他眼中的寒光，让他比姜醒少了两分柔媚，多了两分锐利。

贺铭南和他僵持在公寓楼下细长明亮的走廊上，一言不发。

最后还是姜风眠开口："走。"

姜风眠把贺铭南带到了一个拳击场，他把拳击手套扔给贺铭南。贺铭南弯腰捡起手套，也不含糊。地下拳击场光线昏暗，场地私密，除了他们两个没有别人，很好地保护了他们的隐私，被彼此揍成猪头，也不会被人看到。

姜风眠的拳头狠狠砸在贺铭南的脸上，贺铭南没有回击。

他对贺铭南喊："拿出你的本事来给我看看。"

贺铭南双臂竖在双耳旁，护住头部，仍然不出拳。

姜风眠第二拳夹着猎猎拳风挥来，贺铭南闷哼一声，拳头的势头被他的身体卸去了大半，让他发出了一声沉重的闷哼。

"你以为你不出手，你让我妹受过的伤就不存在了吗？"

第三拳再度落在他的身上。

姜风眠："出拳，我不会把我的妹妹交给一个懦夫。"

贺铭南霍然抬起头，他的眼睛亮晶晶的，里面闪着光，他什么都没有说，但是他的眼神告诉姜风眠，他要动了。

一时之间，拳击台上只剩下拳影交错，拳套击打肉体的声音"砰砰"作响。

两人势均力敌，打了一个平手。最后大汗淋漓地躺倒在拳击台上，喘着粗气。没有人说话，他们躺在拳击台上，听着彼此粗重的呼吸。

一片寂静之中，贺铭南突然问："她哭了吗？"

姜风眠："什么？"

"当时。"

一阵沉默，贺铭南没有言明，姜风眠却听懂了他的意思。

拳击馆的暖气扇闪着猩红色的光，发出金属摩擦的声音，像是弄堂巷口飘来的不成调的古曲。姜风眠沉默半晌，轻声"嗯"了一声，尾音拖得长长的，好似那些曲曲折折的情呀意呀，都藏在里面了。

"姜哥哥，我向你保证，我以后不会让她哭。"贺铭南抚摸了一下自己的眼角，仿佛摸到了姜醒当时潮湿的泪，让他的眼角也跟着湿润。他看着头顶的吸顶灯，黑色的小虫锲而不舍地撞向黄色的灯光，如同醉人的爱情，飞蛾扑火，万死无悔。

姜风眠没有作声。

离开前，姜风眠请贺铭南喝了一杯啤酒。最初只是一杯啤酒，但后来逐渐加码，从啤酒变成了威士忌，又变成了高度的混合酒。

酒保看他们两个怪人，不吃东西，只喝闷酒，也不聊天，脸上还挂着伤。两个人都憋着劲，一杯接一杯地喝，小杯不过瘾，姜风眠叫酒保换成了大玻璃杯。金黄色的酒液如同琼浆流入琉璃杯，散发着浓郁的酒味，辛辣的液体倒入喉咙如同吞入燃烧的火焰，一路长驱直入烧向胃部。

两人谁也不认输，闷头喝。

发现自己被骗的那天，贺铭南也哭了，他的眼泪是无声的，是南方潮湿的水汽凝成了瀑布溪流，来势汹汹地向体内倒灌，直至把人淹没。

姜醒走后，贺铭南的世界开始下雨。

后来，一个年轻的男人跑过来找姜风眠的时候，两人都喝高了，贺铭南和姜风眠两个人从互相掐架，变成了勾肩搭背，凑在一起谈心。

姜风眠攀着贺铭南的肩说："我心里难受，我就这么一个妹妹，虽然我经常惹她不高兴，但我是真心疼他，怎么好好的白菜就看上你了呢？我是真想把你揍趴下，但是我又不能，把你打坏了，回头她还得跟我闹别扭。"说到最后，姜风眠难过起来，"你就是仗着她喜欢你。"

贺铭南拍着自己的胸脯说："白菜是好白菜，但猪不是好猪。"

姜风眠醉眼迷离，捧着贺铭南的脸左右打量，贺铭南在他眼里化成一串重叠的虚影。

姜哥哥眯着眼问："你是什么猪？"

"黑猪？富含铁和蛋白质。"

他捧着贺铭南的脸，皱眉："挺白的啊，不过黑猪好，我喜欢，好吃。"

站在他们前面的酒保默默地缩到了一边，真是没脸听他们两个在说什么。

来找姜风眠的男人，看见他脸上的伤，激动地叫出声来："姜风眠，你疯了吗？！你还记不记得你是有通告的人？！”

不得不说姜风眠现在的职业。作为一个一直以来，以顶尖歌手为目标奋斗的男人，他终于被大众认识，却不是因为他的歌，而是因为一部电影。

故事的开头，总是似曾相识，他辗转找到导演想让导演听一听他创作的Demo（歌曲小样）。导演给他一杯咖啡的时间，听了他的歌，最后问他：“你对演戏感兴趣吗？”

后面的发展大众都知道了，姜风眠为庄导的电影贡献了令人惊喜的表演，一举斩获最佳男主角，最佳新人奖，这一切发生得太快，连姜风眠自己都蒙了。

导演信任地对他说，他没有看错。

当时，姜醒知道他彻底对这个世界失望了，特意发了个消息给他：“也许你就是天生适合，毕竟世界需要你这样的戏精。”

姜风眠决定把她拉黑一分钟。

现在姜风眠的人气已经非常稳固，因为起点高，悟性好，稳坐年轻一代演技派演员的头把交椅。像他这样的演员，本该是被自家经纪人捧在手心的宝贝，但姜风眠是个意外，因为经纪人看穿了他的本性。

就像此时此刻这样，留下一个棘手的烂摊子，让他头痛不已。

另一位接到电话来到这里的是林同，林同和经纪人对望一眼，确认过眼神，他们才是应该在一起喝一杯的人。而第二天，两个又打架又喝酒的男人肿成了猪头。

贺铭南看着姜风眠，指着他的脸，因为辛苦憋笑而显得表情扭曲。

姜风眠揉着头发对贺铭南给他扔去一个高傲的眼风：“臭小子，想笑就笑。”然后他报复道，“你照照镜子看看自己吧．”

因为宿醉，两个人醒得很早，天刚亮，头脑还有些迟钝，等到贺铭南刷牙出来，他才有些迷糊地问：“姜哥哥，我们现在这是在哪里？”

姜风眠翻了个身，占领整张大床，把长腿搁在卷成一个卷的羽绒被上，舒舒服服地哼：“反正不是我家。”

贺铭南点点头：“对，这是我家，我的房间，我的床。”

“所以……为什么姜哥哥你睡在我家？”

姜风眠陡然醒了，他也在思考这个问题，他为什么要跟贺铭南睡一张床？

贺铭南失魂落魄地看着自己新买的、刚刚洗过的、充满阳光味道的被套床单，心中发出声嘶力竭的呐喊，他的新被单，不是用来给一身酒味的臭男人睡的啊。

两人理智回笼，试图找到答案。

这时，姜醒敲门进来了，她看了两人一眼，仿佛进来查房的宿管老师，用十分稳重的口吻说：“你们把衣服穿好，下来吃早饭。”

姜醒煮的皮蛋瘦肉粥，葱香与恰到好处的咸味大大安慰了两位美男子昨晚饱受酒精折磨的胃。

等他们放下碗，姜醒似乎是看穿了贺铭南多次欲言又止的疑惑，终于大发慈悲给他解惑：“我家停水了，林同他们联系我，又不知道把你们往哪里送，只好我们大家都在这里将就一下。”她又说，“但是你们硬要睡一张床可就不关我的事了。”

姜醒扶额，两人昨晚真是辣眼睛，纠缠在一起，还要在床上“决斗”。啧啧，幼稚鬼。

“你们一个是领导成千上万的员工，一个有几百万的粉丝，他们都知道你们的真面目吗？”

姜风眠比贺铭南虚长几岁，多吃的几年盐没有白吃，脸皮就是要更厚一些，他说：“我的真面目还是这么帅呀。”

姜醒点点头：“帅哥，去洗碗吧。”

再帅也得干活呀，更何况，脸都肿成这样了。

姜醒默默地举了个小镜子在他面前，他手忙脚乱，差点把盘子给打了，他叫嚷：“不要再提醒我了！我要是毁容了都是你们的错！”

姜醒耸肩，她是无辜的，她又没叫他们去拳击场。

贺铭南现在最关心的事，是姜风眠还要在林城待多久，他难道没有别的行程要跑吗？

他不会是要凉了吧？

姜风眠回望贺铭南，心里琢磨着同样的问题，这个贺铭南怎么回事，他没有生意要谈，工作要做吗？天天搁他妹妹身边转，钱是大风刮来的？季家不会是要倒了吧？

两人心里面一天演八百场小剧场，但是面上都不动声色。

虽然他们同住同一屋檐下，但是白天各有各的事要忙，大家恪守着现代人尊重私人空间的习惯，没有带来更多尴尬。

两位男士把楼上的空间都留给了姜醒，他们则在楼下一人选了一间房。

这天晚上，姜醒洗完澡，用浴巾裹着头发，等到头发的水分稍微少一些，就去吹干。她看了一眼桌上的木质闹钟，晚上十一点三十分，月色正浓。

卧室里放着一个不大不小的书架，应该是为了卧室定制的。在卧室里面放书架，也只有贺铭南还保留着这么老派的习惯，说来惋惜，姜醒接触的大部分人，连阅读的习惯都抛弃了。

姜醒捡了一本薄薄的小说来看，看封面没看出来，原来是一本科幻小说，故事诡秘离奇，正读到一半手机上传来贺铭南的消息。

贺铭南：“睡了吗？”

姜醒翻身，手肘撑着蓬松绵软的枕头回复：“还没。”

贺铭南的电话拨进来。姜醒轻轻“喂”了一声，手机那头没有说话，沉默的呼吸声传来，一下接着一下地挠在她心尖上。

姜醒如葱一般白嫩的手指轻轻敲击手机，她放松地躺下，对着手机说：“还记得那次你来我家吗？我也住楼上，你给我发消息，我就想着什么时候你要跟我通话，结果我盯着手机屏幕眼睛都盯酸了也没听到你的声音。”

隔着一层楼板，姜醒在楼上，贺铭南在楼下。手机里传来他的轻笑，他的气声吹在姜醒耳畔：“明明是你先睡着了。”

姜醒矢口否认：“胡说，我才没有。”

记忆经过一层又一层的滤镜加工，谁也说不清它精确的样子是什么，但只有一样是他们笃定的——

“贺铭南，我爱你。”

沉吟片刻，他的声音传来：“我也爱你。”

“有多爱？”

贺铭南没有回答，过了半分钟，姜醒听见有人扣响她的房门，她拉开房门，门外是贺铭南俊秀殷切的脸。他还举着手机，姜醒把他拉进门。

贺铭南眨了眨他泉水般澄澈的眼，说：“醒醒，我要告诉你一个道理。”

姜醒疑惑地看着他，他凑到她的耳边：“爱不靠说，靠做。”

姜醒听完之后愣了一秒，然后粉白的脸“唰”地红了起来，亲昵地嗔怪，嘴上骂他，但落在耳中更像是情意绵绵的撒娇，娇娇嫩嫩。

“贺铭南，你这个衣冠禽兽！”

贺铭南把窗推开了一个小缝，月色与晚风一齐吹来，姜醒裹紧了身上的睡袍，寒风呼呼，她的身上却热烘烘的。

贺铭南赶紧又把窗关上，喊她来看窗外的风景：“你看，今晚的月亮。”

这便是典型的东方男子表达爱意的方式，含蓄，绵长，倾诉哀愁时似乎独具某种诗意的朦胧美。有个广为流传的小故事，说夏目漱石在学校教英文，需要翻译一篇小短文，其中男女主人公在月下散步，情不自禁地说出“I love you”，学生们直译“我爱你”，而夏目漱石说，译成“今晚月色真美”，这就够了。

一盏明月，见证了多少儿女情长，相聚别离。

在姜醒的认识里，张爱玲笔下的范柳原是最会说情话的男人，晚上，范柳原打电话给白流苏，问她：“你的房间里看得见月亮吗？”

后来，他出现在白流苏的房间里，说：“我一直想从你的房间看月亮。”

现在，在姜醒的名单上，范柳原的名字要被贺铭南替代了。

——今晚月色真美，而我恰好有空，只需要一个肯定的眼神对视，万千情愫便都涌上心间。句句没有一个爱字，却句句都是我爱你。

“真好。”姜醒叹道。

黄澄澄的月亮，圆滚滚地挂在靛青的天上，贺铭南从背后环住姜醒的腰，她的心猛烈飞快地跳动。她听见她的心跳中，加入了另一个更低沉有力的跳动声，那是贺铭南的心跳。他的心脏，贴着她的心脏。

窗帘合上，月光从缝隙溜进来，如同水银泻地。床上，姜醒纤细的双臂攀着贺铭南，她贴着他的耳朵说：“小点声，我哥还在楼下。”

贺铭南亲吻她的面颊和脖颈，空气湿漉漉的，肌肤也湿漉漉的。他沉声回：“他不在，还没回。”

姜醒轻轻喘息，“真的吗？”

“真的。”

结果就在这时，一阵开门声从楼下传来，只隔了一层楼，可是落在姜醒耳朵里像是穿越了几万英尺的距离，然后在耳边炸开。

她就像一只受惊的小兔子，捂住嘴巴，吞回一声惊呼。贺铭南宽大干燥的手掌轻轻抚慰她的后背：“你怎么跟做贼一样。”

姜醒恨恨地拍了他一巴掌，高高举起，轻轻放下，半点不疼。

贺铭南忍不住笑："我觉得我们现在特别像……"

"像什么？"

"偷情。"

姜醒听了嘻嘻地笑。这个月色照耀的夜晚，像是一个充满气的气球，因为一根针，泄了气。但这不影响姜醒享受贺铭南结实温暖的怀抱，她拉过贺铭南的胳膊调整了一个舒服的位置，搁在自己脑袋下，然后像一只充满眷恋的雏鸟在雌鸟的大翅膀之下蹭了蹭脑袋。

贺铭南哄她说："醒醒，你喊我一声。"

"喊你什么？"

"南南。"

"我没有这么喊过你吗？"

贺铭南的拇指摩挲着她柔嫩光滑的脸蛋，用下巴蹭她的头顶，热气喷在她的额上。他低低"嗯"了一声说："没在床上听过。"

姜醒突然抬起头来，双眼骤然发亮，闪着细碎的光，她啄了一下他的下巴，双唇翘而饱满，让人想到夏日带着水珠的樱桃。她轻声唤："南南。"

宛若莺啼，真好听，空气里都是蜜糖浓稠的甜。贺铭南凝视着姜醒，睫毛颤动："除了你，我再也无法想象和任何人恋爱、结婚，无法想象任何人在我的怀里亲昵地喊我的小名。姜醒，谢谢你出现。"

她就是爱本身，无人能够抵挡今夜的月色，就如同无人可抵挡她。他在心里说，他注定要被她俘获。

姜醒抱紧了贺铭南的腰，把脑袋深深地埋在他的胸膛里。

从别后，忆相逢，几回魂梦与君同。

终于，在贺铭南的念叨声里，姜风眠被他盼着盼着，盼走了。他甚至兴奋地捧了个蛋糕回来，说要给姜醒吹蜡烛，姜醒看他真是乐没边了。

就在贺铭南要姜醒许愿的时候，一个电话打进来，贺铭南顿时变了脸色，沉下来脸来。暖色的烛光在姜醒粉白的脸上晕开，最高明的化妆师也调不出这样夺目的腮红。

她关心地问："怎么了？"

贺铭南向她做了一个手势，走到另一边讲电话。他紧紧皱着眉头，听对方说话，打电话的是贺铭南的外公。

外公问他："为什么去了林城那么久？"

他回说："今年的战略布局都在林城，我留在这里坐镇。"

"我看不是因为布局在林城，而是因为另有他人在林城吧？"

贺铭南沉默。

外公咳嗽一声："既然有人，就带回来吃顿饭，看看我这个老头子。"

贺铭南既没说好，也没有说不好，电话那头又叮嘱了些什么，才挂断电话。

姜醒问他怎么了，脸色不太好，贺铭南摇摇头，看姜醒因为等他把蜡烛熄了，他又重新点上："来许个愿吧。"

姜醒："又不是生日，许什么愿？"

他理所当然道："一年三百六十五天，每天都可以有愿望呀。"

"能实现吗？"

"这样，你向我许愿，我帮你实现。"

"阿拉丁神灯？"

贺铭南冲她眨眼。

其实姜醒已经不像过去那样热衷于许愿了，因为她许下太多愿望，都没有实现。但是贺铭南恰好相反，他由衷地喜欢吹蜡烛许愿带来的仪式感，这是他小时候最盼望的时刻，可是从来没有人要给他过生日。

后来季清韵找到他，他才知道，原来他身份证上的出生日期也是假的。他当时笑笑说：“哦，原来我不是射手座，我一直以为我是射手座呢。”他以前的水逆，都白受了。

姜风眠走了，但是姜醒也没有办法天天和贺铭南在一起。

没过两天，她跟贺铭南说她要出差了，走之前，她把给贺铭南的定制衣服给他带回家里，让他试穿。

姜醒给贺铭南做的是一套烟灰色细条纹双排扣西服，为了对得起他给的报酬，姜醒特意选用了进口面料中的名门贵族scabal（世佳宝）。很难想象，人们为了做出闪亮富有光泽的面料究竟想了多少方法，姜醒用的是一款钻石粉面料，将钻石粉和羊毛混织，堪称“壕”无人性，其成品的坠感、光泽和细腻程度普通面料自然难以比拟。

从伦敦订的面料到了店里之后，乔棋忍不住洗手摸了摸：“天，这个面料，是多少设计师的梦想啊。”然后他怀疑地看了一眼姜醒，“你行吗？你要是把这个面料做坏了，贺总不会找你赔吧？”

姜醒和他面面相觑：“那我是订不起另外一套了，我把你卖了，也赔不起。”

乔棋在学校主攻珠宝设计，在服装上，他帮不上太多。好在成品穿在贺铭南身上，看起来相当不错，经典的灰色适合于各种场合，贺铭南能够用到的机会也更多一些。

姜醒看着镜子里的贺铭南，为他整理西服后面的褶皱，他伸出手，姜醒自然而然地帮他检查袖口的服帖程度，扣好袖口。领口和袖口都极度贴服，这套西服，最漂亮的地方，当属他的腰身，极好地凸显了他宽肩窄腰、隽秀挺拔的身材。

“满意吗？”姜醒的眼睛扑闪扑闪的。

镜子里映射出他们交叠的身影，贺铭南握住姜醒的手，摩挲她细葱似的指尖，微微勾起嘴角，笑道："满意，你天天亲自量的尺寸，准得不得了。"

姜醒轻哼一声，用尺子轻轻拍了他。她收起自己的工具，终于说到正题："我要离开几天。"

"去哪里？"

"陪烟姐去一趟电影节。"

贺铭南才想起来，他都要把这件事忘了，心中万分不舍，一想到江孟烟礼服的事情，还是他牵的线，顿时悔恨，他真是搬起石头砸自己的脚，这么快就要独守空房了，不由郁郁寡欢。

因为国际电影节场合重大，江孟烟是姜醒的重要客户，她必须亲自上阵跟着江孟烟，杜绝任何意外发生。

江孟烟准备了不止一套礼服，她带了一大箱的服装。姜醒的这一套，她留到了主竞赛单元公布获奖名单那一天，开幕式走红毯时则是另外一套品牌赞助的盛装。

电影节江孟烟主演的电影在柏林首映当天，姜醒正在飞往巴黎时装周的航班上。每次时装周都是时尚界人士的战场，尤其是巴黎时装周的关注度最高，这和它包容兼并的时尚态度不无关系，各国的时尚天才都能在这里找到自己的舞台。此外，巴黎拥有无数为人熟知的老牌奢侈品牌，时装周期间，天才的设计层出不穷，巨星名流争奇斗艳，每个品牌的话题都足以引爆网络，各国媒体长枪短炮都等着炮制最新鲜的新闻资讯。

只是，姜醒没想到她会在这趟航班上遇到一个不速之客。她原本定的经济舱，乔棋非给她换成头等舱。姜醒的理由是，他们还在创业阶段，奢侈创业要不得，乔棋一句话就给她堵了回去："坐经济舱参加时装周，你疯了吗？我可不能想和你一起被所有人鄙视得抬不起头"。

时尚人士，时尚不时尚不好说，但"就是豪""老娘最美"的派头是一定要摆出来的，一线时尚杂志也是如此，所有编辑公务出席活动公众面前亮相，派头一定有讲究，要坐最好的车，住最昂贵的酒店，住视野最好的套房，落下哪一样都会被人瞧不起，这个生态的鄙视链就是如此现实又浮夸。

财大气粗的霸道富二代乔棋大手一挥，包下了自己和姜醒还有另一名助理设计师三人的来回机票。

姜醒说："那就谢谢乔老板慷慨解囊啦。"

乔棋不在意地说了句："小意思。"

乔棋在学校念书的时候桃花就多，工作后更是风流不羁，按照他的说法，他这是万花丛中过，片叶不沾身。姜醒曾开玩笑问他，他这一阵风什么时候准备停下来，他漫不经心地说，要等一个来自灵魂深处的呼唤吧，姜醒当他在讲笑话。

这一趟航班，恰巧碰到了乔棋的老情人，前前前任女友。乔棋这样的大众情人一向是跟人好聚好散，再见还能做朋友。他的前前前任路过他时叫了他一声，乔棋掀开自己的眼罩，对方惊喜地说："乔棋，真是你啊。"

乔棋跟着站起来，两人聊上了，姜醒看乔棋，常有一种自己在看美剧的感觉，开放洒脱的程度实在非一般人能有。就在他们两个热聊的时候，另一位身材娇小的年轻女子跟着出现在乔棋的前前前任身后。穿着看起来就很富有的年轻女人和她说了两句话，前前前任没心没肺，一心想着下飞机还能和乔棋约一晚，言语间说了乔棋跟人来时装周。

闻言，年轻女人猛然将目光射向了姜醒。

姜醒一直觉得这个女人眼熟，她们对视的这两秒钟，姜醒脑袋里"轰隆"一声，她终于想起来了，她是温欣！

那个传闻中，和贺铭南订婚，又被贺铭南痛斥散布谣言的那位女主角。

温欣比图片里面看起来更要瘦小一些，下巴尖尖，面庞圆润，富贵逼人的气势全靠珠宝和奢侈品撑着，她的语气可不像她的长相那样软。

她睥睨着问：“你就是姜醒？”

姜醒沉默地站起来，不好意思，不知道是她太高，还是温欣太矮，她一站起来，比温欣高了一个头。相比之下，她的私服穿搭就是简单的T恤配牛仔裤，胸以下全是腿。一句话不用说，她就赢了。

温欣只好拍拍乔棋的肩，半是商量半是命令：“借你的位子用一下，我跟姜小姐说两句。”

乔棋挑眉，向老情人问道：“你朋友？”

乔棋老情人见到这场面，有些尴尬地去拉温欣，结果温欣一动不动。姜醒冲乔棋点点头，乔棋才把位子让出来，警告地盯着温欣好一阵才去另一边。

姜醒开门见山：“温小姐有什么想说的？”

温欣扯出一个虚伪矜持的微笑：“姜小姐，你以为没有获得长辈的同意，你和贺铭南能顺顺利利地在一起吗？只怕最后你要连累贺哥哥一分钱都拿不到！”

姜醒点点头：“所以你想表达什么呢？”

温欣气急：“我就是想告诉你，你这种女人我见多了，你对贺哥哥死缠烂打不就是为了钱吗？我告诉你，季氏的钱，你做梦都不可能得到。”

姜醒掏了一下耳朵：“说完了吗？”

温欣愣了一下。

姜醒继续说：“说完了就走吧。我念书时跟贺铭南是同桌，贺铭南还欠我钱呢，你算算这么多年，利滚利的。你是不是特别想知道贺铭南为什么一定要和我在一起？”

“为什么？”温欣跟着姜醒的思维问。

“因为他要以身抵债，慢慢还呀。”姜醒随手拿起一本杂志，漫不经心地翻了翻，抬头时，还冲温欣狡黠地眨了一下眼。她真是面不改色，一本正经地胡说八道。

温欣跳脚：“你少胡说八道！”

“我是不是胡说八道，你问他去，现在还没起飞，你现在就给他打电话。”

温欣咬牙，贺铭南早把她拉黑了，怎么可能接她的电话？

这时，一个清冽低沉的声音传来：“不用费那个劲了，是真的。”

温欣和姜醒都吓了一跳。

姜醒一回头，那么高、那个大一个贺铭南就站在她的身后。

姜醒捂住胸口，心虚地问：“你怎么来了？”

贺铭南说：“我去巴黎出差。我给你打电话，你不接，最后还是乔棋告诉我你们的航线。”

姜醒连忙去找手机，拿起手机一看，居然不知道什么时候没电关机了，她这两天真是忙昏了头。

她看着贺铭南，双眼微微睁大：“你也坐这一趟航班？”

贺铭南说：“不坐。”

姜醒歪头，那他是怎么上来的？

片刻后，姜醒才明白贺铭南是什么意思。他帮姜醒拿上随身行李，把她从座位上拉起来，沉默而固执地跟她十指紧扣，一大一小两个手掌紧紧握在一起，然后把她领去了飞机通道前。

姜醒茫然：“我们不坐飞机吗？”虽然她满心疑惑，但仍然信赖地跟着贺铭南的脚步走。

贺铭南说：“坐，但是不坐这一架。”

于是，姜醒迷迷糊糊地跟着贺铭南，眼看着他把自己从国际航班，弄到了私人飞机上。

被留在法航上的乔棋哀号:“‘壕’无人性的家伙，不要丢下我啊。”可惜姜醒已经听不见。

乔棋想追下飞机，结果被他的前前前任拦住：“哎，人家下去是谈恋爱的，你跟着下去干什么呀？”

乔棋皱眉，心里闷闷的，不想跟她讲话。

温欣站在过道上，小脸一阵青一阵白，直到后登机的人来了，用法文让她让一让，她才愤愤然坐回自己的座位上，不甘心地狠狠把包摔在一旁。

姜醒被贺铭南一路牵着，恍恍惚惚地登上他的私人飞机，她眨巴眨巴眼：“这架飞机还挺大的，就我们？有点空吧。”何止是大，私人飞机里装修豪华，应有尽有。

贺铭南一眼看穿她打的什么主意：“头等舱也挺贵的，不要浪费，让他们去坐吧。乱七八糟的人太多，看着心烦。”

姜醒被贺铭南赤裸裸的双标给惊到，她被他扯下来，就不浪费？

贺铭南板着脸补充：“不要让他们带坏你，和他们比起来，只有你最单纯。”

在现代化的语境中，“单纯”这个词都被污名化了，衍生含义一大堆，姜醒听着贺铭南这语气，似乎不像是在夸她，她问：“什么意思？”

“这是从柏林飞巴黎的航班，又不是沪市飞巴黎，世界上哪有那么巧的事，就能在同一趟航班上偶遇？”

姜醒恍然：“所以……”

“有人是为了会老情人，有人是为了见你。所以你说，你是不是傻？”

姜醒终于弄明白了，贺铭南绕了一大圈，就为了论证一个结论——她蠢。

她轻轻挑眉，风韵曼妙：“你不是专程来见我的吗？”

“她需要转弯抹角‘偶遇’你，我不需要，我也不是专程见你的。”

“嗯？”

“我是专程把我送到你身边……”他低沉富有磁性的声音停顿了一下，嘴角微微上翘，“给你送一个亲亲。”

姜醒抓狂：“贺铭南，我算是看透你了，你这个接吻狂魔，我一直以为你是个正经人！”

贺铭南轻轻笑了一声，落在姜醒耳朵里，好像羽毛飞过心尖，他说：“再正经的人在你面前也要丢盔卸甲，除非，他不是男人。你都说了，我以身抵债，我只是照章办事，不敢有一天懈怠。”

姜醒不得不承认，当初看贺铭南眉清目秀，浓眉大眼的，是她看走了眼。

直到飞机降落，姜醒微博的后台接连收到数条一个陌生ID（账号）发来的私信，是新注册的小号，连头像都没有。

“他需要一个门当户对的妻子，你以为他会娶你吗？巨大的财富面前，你和财产，选谁？我不用说你也知道吧，他妈妈能拆散你们一次，就能拆散第二次。现实一点！你们的关系就是这么脆弱。我要是你，我就不会耽误他的前程，更不会不自量力。跳梁小丑蹦得再欢，也是小丑。”

姜醒看完之后，面色骤冷，果断地把对方拉黑。

贺铭南看她脸色不好，问她怎么了，姜醒摇摇头，冲他笑了一下：“没事。”

第二十八章
故人江海别，几度隔山川

姜醒的第一场秀是她的中国设计师朋友的首秀。走秀结束后，她去后台祝贺朋友首秀成功，结果就听到一个不太好的消息，原本她想要朋友牵线，给她介绍一位知名漫画家做品牌联名，结果因为对方的个人原因，这次并没有来，她想要进一步详谈的愿望也就泡汤了。

但是乔棋说："不行，虽然联名的事情没谈成，但我们不能就这么打道回府。"

于是，他怂恿姜醒干了一件十分大胆的事——蹭街拍。

他给姜醒好好打扮了一番，把她推到挤满了各路神仙和摄影大师的秀场外的广场上。她身后便是与卢浮宫毗邻的杜乐丽花园，穿越花园，便可达到香榭丽舍大道。午后的阳光折射在锈绿色的屋顶上，如同穿越绿色琉璃，光芒四散，为摄影师的镜头披上朦胧的薄纱。

姜醒一身行头干脆利落，上身是她自己设计的白色硬纱袖针织上衣，下身搭配纯白色V家的半裙，脚踩一双浅灰色粗跟靴，鼻梁上架着一副黑色镜片珍珠白边框猫眼墨镜，肩挎D家的复古腋下马鞍包。最妙的，是乔棋给她系了一个色彩跳跃的橙色丝巾在腰间，一身浅色的搭配顿时有了重点，远远地看见她站在广场上，夺目耀眼，即使是神仙打架的时装周上，也能夺下一席之地。

其实姜醒心中还是有些忐忑：“你说这能行吗？大牌杂志的摄影师个个眼高于顶，能注意到我这个名不见经传的小人物？”

乔棋向她摆摆手：“不管能不能注意到，拿出你最自信的样子走两步，不拍你，那一定是他们瞎。”

小助理也跟着点头：“好看，真的好看。”

姜醒没吃过猪肉也见过猪跑，虽然她自己没做过时尚博主和网红模特的工作，但是她做杂志编辑见过的人如过江之鲫，模仿起来，还真不输任何人。

她沿着广场一路走，在喷泉附近晃了好久，等她终于走到塞纳河畔的桥上时，有个棕色肌肤的卷发摄影师叫住了她。她看到他的一瞬间，就知道，街拍这事成了。

果然摄影师介绍自己来自某大刊，询问姜醒愿不愿意拍摄，姜醒内心已经尖叫起来，但面上仍然保持矜持，微笑着说没问题。后来，她没想到摄影师把她的照片登在了杂志的内刊上，而这位摄影师，是拍摄过好几位顶级超模的著名摄影师。

连乔棋都说，姜醒真是开了挂，姜醒表示不服。

“不是你说我一定能行的吗？”

乔棋摸下巴回答：“我以为最多给你登一下网站，我可以直接拿去放到我们网店上宣传一下，哪晓得直接内页了呢？不过这样也好，你现在是登上过大刊的设计师了，姜老师！多少人挤破头也挤不上去啊。”

姜醒嘿嘿笑了：“这还不是靠鄙人不要脸吗？”别的设计师哪能干出蹭街拍这种事呢？

贺铭南的行程和姜醒不同，他来时装周的目的是见一下他的合作伙伴，然后为下一年的品牌入驻续签合约。

贺铭南见的这位设计师在业内被称为天才，他早年是一位建筑师，后来转行做服装设计，结果横空出世，一鸣惊人。他把服装和建筑相结合，个人风格强烈，充满了前卫的空间感。这位不擅言辞的设计师很少表达自己鲜明的观点，结果，就在看到贺铭南穿着的新西装时，连声赞：“我喜欢你的衣服。”

贺铭南顿时喜上眉梢：“真的吗？”

他忍不住要说“我老婆做的”，但想想又不开心，现在还不是。心情几经转折，终于找到了落脚点，未来的老婆做的，这么一想，他又找回了失而复得的快乐。

安杰洛不明所以，问他设计师是谁，大有要把设计师纳为知己的意思，这问题正中贺铭南下怀，他给安杰洛隆重安利，给他设计西装的这位设计师是多么年轻有为和才华横溢，就差跟他说“张嘴，吃我安利”了。

安杰洛是个直肠子的意大利人，见贺铭南热情，也跟着拿出百倍的热情，于是，两个就姜醒制作的西装热聊了一小时，谈话结束时，贺铭南给安杰洛的品牌入驻让利百分之二，各种补贴和商场优惠条款，都爽快地给他。分手的时候，安杰洛都有点没搞清楚过去的一个小时，究竟发生了什么。

怎么出了名难搞的魔鬼商人贺铭南，什么话都没说，就把最优惠的合约给他了呢？他一定不知道，世界上还有这么一句话——吃了我的安利，从此我们就是好朋友。

这句话对于贺铭南来说同样适用，懂得欣赏姜醒设计的人，就是他贺铭南异父异母的好兄弟。

走在巴黎的街道上，贺铭南整整自己的衣领，昂首阔步地走在塞纳河边，他问林同：“你有没有觉得今天的我比往常的我更帅？”

林同不明所以，套路地夸他：“难道你不是天天都这么帅？”

贺铭南："不，今天的我不一样。"

林同思索："怎么不一样？"

贺铭南恨铁不成钢："安杰洛都注意到了我的西装，你作为一个天天和我在一起人，怎么能注意不到我的新衣服呢？"

林同恍然大悟，对着贺铭南的衣服猛夸一千字小作文。

贺铭南心满意足，眯眼问："你知道是谁做的吗？"

林同假装不知道是谁的样子摇摇头。

他说："姜醒的手艺，是不是很棒？"

林同拼命点头。

贺铭南微笑："你也找个女人给你做衣服吧，别嫉妒我。不用担心，你一定会脱单的。"他拍拍林同的肩膀。

林同抓狂："老板，别忘了，你找人家做衣服，也是付了大价钱的！"

贺铭南看着他，嘴角的笑容渐渐凝固，他决定一定要把林同开掉，回去就开掉。

林同挠头："不好意思，我把心里话说出来了吗？太大声了吗？我真不是故意的。"

周围都是摄影师，有国内的Vlog（影像日志）博主在拍摄视频的时候把贺铭南也一起拍了进去。

博主不认识那是贺铭南，反正这条街上名人遍地走，明星不如狗，随便拽个人可能网络上都有百万粉丝，所以他上传视频的时候也没有刻意去辨认。反而是火眼金睛的网友截图发现了贺铭南，从来没有在秀场出现过的贺铭南，居然现身巴黎了？所有人都很好奇，他是不是要有什么大动作。

贺铭南看到网络上一堆@之后，郁闷地摁掉手机屏幕，又打开，摁掉，又打开，重复以上过程，一二三四，再来一遍。他撇着嘴，下一秒，忍不住鼓起两腮，伪装的冷酷沉默终于撕开裂缝，又露出他久违的招牌式乖巧清秀的气呼呼包子脸。

他显得闷闷不乐，手指不停地滑动微博。

林同终于在他多次叹息的时候问他："老板，何事困扰？"

贺铭南"啪"的一声把手机反扣，横眉冷对，严厉地说："为什么他们还不问我西装？"

林同无言以对，他刚想说些什么的时候，贺铭南摆手，撸袖子决定自己上了。

然后，林同就看见贺铭南用小号在热门微博下面留言："我觉得贺铭南这身西装好帅啊，想知道品牌，以后给我老公买。"

一分钟过去了，两分钟过去了，三分钟过去了……

没有人响应。

突然，提示传来，有人给他的留言点了赞，并留言"我觉得你说的有道理哦"。

他兴致冲冲点开一看，气得差点砸手机。林同冒死看了一眼屏幕，看见点赞的那个人的ID——世界电影全网最全点我点我。

贺铭南哼了一声，点你？点举报！

林同捂住嘴，对不起，他差一点就要笑出声。贺铭南，真的好惨一男的，好不容易拿小号在微博上发点东西，还只有小广告跟他讲话。

好在后来有人开始讨论贺铭南的穿搭，这让贺铭南老怀大慰，总算是心理平衡点。

就在他们为巴黎时装周忙碌的同时，柏林电影节的奖项揭晓。江孟烟获得最佳女主角大奖，这也是她捧回的第二座国际A类电影节大奖。

江孟烟以四十九岁的年纪，在业务能力上一骑绝尘，她获得大奖的消息传回国，不意外，又掀起了一场关于女星年龄和专业成就的大讨论。但是这个话题，说着说着，大家就演变成了#江孟烟 美人肩#。

工作室公布了她全套造型的品牌，设计师品牌 GingerHouse（姜家）终于第一次真正意义上进入大众视野。

其实，在此之前，姜醒和乔棋已经为他们的品牌能够实现大众化做出了很多努力。各大电商上，他们的店铺已经默不作声地运营了起来。姜醒的经营思路非常清晰，品牌分为三条线，一条定制线，一条网络量产线，还有一条珠宝线，除了第一条定制路线，另外两个条线全部对标中产白领与年轻人。

一切动作，都是为了吸引年轻的购买力。

江孟烟获奖的消息传来时，姜醒还在巴黎做时装周的扫尾工作。贺铭南本应该早走，但是他坚持等姜醒一起回国，他说，“我当然要等你一起回去，哪有丢下女朋友自己先回的道理？”。

姜醒听到这句话的时候，愣了一下，然后露出一个甜笑。她经常有点不适应，会突然醒悟，她现在是有男朋友的人了，有一个人可以给她随时依靠，为她排忧解难，为她的喜而喜，为她的忧而忧。她的初心从未变过，这个人，她想要与之并肩而立，守望相助。

她一直相信，好的爱情是惺惺相惜，是彼此欣赏，是把对方放在平等的位置上对待。

——我爱你，所以更高更远处的风景，我想与你携手看一看。爱情是可以超越金钱、仇恨、时间和偏见的存在。

贺铭南亲眼见证了姜醒设计的礼服因为金熊奖而引爆网络的全过程。他看着网络上对江孟烟的服装如潮水般涌来的好评——

“姐姐这件裙子太美了，第一次发现原来姐姐的肩膀这么美！”

“喜欢姐姐今晚的造型，宝刀未老，你姐姐还是你姐姐啊！”

“设计师是谁？”

“设计师似乎有点眼熟，上次方橙的红毯造型似乎也是她。”

“原来是她，姜醒！从今天开始我要吹爆这位设计师！

终于，他们把姜醒这个设计师设计过的服装给翻了个底朝天，出自她手的礼服，一个字——仙，两个字——很仙。

她成立自己的品牌以来，作品不算多，但是从无失手，这就很厉害了，这说明一位设计师成品的稳定性，也给冲着设计师而来的客户极大的信心。设计师的工作，其实是在用自己的技艺和审美赢得消费者的信任，让消费者成为设计师的拥趸，成为作品的裙下臣。

姜醒是一个非常擅长通过自然景观和花鸟鱼虫获得灵感的设计师，她设计的服装离不开这些元素，就连贺铭南的定制西装，她都别出心裁地在他内衬口袋上绣了一个小蜻蜓。

她给江孟烟设计的天鹅裙，把黑天鹅的羽毛通过不规则露肩裙的袖口和胸口堆叠羽毛和薄纱，腰间裙摆手工绣上去的羽毛根根分明，脉络细纹清晰可见，充分凸显了江孟烟的身材优势。

这下，贺铭南又不开心了。他也穿着姜醒做的衣服，怎么网友就注意不到？江孟烟就这么多人猛夸呢？

私人飞机上，贺铭南凑到姜醒耳旁，伸出一根食指，戳戳姜醒。姜醒正专心埋头，没反应。贺铭南又用胳膊肘杠杠她，姜醒还是没反应。流量爆了，姜醒正忙着给网店引流，她正跟网店负责人交流工作，突然，贺铭南双手捧住她的脸，两手轻轻一推，把她红润的嘴唇挤出了一个金鱼嘴。

姜醒呆滞地看着他，语气含混不清地问："你干吗？"

贺铭南也呆了一下，他原本只是想引起姜醒的注意，但是真的引起姜醒的注意之后，他的注意力不禁集中在姜醒诱人的双唇上。

他口不对心地说："你脸上肉还挺多的？"

事实上小脸卜巴尖尖的姜醒："啊？"

然后下一秒，贺铭南对着姜醒的唇吻了上去，轻轻在上面印上一个虔诚的吻。

姜醒一整晚忙得都没有喝水，嘴唇有些干，好像是一团柔软的棉花糖上，支棱出一片软刺，不扎人，反而让人心疼。

贺铭南的拇指划过她的下唇，喉结滚动："看你的嘴唇有些干。"

姜醒眨眼："那你舔舔也不管用啊。"

吻被称作"舔舔"的贺铭南，半晌无言，扭头把水杯塞到姜醒手里："你还是喝水吧。"

贺铭南没忍住，问姜醒："你不夸夸我吗？"

姜醒疑惑："夸什么？"

"比如我飞机的 Wi-Fi（无线网）信号不错？"

姜醒："呃……是不错。"

贺铭南："那你准备怎么奖励我？"

姜醒看着贺铭南仿佛活灵活现的"二哈"，期盼地用水润大眼盯着她，与他的眼神对视，她似乎领悟了什么。

她心道，真是小孩，眼睛里都写着想要什么，来吧，不就是一个吻吗？

于是姜醒从善如流，勾起贺铭南的下巴，给他送上一枚香吻。姜醒身上香喷喷的，散发着某种柔嫩的花香，和贺铭南身上的木香融洽地交融在一处。他有瞬间的失神，虽然这不是他的本意，但是，这个奖励他也喜欢。

他的唇恋恋不舍地离开姜醒，说："我想要你再给我做一件衣服。"

姜醒："做，必须做。"

"这次不收我钱。"

姜醒爽快地说："免费做。"

贺铭南心里，太阳花张开了笑脸，小手掌声已经拍起来。只要思想不滑坡，办法总比苦难多。他相信一定是他晒的姿势不对，一二三四，他要再来一次，下次一定行。

迟早有一天，他要所有人都夸他老婆做的西装真好看。

姜醒搭上江孟烟的顺风车，享受了一把网络流量的红利，江孟烟带来的名人效应比上一次她在国内颁奖礼上的小试牛刀，又要轰动许多。

直接结果就是接下来的一周，姜醒都扑在网店上，上新、预售和找模特出片，工作室和工厂两头跑。乔棋问她有没有借着流量的东风，把自己打造成网红的打算，姜醒说她暂时还是想要大家关注品牌，对设计师的关注，只是设计带来的一部分效应，她不会往自己身上贴“网红设计师”的标签，她反而觉得应该警惕网红标签。乔棋认可她的看法，在找来的媒体和合作方里面，只挑选了一部分非常专业的媒体平台，找来的合作方更是慎之又慎。

过来探望姜醒的白棠棠突然冒了一句：“你和贺铭南还真是夫妻档，做事风格都一样。”

姜醒白了她一眼：“谁跟他像了？”

白棠棠调笑：“女人，你为何口是心非？”

姜醒递给她一杯刚煮好的咖啡：“您端上咖啡，边上请吧。”

白棠棠偷笑。

白棠棠最近有些苦恼，姜醒看她愁眉不展，趁午饭时间问她：“你怎么了？”

小工作间只有她们两个人，白棠棠敞开心扉，说：“程舟回来了。”

姜醒大吃一惊：“在林城吗？回来做什么？你们两个还有没有……”

白棠棠苦笑：“你问这么一串，我都不知道怎么答。”她说，“你让我慢慢跟你说，你还记得我们当年为什么要分开吗？”

“记得，他家里出了情况，他妈带着他去美国读书了。”

“对，但是后来还发生了一些事，我没告诉你。其实我后来大学念书追到美国去了，他妈妈在国内还有生意没结束，经常不在美国，我就把学生宿舍租在他旁边，后来没多久我们就干脆搬一起住了……”

姜醒惊讶：“同居了？”

白棠棠苦笑：“嗯，其实我想多照顾照顾他，他那时候人生遭逢巨变，整个人的状态都不好，吃也吃不好，每次跟他去外面餐馆吃，他吃得比我还少，人都瘦脱相了，也只有我做饭的时候，他才多吃两口。我就想给他做点好吃的，住一起，我也好多看着他一点，你别笑我傻，如果你看到他当时那个样子，你也会感到心痛的。”

姜醒摇头：“我怎么会笑你傻？”她的朋友，心软又善良，一腔孤勇，如同飞蛾扑在油灯上。

随着白棠棠的讲述，姜醒才知道，后来程舟的父母终于办了离婚，程舟父亲付了大笔赡养费和补偿，在不动产的分割上，沪市的别墅、还有美国和加拿大的房产都给了程舟妈妈。程舟也拿到了一大笔钱，他爸跟他说的最后一句话是：“爸爸给不了你别的，就只能给你这些了。”

钱的金额确实不少，但是真正有价值的是公司股份，他爸一分没给。

他看见他爸着急摆脱他们母子，害怕被他们继续纠缠的样子，有些想笑。他火急火燎地投向另一个家庭的怀抱，听说后来，他又在外面有人了，但是这一次他家里年轻的妻子完全不干涉，端足了正宫娘娘的架子，权当外面的女人都是姨太太。

他不知道，那是不是就是他父亲想要的生活——享受一个拥有财富的成功男人在这个世界上不道德的特权，深陷其中。他妈妈也不常出现在他生活里，他的人生似乎是割裂的两段，前一段，是十八岁之前，从表面上看，他拥有一个完整的家庭，但是只有他知道，内里已经千疮百孔。

他妈妈经常说：“我就是为了你，才不离婚”。

十八岁，则是一段放逐而无序的人生。

但是他常疑惑，他并没有这样请求，为什么他们就是为了他？明明他们只要待在一起不超过十分钟就要争吵，甚至大打出手，在家里拼着砸东西，动刀的时候也不是没有过。

小小年纪的程舟躲在厨房的柜子下面，看消毒柜上红色的时间数字一秒一秒地往前跳。在他妈妈发出刺耳尖叫声的时候，他冲出去，看见了满眼的血。当时究竟是谁先拿起剪刀已经成了一个谜，但是在他眼里，多了一团抹不去的鲜红，那是血的颜色。

程舟妈妈受伤之后，两人消停了一段时间，常常不见人影。他们以为程舟什么都不知道，但是程舟看见过他爸爸手机里年轻女人的照片，也看过他妈妈和高尔夫球教练接吻。然而在外面出席活动的时候，他们是比谁都要亲密的一家人，媒体还称他们是完美的一家。

终于，程舟高中的时候，他们谁也不住家里了。这是程舟最自由最快乐的一段时光，连呼吸的空气都是甜的。只是好景不长，华美的袍子没有被掀开，不代表里面爬满的虱子就不存在。

他爸在外面的孩子瞒不住了，他妈这么多年一直被蒙在鼓里，看到一个比自己儿子小不了多少的私生子，她受不了这口气。两人吵起来的时候口不择言，拿他当枪使。

他们把利益追逐发挥到了极致，来回地撕扯让程舟疲惫不堪，就是这样的情况下，他妈妈还跟他说："我们在一起，都是为了陪你熬过高三。"

他不知道高三是什么魔咒，他现在迈过了这道坎，才发现这道坎后面空空荡荡。

父母离婚之后，程舟一个人在纽约念书，他妈妈和男友住在其他地方，父母比赛给他塞钱，没有人说到未来。他终于自由了，一个人，他的身边围绕着很多陌生熟悉的脸，也有很多陌生熟悉的声音，他们都把他当成傻子，当成头脑空空的阔佬，想要掏空他勉强算得上充裕的口袋。他一直想看看离开熟悉和令他难堪的环境生活会是什么样子。他是一个口渴的旅人，跋山涉水翻越一座山，却发现，山后面是另一座山。

只有白棠棠，一如既往地天真善良。只是程舟觉得自己疯了，他好像一摊烂泥，心里的窟窿无法填满。

白棠棠是一枝带着晨露的白玫瑰，他喜欢。可他喜欢到什么程度？喜欢的落脚点是什么？他不知道，他想，爱情于他，大约是天上一颗指引方向的星。可这个灯红酒绿、五光十色的世界在飞速地旋转，他也跟着飞速地旋转，转着转着，就迷失了方向。

那段时间，白棠棠经常能从酒吧和赌场捡回烂醉的程舟，有一次，程舟的那群狐朋狗友正在KTV包厢里拼酒，程舟和女生玩游戏吃饼干，饼干吃了一半，差一点就碰到嘴唇。

白棠棠进去的时候，所有人都在起哄："嫂子来了，舟哥，你还不赶紧回家？"

就连他旁边的女生都在笑："舟哥，你多大了，还没断奶吧？人家可不想跟妈宝玩。"

白棠棠就在门口，冷眼看着他。

不知道是受到了哪句话的刺激，程舟做出了一个疯狂而不理智的举动，他居然在众目睽睽之下，一把搂住旁边的女生，咬掉她嘴里的最后一口饼干，用双唇狠狠堵住她的嘴，半晌之后说："吃你的东西，闭嘴。"

说罢，他看了白棠棠一眼，白棠棠看不懂他眼神里的东西，但是他这举动，是对白棠棠发出的挑衅信号。白棠棠扯出一个比哭还难看的笑容，冲着他的方向笑了一下。

程舟在五光十色的灯光下还是那样好看，过分消瘦的身材更显出他萧索的美感，昂贵而宽大的白色棉衬衫穿在他的身上，中和了他凌厉的棱角。他是冰川上一片顽固终年不化的雪，看着雪白而绮丽，可握在手里才发现，入手冰凉，刺痛入骨。

白棠棠看了他一眼，扭头便走。

“哥，你不追吗？”包厢里的人问。

“不追，喝，喝酒。”程舟深深看了一眼白棠棠离开的方向。

这次不欢而散之后，程舟几天没有回家。白棠棠回忆，最后一次见他，是她在回家的路上遇到混混抢劫。小路上偏僻无人，白棠棠只想花钱消灾，把身上的钱包和手机留给对方，但是她的手机突然振动起来。她怕是程舟的电话，想去接，两个小混混见了一阵恐慌，慌乱之下居然想到了伤害她。

白棠棠惊叫，就在她以为混混手上的玻璃酒瓶要冲她砸来的时候，程舟不知从哪里冲出来，生生受了当头一砸，玻璃瓶碎裂。

鲜血沿着他的额头、眼角、下颚缓缓向下，滴在地上。

他用手背抹了一下脸上的血，恶狠狠地盯着混混，眼神宛如从黑暗里走出来的饿狼，从齿缝中挤出一个字：“滚。”

白棠棠听得很清楚，但在她后来的回忆里，她又仿佛幻听，似乎他的话很快在风中破碎，一切都是她的黄粱美梦。

白棠棠的故事讲到这里，她扯了一下嘴角。

“后来呢？”姜醒问。

“后来我就没再见过他。”

“怎么会这样？”

后来，白棠棠在家里的邮箱里面收到了来自程舟学校的退学警告信，里面写了程舟缺席了本学期的三门考试，成绩不合格，如果他再继续挂科，学校将对他进行处理。

再后来，白棠棠离开纽约这个伤心地，转学去了别的国家，直到她登上飞往新西兰的飞机，都再没见过程舟。

“那你说他回来了……”

“嗯，我见到他了，就在上周。”

“他怎么样？”

白棠棠思索了一下：“不太好，不对，我也说不太好。”

姜醒不明所以。

她说：“他的腿，不太好。”

“什么？”

“你知道阳州大火事件吗？我在受灾现场的废墟见到他了，他的企业工厂被波及了。”白棠棠低头，捧着手上冷掉的咖啡，“他当时，坐在轮椅上。”

故人江海别，几度隔山川。

听到这话，姜醒心中惊了一下。

“他也看到你了吗？”她问。

姜醒知道，虽然白棠棠没提过，但是她一直没能忘记程舟。姜醒没办法劝她看开点，或者一笑了之就当没见过这个人。年少时遇到一个太惊艳的人，不知是好事还是坏事。姜醒明白其中的感受，好的坏的，个中滋味只能由自己一并承担。

白棠棠看着咖啡上飘浮的奶沫，轻声说：“你知道，我一直想找他要一个答案，他发生了什么事，为什么离开，还有他对我……”白棠棠的话说了一半，摇摇头，“求一个答案，让我死心也好。我也没什么别的想法，既然看到他在那里，就想见见他，当年不成熟，都没能好好告别，搞得我心里一直惦记着。说一声再见，道一声珍重，一直是我的心愿。”

“然后呢？”

白棠棠说：“我们见面了。”

“结果……”姜醒看着白棠棠微妙的表情，有一种不太好的预感。

白棠棠不好意思地笑了一下，露出尖尖的小虎牙，眼中闪过一丝小动物般的狡黠，又有些小小的窘迫："然后我一激动，给了他一巴掌。"

姜醒没忍住，扑哧一声笑了出来，她知道这是个严肃，还挺令人伤感的话题，但是抱歉，她真的没忍住。

白棠棠舒了一口气："我现在是真的都放下了。我家一直想给我安排相亲，都被我拒绝了，前两天，我妈又提，我在想我是不是应该去见见？"

姜醒思索："开始一段新的感情，也不错。不是有句话这么说的吗？忘记一段感情的方法，只有时间和新欢，如果不行，原因只有一个，时间不够长，新欢不够好。不过我实话实说，你千万不要为了逃避，就随便找个人结婚，到头来还骗自己说'婚姻不都是将就'，那是对自己不尊重，对感情也不尊重。"

"我是这种人吗？"白棠棠甩了甩自己柔顺的秀发，扬起下巴，与她相视一笑，让她安心，"你也知道我爸殉职之后，我妈一个人，成天担心我。我就去看看，说不定人家还看不上我呢，就当一日游咯。你放心，我有分寸的。"

"嗯。"姜醒给她一个拥抱。

姜醒见她心中有数就放心了，就怕她受了程舟的刺激，头脑一热，就盲目冲动不管前方是不是火坑都往里跳。

"话说回来，你跟贺铭南呢？你们都纠缠这么多年了，准备什么时候修成正果？"白棠棠转过头来关心她。

姜醒跟她讲了温欣的事情，白棠棠义愤填膺，替她把温欣和贺铭南大骂一顿："我跟你说，贺铭南要是不好好把自己屁股后面擦干净，我是不会允许他把你拐回家的。都什么人呐？！你可别急着护短给你男人说好话，要不是他没把事情处理好，你又怎么可能遇到温欣这种糟心货色？"

姜醒只好跟着微笑点头："知道你是我老铁，老铁说的都对。"

"她都跑你家门口挑衅了，你怎么打算？"

姜醒耸肩："兵来将挡，水来土掩。"

一个小角色，还不至于让她放在心上。她真正觉得难办的，还是温欣背后的人——季清韵。

姜醒接到季清韵电话的那一天，她正在物流中心运货。这个陌生号码打来的时候，她喂了两声对方才说话。

"是我。"季清韵清晰的声音从话筒传来。

姜醒一直以为她已经忘记了季清韵的声音，没想到在听到这句话的时候，鸡皮疙瘩瞬间沿着胳膊起了一片。季清韵还是那个季清韵，但是她已经不是当年那个小女孩了。

"您好。"她稳住声音，不让自己显出一丝慌乱。

"下周来家里吃饭，我派人接你。"她一如既往的强势，没有给姜醒拒绝的机会，就已经挂断电话。

姜醒看着手机，不知在想些什么。

当天傍晚，贺铭南从沪市回来，姜醒接到林同的电话。

林同斟酌用词："贺总说他想要请您来接他。"

姜醒莫名其妙："你不是跟他一起的吗？要我接？"

电话那头支支吾吾，林同扭头请示贺铭南，被姜醒看穿，直接跟他说："你让贺铭南接电话。"

电话换了个人，姜醒刚要开口，就听见贺铭南委委屈屈，哑着嗓子说："你不爱我了。"

姜醒正给自己接了杯水喝，差点没被他一句话给吓得把水都喷出来。

"什么？"

贺铭南说："我今天的航班回来，你都不问问我到哪里了。"

姜醒说："下午两点的航班，两个小时半航程，半小时前，我查过地图，如果你走高速下来，车程四十分钟，只有一处行车缓慢，不至于拥堵。如果你回家吃饭，正好我们可以赶得上六点钟吃饭。"

贺铭南大吃一惊："你做饭吗？"

"不然呢？"

贺铭南的小情绪顿时被抛到脑后，给了姜醒一个吻，飞快地说："等我！"

挂掉电话，贺铭南喜笑颜开，他对林同说："我要回家了，家里有人做了一桌饭等我。"

林同点点头，表示自己充分理解并分享老板的喜悦，恭喜他，终于体会到了家庭的温暖，即将成功吃到来自姜醒的第一顿饭，在爱情长跑的路上，又拿下一城。

贺铭南拍拍林同的肩膀："我其实很想请你去我家里吃饭，但这是姜醒特意做给我吃的，下次，我请你吃好吃的。"

林同心想：我只是块小饼干，我什么都没说啊……

他默默收下来自顶头上司的关爱。

然后贺铭南直接让他回去休息，贺铭南把车开走之前，问他："你先帮我看看，我今天的发型还可以吗？"

林同给他一个大拇指："非常棒。"

贺铭南："这我就放心了。"

林同望着贺铭南的方向叹了口气，长期以来，他一直是贺铭南的"事业粉"，从现在开始不是了。从现在开始，他是"妈粉"。

姜醒做了一桌漂亮的家常菜，还烤了小蛋糕，上面挤了点奶油，缀着树莓和蓝莓。

贺铭南吃完姜醒做的饭，喝了汤，捧着茶碟里的小点心感动得不行，心中流下两条宽海带条一般的泪。

姜醒问他好吃吗，贺铭南回答：“我好感动，比我想象的要好吃好多，没有很咸也没有很淡，也没有拿盐罐子当成糖，醒醒，你真是个完美的女人。”

姜醒被他低要求且浮夸的“完美”给吓了一跳，随即笑道：“别，我做个普通人就好，不想做完美的人。你也太小瞧我了，在大英帝国那么些年，不自己做点菜，是很难生存下来的，人生多艰。”

贺铭南想了一下英伦黑暗料理，重重点头：“懂。”

饭后，贺铭南和姜醒靠在沙发上看电视，说实话，姜醒已经很久没有进行过和人一起看电视这项活动了，一时之间觉得这样的体验有些新鲜。像是回到小时候，那时候不玩手机，也不玩电脑，饭后只要家里人有空，都亲亲热热地在一起看会儿电视。

贺铭南似乎知晓姜醒的心中所想，他伸出手，让姜醒窝在他的怀里，姜醒调整了一下角度，找了一个最舒服的姿势。他轻柔地有一下没一下地拨弄她浓密柔顺的头发，电视里一派热闹，而他的目光落在她的发顶上怔怔出神。

在贺铭南的记忆里，他也看电视，一台小小的老旧的二手电视，经常信号不好，大人没事就拍电视，好像电视是个不听话的孩子，拍拍就能好。只是，他的感受不同，电视是他为数不多的玩伴，即使它时常罢工，画面闪着雪花。

山村里的水泥房，电视上方有一扇破损的小窗，缺口不大，家里没钱补窗，就用一张彩色的塑料布把缺口封了起来，刮大风时，风把塑料布吹得呼呼响。坐在电视前的小板凳上，贺铭南就会想，风能把塑料布吹起来吗？就像电视画面里，腾空的热气球那样，它会飞走吗？

透过一扇小窗，他想要张开翅膀。他微凉的手指碰碰姜醒的脸颊：“醒醒，你最近一心扑在工作上，都没空理我了。”

姜醒抬头拍了他一下：“你不是吧，连工作的醋都吃？”

贺铭南的下巴蹭着她的头顶："我属柠檬精的，你第一天知道？"

姜醒微微一笑，仰头冲贺铭南噘了一下嘴，贺铭南便配合地亲了上去，她双臂搂着他的脖颈，贺铭南把她抱到了自己的腿上。

姜醒在他耳边说："那我就属冰糖，柠檬配冰糖，甜不甜？"

贺铭南低头发出轻笑，温热的气息划过姜醒的耳朵："甜。"

贺铭南又问："醒醒，陪我去个地方行吗？"

"哪里？"

"回家。"

姜醒没有反应过来，惊诧道："哪个家？"

"不是季家，是我的老家。"

姜醒没有问为什么，只是点头："好。"

贺铭南抱紧她，他一直以为老家给他的回忆只有贫穷、冷漠和痛苦，如今他才发觉，原来记忆的温度也是会随着时间改变的。独立之后，他帮助村里修了马路，资助学校，不仅是安村，还有全国各地不同的地方。他想要更多的孩子有学可上，有书可念，就像曾经的他那样，免于困顿，免于苦难，免于"念书做什么不如早点去赚两个钱"落后闭塞的观点。

县领导多次请他回乡看看，他都拒绝了。安村新学校落成剪彩，他派了林同去，自己没有露面。但这一次，他动了心思，想带姜醒一起去看看他曾经成长的地方。

这是一份截然不同的心境。

与此同时，姜醒也对贺铭南说："我也想要你陪我去个地方。"

"嗯？"

"你妈给我打过电话了，她要见我。"

第二十九章

万千春光不如你

姜醒的事业走上正轨，获得外界认可，作为亲哥哥，姜风眠当然要表示一下。阔别月余，他姜风眠又杀回了林城。

他特意贱兮兮地跟姜醒说：“你先别跟贺同学说，我要给他一个惊喜，我三百万瓦大灯泡胡汉三又回来啦，哈哈哈……”

姜醒扶额，天哪，她哥笑得真的好像一个反派。

对于姜醒没有借他的名号帮助自己的事业这件事，他一直耿耿于怀。他不理解，姜醒为什么要放着好好的捷径不走？要去走一条更艰难的路。

姜醒向他解释：“有些捷径，只是看起来是捷径，如果我四处宣扬，昭告天下我是你妹，我现在设计了好多衣服，姜风眠的粉丝快来买吧。没错，看起来我是占了便宜，可是之后呢？他们因你而来，迟早也会弃我而去。所以，哥，你不要觉得我傻，我一点都不傻，你说对不对？”

姜风眠捂耳朵：“我不听我不听，我只知道我什么都没帮上你。”

“那就当你欠我个人情好啦。”

“我们之间还谈什么人情，你留着人情跟某些外人谈去吧。”姜风眠说。

同时，“外人”贺铭南在公司会议上突然打了个喷嚏，谁这么念叨他？

会议负责人问是不是空调打太低，贺铭南摆手。

会议结束之后，贺铭南一本正经地叫林同进办公室来一趟，然后小声和他讨论说：“刚刚打喷嚏，一定是姜醒想我了。你有过这样的感觉吗？心灵感应。”

林同一脸一言难尽地看着贺铭南。

——从打喷嚏到现在，憋到这会儿才说，老板，你憋坏了吧？

家里，姜醒给姜风眠打了一杯苏门答腊咖啡，她突然想到什么，问他：“人家做明星都忙得不行，你这个明星怎么有空在林城满街跑？”

姜风眠呵斥：“什么叫满街跑？我明明是特意来看你的。”

这时，姜风眠的经纪人进门，看起来十分专业的经纪人总算让姜醒感到姜风眠的演艺事业有那么点靠谱。

经纪人来了之后，欲言又止。姜风眠看着他，他继续欲言又止。

终于，姜醒看不下去他们的眉眼官司，忍不住说：“你们有什么话要说，需要我回避一下吗？”

王经纪人轻咳一声：“其实也没什么，就是有件事需要姜哥配合一下。姜哥，你把手机交出来吧，上面要我没收你的手机。”

姜风眠护住自己的手机：“什么？”

姜醒好奇地凑过来问：“为什么？”

经纪人长长地叹了口气：“这就要问姜哥又在网上做了什么了。”

恭喜姜哥哥，喜提热搜。

经纪人小王拿出手机递给姜醒看：“姜妹妹，你看。”

姜醒接过手机一看，不用点开视频就懂了。

太可怕了！姜风眠居然对他广大可爱的粉丝做出这种事！他给

一千万粉丝的直播礼物是给粉丝直播献唱一首《爱的奉献》！

姜醒脱口而出：“粉别的偶像要钱，粉姜风眠要命啊。”

姜风眠抢过手机，让她小孩家家不要瞎讲。

小王悄悄拜托姜醒：“姜妹妹，你帮我劝劝他，他真的要降低玩手机的频率了。”

姜风眠，一个外貌骗子，外表有多优雅华贵，内心就有多狂放不羁。

姜风眠这个歌喉，就连他的粉丝都夸不出来。按照姜醒的想法，姜风眠给人唱歌，那不就是大型脱粉现场吗？姜风眠唱歌，确实是个危险的操作，但没想到这个话题，峰回路转了。

事情是这样的，路人点进姜风眠唱歌的视频之后，一点播放键，姜风眠发动的音波攻击就开始猛烈地冲击路人的耳膜，吓得人耳机都差点摔了。

愤怒的路人决定要骂他一顿以泄心头之恨，没想到下面的粉丝早就骂过了，嘲讽起来，比黑子还狠。

姜风眠抓着话筒的动图被配上各种文字——

“追星吗？听我唱歌的那种。”

“他们的歌声动人，我不一样，我磨人。”

“风眠哥哥，你为什么穿着品如的衣裳？”

“听歌一曲，折寿十年。”

“给大伙儿说个笑话——姜风眠唱歌。”

看着高赞的评论，路人们反而劝粉丝：“你们辛苦了，但其实多听听，好像也没有那么差，算了吧。”

粉丝站的几个大粉决定，他们一定要集资给姜风眠买顶级专业声卡装备，再给他配一个百万的修音师，把他从跑调的边缘拯救回来。

姜风眠很感动，企图回复：“我一定早日开演唱会感谢大家！展翅翱翔，不负期望！”

在点击发送之前，被小王虎口夺食，一个佛山无影手劈手夺下他的手机。小王不禁松了口气，好悬。

结果被姜风眠这么一折腾，不仅没掉粉，还博得了路人的好感。

姜醒不禁叹道："哥，你真是鬼才，我为跟你是一个妈生的感到荣幸。"

姜风眠也不客气，自恋地点头，假装没听出姜醒的讽刺，摸摸自家妹妹的脑袋："我允许你与我分享荣耀。"

姜醒抬起腿就给他一脚。

姜风眠这次没能待太久，遇上突发状况，他必须赶回片场救场，临时安排了行程。在贺铭南回来之前他就离开了，临走前他还不忘叮嘱姜醒："我给小贺带的伴手礼，别忘记给他，跟他讲，这次不巧，下次再来。"

姜醒让他要讲自己讲，总算把姜风眠给送走了。

就在贺铭南带姜醒回家之前，意外横生。

先是网上传出消息，姜醒和贺铭南在公园一起遛猫的照片被拍到，贺铭南的脸很清楚，但是姜醒的脸比较模糊。另外还有一张照片，是贺铭南和姜醒出入同一栋居民楼。贺铭南的假婚讯刚过没有多久，竟有神秘女人疑似和贺铭南同居？

当代网友都是名侦探，消息一传上网，所有人就开始寻找各种蛛丝马迹，来判断女方的身份。

加上贺铭南原本就没有想要遮掩姜醒的存在，网友很快找到了贺铭南经常出没姜醒的工作室，进一步发现，他和姜醒这几个月的行程也有很多处可以对得上的地方。

贺铭南和姜醒正在恋爱中，并且火速同居，这件事基本上可以毫无悬念地实锤了。

这个推测一石激起千层浪，贺铭南在年轻人中的人气非常高，大众对他的印象多是一个高智商的商业精英，帅气多金，还单身。虽然他本人低调神秘，但是他管理下的瑞季的商城以及他创建的时尚品牌，都和人们的消费息息相关，这也就不难理解网友们为什么对贺铭南的话题如此感兴趣。

温欣的家世不俗，就这样的家底都有人不满意，更何况，这回冒出一个不知道哪里来的姜醒？

顿时，网络上的流言和闲言碎语全部指向了姜醒。

有人说羡慕姜醒命好，能和贺铭南谈恋爱；有人说姜醒一个新晋设计师，不知道之前的成绩是不是都是靠贺铭南才做成的；有人说姜醒找贺铭南就是看中他的财富和资源，一看就不是真心的……说得好像自己就在现场一样。其实都是开局一张图，后面全靠扯。最扯的，还是评论里面的伪大师，说要给姜醒看面相……

他们急于拿着放大镜在姜醒身上找缺点，急于攻击姜醒的长相，攻击她的事业心，攻击她“一看就把野心写在脸上”。

贺铭南看到了之后，第一反应就是不能被姜醒看到，他要保护姜醒。但是他忘了一点，姜醒又不是没有手机，只要她上网，今天的消息推送就都是这些。

回到家里，贺铭南抱着猫坐在家里，愁眉苦脸地等姜醒。他已经叫人去删帖压热搜了，可是网友喜闻乐见的八卦话题，怎么压也压不住呀。

幸好姜醒及时进家门，不然“小明星”尾巴上的毛都要给他揪秃了。姜醒从便利店带了盒装酸奶，她拿出两小盒问贺铭南：“草莓和蓝莓，要哪一个？”

贺铭南选了草莓，于是，两人一人一盒酸奶，中间一只猫，排排坐在沙发上开家庭会议。

贺铭南咳嗽一声："你看到了。"

姜醒："嗯。"

"你有什么想法。"

"打掉还是生下来？"姜醒一脸肃穆地接道。

"啊？"贺铭南惊诧无比，猛地要从沙发上跳起来，吓得猫一声惨叫飞快溜走。

姜醒拍拍他："别紧张，我就是开个玩笑，活跃一下气氛，我们气氛太凝重了，你不觉得刚刚那个气氛真的很像意外怀孕吗？"

贺铭南的表情渐渐沉下来，其实他听到姜醒说那句话，第一反应是惊讶，紧跟着是惊喜。现在姜醒告诉他只是开个玩笑，他一点都没有松口气的感觉。

"一点都不好笑。"

姜醒戳戳他的脸蛋："好啦好啦，继续说正事。"

姜醒对网络流言这件事持保留意见，静观其变就是她的态度，贺铭南凝神看她，点头，尊重她的意见。

他说："我不会让你受伤。"

姜醒摇摇头："傻子，他们伤不到我，能伤我的人只有你。"

放出照片的人声称自己手上还有视频，贺铭南的人很快去找拍摄照片和视频的人，只要他开价，原片他们都愿意买。他不希望自己和姜醒的关系，是通过这样的方式被曝光的。流言蜚语是伤人利剑，说是不在意，可人生在世都是血肉之躯，谁也不是生来就是金刚铁骨，谁又能真的不在意呢？

同时，贺铭南也在计划，他想要正式公开他和姜醒的关系，他们的恋爱，堂堂正正，正大光明。

可谁知，对方和贺铭南的人谈得好好的，第二天，又出了新的幺蛾子。

谁也没想到，贺铭南和姜醒这个瓜，还有第三者。

这第三个出场人物，不是别人，正是姜醒的亲哥，姜风眠。但是视频好心地给姜风眠的脸打了码，所以只能看到他的轮廓，不能看清他究竟是谁。

视频显示，神秘男士姜风眠上午十一点进入姜醒家，三小时后，经纪人也进入。经纪人离开后，神秘男士姜风眠又过了一阵子才从姜醒所在的居民楼离开。

发布这个视频的狗仔工作室发文：“三人行！某知名男演员进入贺铭南和其女友的爱巢，‘热聊’六小时，究竟为何？”

下面网友纷纷祭出了绿帽表情包，还贱兮兮地@姜风眠，要向他点歌，听他唱一首《绿光》。一首不够，再来一首《三人行》串烧。

热聊，多么惹人遐想的词汇，充满了桃色暗示。围观的看客并不需要爆料者给出明确的事件全貌，越是模糊，越充满想象空间，越是如同病毒飞速传播。八卦事件，本就不是为了求真，每个人都成为传播的一分子，讲述栩栩如生，细节详尽，仿佛自己就在现场。

姜醒都快被气笑了。

这个营销号越说越离谱，却连她和姜风眠的关系都没有搞清楚，就开始胡编乱造。不知是谁，炮制了这一场网络狂欢，看客蜂拥而至，无数言辞激烈的网络ID背后，是一张张面貌模糊的脸。

不过有一条留言，让她沉重的心情好了一点点，她的嘴角微微上扬，但又觉得有些心疼。评论者大概是她品牌的消费者粉丝，对方说了一句：“真相还没出来，你们就都知道得这么清楚，你们是姜醒家大门，围观全过程吗？”

毫无悬念，这个ID被楼下的人怼惨了，堆了好几百楼，它坚强地挺住不删评。

八卦消息爆出来之后，姜醒大中午就收到无数亲友的慰问。白棠棠连环Call（呼叫），发问："视频里面的人是你哥吧，这个营销号脑子没问题？"

广大吃瓜群众看到姜醒接连上热搜没关系，关键是远在大洋彼岸英国养老的姜家两位家长也看到了消息。

姜醒接到秦悠然女士电话的时候心里不由得哀叹："好事不出门，坏事传千里！"然后，她又给贺铭南重重记上一笔，都怪他名声太响。

秦悠然上来就是一顿劈头盖脸的拷问："你跟那小子又在一起了？"

秦女士完全不在意八卦的内容是什么，她在意的只有一点，贺铭南又要来把她女儿拐跑了。

姜醒笑："妈，你听我说。"

秦悠然："我不是你妈。"

"贺铭南说了，想去看看你们。"

秦女士的声音中气十足："别，我们消受不起。上次是我们热情好心，可怜他，照顾他，还请他来家里住。结果呢？结果就是我们半辈子的基业丢了，只能远走他乡，如同丧家之犬。姜醒，你不要忘记，他是怎么回报我们的，不要忘记你因为他吃过的苦。那就是一头喂不熟的狼崽，现在长大了，怎么？你身上还有什么值得他惦记图谋的东西吗？"

姜醒握着手机，半晌无言，面对来自母亲的诘问，她不知道如何回复才好。

她说："妈，你以前不是这样的……"

以前秦悠然虽然偶尔有些不着调，但她总是优雅、善良和容易心软的，从来不会说出今天这样歇斯底里、充满愤怒的话。

这么多年，秦女士没有向姜醒流露过她对贺铭南的记恨，相反，姜醒心里难受过不去的时候，还是父母劝她看开。

但是，她不知道，原来她的妈妈心里也藏着这么深的愤怒和怨恨。

秦悠然说：“你爸爸刚刚气得血压升高，差点晕过去，贺铭南我们不同意，你自己看着办吧。”

姜醒张了张口：“爸现在身体怎么样？你们这是在逼我呀，贺铭南是贺铭南，季家是季家……”

“死不掉。你想清楚再给我们打电话吧。”

电话那头，忙音传来，秦女士挂断了电话。

姜醒久久无法回神，她承认，她有些慌了，即使决定和贺铭南在一起时，就预料过将要面对的种种困难，但是她仍旧低估了这些困难给她带来的冲击。

尤其是责难和埋怨来自最亲近的人，根本不可能在兜头而来的巨浪前无动于衷。

太难了。

“贺铭南，我觉得好难。”姜醒把头埋在贺铭南的怀里说。

因为家庭住址在视频里暴露，周围有陌生人来来回回出没，贺铭南带着姜醒和猫当机立断搬去了酒店。

这不是一场单纯的爆料，是有针对性地黑姜醒。

贺铭南轻抚她的后背，坚定地说：“万事有我。”

姜醒声音闷闷地说：“可是我没信心。”

贺铭南问她：“那你对我有信心吗？”

“嗯？”

“如果世间一切都让你无法相信，那你只要相信我就好了。如果你觉得我也不值得信任，那就信任你自己，就如同我信任你一样。我相信，你一定会坚决地站在我这一边，风雨同舟。”

姜醒终于笑了：“谁要跟你同舟共济，你小心我把你从船上推下去。”

贺铭南接道：“那正好，我会游泳，给你展示一下我的泳姿好不好？”

姜醒看着他笑，双眼弯成两道月牙。

流言越传越真，分析贺铭南、姜醒还有神秘男士关系的帖子如雨后春笋一般冒出来，有人猜测，这个人是不是姜风眠。吃瓜群众一激动，居然忽略了姜风眠和姜醒都姓姜。

姜醒对着镜子左看右看，问贺铭南："我长得跟我哥不像兄妹？”

“可能你的美貌蒙蔽了他们的眼睛。”

镜中，姜醒给他飞去一个娇媚的眼神。

贺铭南一本正经地端详镜子里面的姜醒，早晨起床，镜子里的她肌肤白皙光滑，看起来就像牛奶一样，还散发着甜甜的香气。酒店套房为了情侣，用心良苦，一间浴室占地面积堪比寻常房子的卧室，可观夜景的巨大的双人浴缸暂且不说，就连镜子都排了一排，看起来颇为壮观。

姜醒看着总觉得有点恶趣味，贺铭南说她是个剥了壳的鸡蛋，外面看起来是白的，拨开之后发现是个黄心。姜醒给他一个白眼，反唇相讥，说他是个麻团，外面看起来是个黄的，咬一口，里面的白色少，黑色的芝麻多。

贺铭南无奈地点头，随她说去，他照单全收："好好好，你美，你说什么都对。”

姜醒喜欢一句话——关关难过关关过。

就在她顶着流言蜚语，深处漩涡的情况下，她去见了贺铭南的母亲。

贺铭南和季清韵已经有好一段时间没有见面，这两三年母子基本没有来往。上一次见，还是在集团的全体股东大会上。

即使见面，他们也不会寒暄，公事公办，一个比一个冷漠。

贺铭南又想起他刚回季宅的时候，双方相处得很不愉快，他绞尽脑汁往外跑又被捉回来。

当年，贺铭南跟季清韵走后，他没有在林城停留多久，季清韵就把他接去沪市。在沪市待了不足三月，没想到，季清韵又把他送去了港岛，在港岛私立学校念了一段时间SAT（全称Scholastic Assessment Test，中文名称为学术能力评估测试），最后去到美国。

家，理应是遮风挡雨的港湾，可是，在贺铭南这里成了一个颠沛漂泊的魔咒。

他的航船被迫流浪，永远无法返航。

被季清韵带走，他试图再度和姜醒联系，等到他终于找到机会回林城的时候，姜家出事的消息传来，姜醒人已经不在国内。

他问季清韵，为什么要动姜家，为什么不遵守承诺，他们说好，只要他和姜醒保持距离，季清韵就放过姜家。

季清韵回答他，只有处于劣势的可怜虫，才会奢望别人遵守诺言，她是庄家，游戏规则是庄家定的。那么她的规则很简单，只有一条，赢家通吃。在她眼里，一个姜家，不过是动动小拇指的事情。

“你会因为吹掉了一片碍眼的灰尘，跟灰尘说对不起吗？不会的，你只会因为灰尘不见了，而感到心情舒畅。比如现在，我的心情就很好。”她说，“你想谈条件，可以。等你赢过我的时候。这是我教你的第二课，兵不厌诈。”

季清韵的脾气古怪，贺铭南的脾气更轴，俊秀的外表下，是倔强刚烈的铁骨。

在季清韵对姜家下手撕破脸之前，她和贺铭南之间也有过一段短暂的相敬如宾的和谐时光。贺铭南想做一个好儿子，他早年就失去了曾经的母亲，当生母找到他的时候，他又怎么能不期待？然而，事实证明，这只是他的一厢情愿。

和贺铭南相比，他的弟弟才是那个真正让季清韵满意，真心喜爱的孩子。

找回贺铭南后，季清韵无法阻止自己拿他和贺云雁相比。

贺云雁处处都好，他从小弹钢琴，拉大提琴，脾气是全家人里最好的，总是慢声细语劝慰季清韵不要生气。他的教养，他的仪态举止，处处都透着他从小接受的精英教育，与他身后的财富相匹配。

这样的贺云雁季清韵怎么能不喜爱，不挂念？

其实户口本上贺铭南跟季家人姓，但他没有用过那个名字。唯一能够缓解这样尴尬的巧合，大概是他父亲也姓贺，他坚持用“贺铭南”，也不算突兀。

到港岛之后，贺铭南更是孤立无援，他不会粤语，语言不通，做了一阵子的聋子哑巴，好在他很快学会了，宅子的用人才停止用方言背着他说他的坏话。

贺铭南不怪他们势利眼，看碟下菜人之常情，季清韵不待见这个儿子，也难怪用人对贺铭南轻视怠慢。贺铭南不在乎，他在乎的人，已经不在他的身边。

在港岛的这段时间，他拥有了前所未有的物质条件，但也被前所未有的孤独包围，他卧室的窗可以看到蓝色的海岸，海鸟掠过海面，迎风张开翅膀。

他总会想起在林城私立高中的日子，恍如隔世。

一次，吵闹的音乐声传入他的房间，季清韵邀请了商业伙伴来家里办舞会喝酒。偌大的别墅，花园泳池一应俱全，在寸土寸金的港城无异于一座金屋，连脚下踩的都是价值连城的黄金。黑胶唱片里传来乐队的爵士乐，美丽诱惑的女伶在泳池边摇曳，一展歌喉。

贺铭南躲在楼上，从窗帘后，望见水波荡漾，灯光迷人，他如同一艘迷航的夜船，驶进了海妖的黑暗海域。

他猛然拉开房门，想要出去，结果被守在门口的人拦住：“少爷，季总请你待在房间里不要胡乱走动。”

贺铭南挑眉：“是吗？但我要上厕所。”

看门的愣了一下：“房间里面不是自带洗手间吗？”

对方说话的时候还带着点本地口音，一听就很高级，至少比他这个见不得人的“土味少爷”高级。

贺铭南靠在门上，抱着膀子漫不经心地说：“哦，但是马桶坏了。”

看门的男人愣了一下，傻傻地问：“坏了？我帮你看看。”

贺铭南看着他走进房间的背影，突然觉得，这人傻得他都不忍心对他做什么。

于是他简单地走出门，把门反锁，钥匙拔掉。看门的回头一看，他被反锁在房间里了，他机关枪似的说了一串粤语，又气又急。

贺铭南把钥匙往兜里一揣，潇洒地抬腿。

当他走到一楼楼梯口的时候，正在和人说笑的季清韵顿时笑容尽失，看着他语气凌厉：“你下来干什么？”

贺铭南大大咧咧地往沙发上一坐，拿起电视遥控器，说：“看电视啊。”

季清韵给保镖和菲佣使眼色：“把少爷请上去。”

电视台在贺铭南手里转来转去，终于，转到一个贺铭南听得懂的，这个好，配着干果正合适。

季清韵气急：“贺铭南！”

这时，电视里传来声音：“忍一时得寸进尺，退一步变本加厉。”

季清韵：“你……”

电视里又传来声音：“就是哭，就是闹，一宿一宿不睡觉。手上拿瓶安眠药，拿着小绳要上吊。”

季清韵刚提一口气，就又给戳漏了。客人们的目光都聚集到他们身上，还有人忍不住跟着看电视。

众目睽睽之下，电视剧里一声响亮清脆的：“小鸡炖蘑菇来了。”

端着鸡尾酒的各位贵客，不知道是谁的肚子先叫了起来。

季清韵疯了："贺铭南，你看的什么玩意？"

贺铭南一脸无辜："顶级流量，《乡村爱情故事》，了解一下？"

季清韵被他气得头顶冒烟，她当场宣布宴会提前结束。

有个年轻的客人还依依不舍地问："剧名你能再说一遍吗？小鸡炖蘑菇是哪里的名菜？好吃？"

贺铭南微微一笑："必须好吃。"加点粉条更赞。

人全走光以后，据那天在场的菲佣传出的八卦，女主人和少爷动手了，房子屋顶都差点被他们给掀了。季清韵当然不能自己动手，她差使保镖把贺铭南给绑了。

贺铭南哪里是站着乖乖被绑的脾气。于是家里鸡飞狗跳，客厅和厨房，全因为他们的动作给砸了个稀碎。但双拳难敌四手，贺铭南再厉害，还是被季清韵手下的专业保镖给制住了，他被人压在地上，脸上被玻璃碴子划伤，细细的血痕渗出血来。

他死死地盯着季清韵，好像在对她说：你这个疯子，你会后悔的。

季清韵站在上方，冷冷地看着他，吩咐道："关起来，没有我的命令，不许给他吃饭。"

不久之后，贺铭南被打包扔到美国，但好在，贺铭南在美国不是一无所获，至少，他赢得了成长的时间。

在林城的老宅子，贺铭南已经有很多年没有来了，他对这里的记忆还停留在高中时期，那时候，他经常盯着墙上的爬山虎蔓藤发呆。这里是民国时期建筑改建的住宅，处处带着岁月的痕迹，西式的建筑结构，中式的古董家居。

一家人坐在长形红木餐桌前，姜醒和贺铭南坐一边，季清韵坐对面，外公坐上方主位。贺铭南没想到外公也来了，他和季清韵见面一向针尖对麦芒，不是仇敌胜似仇敌，可外公从未亏待过他。他们长大了，外公脸上的皱纹更深了，但看起来依旧是一个神采奕奕，身材保持得很好的老绅士。

贺铭南对外公始终心怀感激，外公从见到他的第一面开始，就给了他最大的善意。

家里的阿姨做菜口味清淡，热腾腾的菜上桌，色泽雅致看着诱人，西湖醋鱼，清蒸白鱼，清炒虾仁，蟹黄豆腐……

外公给贺铭南和姜醒一人夹了一筷子鱼肉，都是肚子上最鲜嫩少刺的肉。外公笑道："铭南，叫你来看看我，结果你就顾着追女孩子，还要我这把老骨头来看你们，小姜是吗？你别干坐着，也给我们介绍一下。"

季清韵看着他们连连皱眉，她父亲，一向不喜欢在吃饭的时候说话，现在主动开口，就是为了想要缓和他们之间的矛盾。但是冰冻三尺非一日之寒，贺铭南和她的关系，又岂是三言两语能够缓和的。

她至今不改当年的判断，姜醒不是一个适合季家的媳妇。

她和父亲这么说的时候，她父亲反问她："那你觉得谁合适，是你看中的那个，温家姑娘吗？"

季清韵狠狠皱眉："她算什么东西？拿着鸡毛当令箭。"

季清韵看不上姜醒，但她更痛恨被人当傻子利用和欺骗，温家小姑娘在她面前耍心机，想要利用舆论套一张登云梯，为他们温家图谋资，哪有这种好事？

"这不就得了，你不喜欢姜家姑娘，可是你儿子喜欢。"外公笑眯眯地说。

他也后悔过，他把女儿宠坏了，他年轻的时候也和季清韵一个脾气，整日在外面打拼忙碌，爱妻早逝。他没有办法陪伴孩子，只能用物质满足她的一切需求。等到他发现女儿养成了自傲盲目的个性时，为时已晚。那时候在他看来，个性上的瑕疵无伤大雅，这种富有攻击性的性格没什么不好，纵横商场，要的就是这一股锐气。

季清韵的聪明才智掩盖了她性格上的缺点，她是个高才生，斯坦福毕业，又去剑桥深造，是那个年代的研究生。她欣赏的人也是学术型的，她就是在剑桥遇到的贺铭南的父亲。那时候，他是剑桥负责迎新的学长，她对他一见倾心，知道学长家里条件一般，靠着国家奖励出国，家里对他出国深造这件事砸锅卖铁全力支持。她便动了心，不时给他物质上的贴补。但妾有意，郎无心，最后是她用了手段把人留住，她追了七年，终于如愿以偿，嫁给了贺铭南的父亲。

可是婚姻容不下勉强，勉强来的感情，充满了冰冷与不信任。

季清韵自然深爱丈夫，可她面对家里的一张冷脸，又能坚持多久？本以为大儿子的诞生能够挽回丈夫的感情，可是她不敢对自己的父亲说实话，她亲眼看见，丈夫曾和家中的帮佣亲密地靠在一起。

这段关系里，有谁是全然无辜的？

只有贺铭南是无辜的，把他生下来之前，谁问过他是不是愿意来到这个世界？又有谁问过他，他究竟想要怎样的生活？

一切悲剧的根源都有迹可循。

外公不知道季清韵究竟有没有把他的话听进去，不要再做多余的事情干涉贺铭南和姜醒，季氏走到今天，早已经不需要通过联姻来赢得什么。他给了季清韵选择伴侣的自由，她也应该明白，如果她坚持不同意，那么她一定会永远失去贺铭南这个儿子。

贺铭南向姜醒介绍季清韵的时候，没有叫她妈妈。贺铭南一直没开口叫过她“妈”，她也不在意。

这一次再见季清韵，姜醒有些惊讶她的变化，虽然她一直冷着脸不说话，没有给她什么好脸色，但是姜醒没有遇到预想中的刁难。她和贺铭南对视一眼，心里觉得奇怪。就好像一个全副武装准备迎接一场恶战的骑士，到了地方一看，恶龙不在家，岁月静好，无事发生，一下蒙圈了。

饭后，贺铭南带着姜醒告别，姜醒跟着喊了一声“外公”。

外公看着姜醒很满意，脸上的笑意止不住。季清韵吃过饭就上楼去了，院子里只有他们三个人，外公把他们送到门口。

“好孩子，你们都是好孩子，回去把外界流言的事情好好处理。如果你们处理不好，还有我这个老家伙，我这把老骨头，不介意给他们一点颜色看看。铭南，没事多带小姜去沪市看看我们。”

他们不会在林城常住，作为长辈，外公很想他们没事常回家看看。

季家都是痴情种子。贺铭南的外婆早年仙逝，那时候季老先生还正值壮年，季清韵是他们唯一的女儿，但是他这么多年始终未娶。他曾说，他一生只会有一位妻子，那就是素韵。

素韵，是贺铭南外婆的名字。到了季清韵，也痴情，只是她的痴情用错了方式。她的婚姻失败，但她有两个孩子，小儿子移民海外，属于他的那部分财产没有争议。由于家庭成员构成简单，季家集团核心权利的更迭，自然也就显得十分平顺自然，不像一些豪门，争权夺势的戏码比《宫心计》还要厉害。

姜醒临走前，外公给了她一个大红包，她回去一看问贺铭南：“这是不是太大了？”

贺铭南显得很淡定：“给你了，你就收着。”

姜醒捏着手里的信封：“可是，这不是别的，是房产啊。”

贺铭南略一停顿，说：“给未来的外孙媳妇，没有错。”

姜醒心中叹息，真是大户人家。她说：“那就等我们领证再给吧。”

贺铭南动了动，捕捉到“领证”两个字，姜醒不知道他又在打什么主意。她见贺铭南没有再说什么，便把信封留在了他车里。

其实她心里也清楚，虽然他们都绝口不提，但是对于姜家公司易主这件事，每个人都记得，或许这是老人家一点补偿的方式。但是这个补偿，她没有资格收，这是他们上一辈的恩怨，她和贺铭南只是被动卷入其中，随波逐流，他们能够在湍急的河流里握紧彼此的手已经耗尽了气力。

命运有一双顽皮的手，每当有情人靠近的时候，它总要在他们之间摆出种种障碍，只有跨越重重阻碍的人，才会得到甜美的果实。

从季宅回去，外界对姜醒和贺铭南的讨论经过了一段时间的发酵，关注趋于平稳。就在这时，又有八卦记者拍到了姜风眠和一个神秘女生约会的照片。

姜醒觉得对方有点眼熟，但不是好多年前她见过的那个。好吧，其实她也很久没有关注过他哥的感情生活了，主要是她哥这人，也没什么娱乐生活，成为知名演员之后，一年就几天假，其他时间都在忙，他们也没时间可以好好谈心。

不过姜醒定睛一看，不得了，这人她认识。她打电话给姜风眠，他的手机已经关机，估计是被想要求证恋情的人给打爆了。她无奈，换了个联络方式，终于跟他联系上了。

姜风眠刚接通电话，就听见姜醒来势汹汹地问："姜风眠，那人是付立姗吗？"

付立姗，姜醒高一时候的朋友，姜醒和贺铭南一起去看演唱会的门票还是她给的，虽然大家只在一起相处了一年，但是姜醒绝对不会认错。

姜风眠轻轻咳嗽一声，说："你认出来啦？"

姜醒这才知道，原来付立姗一直在国外学舞，现在在国内做舞蹈老师，经常给商业演出伴舞，还是个 Vlogger（影像日志的拍摄者和发布者）和网友分享生活，付立姗终于活成了自己想要的样子。

姜风眠就是因为一次演出和她相识。

姜醒一声叹息："老哥，你的恋情没想到还要我从八卦新闻上得知，你也太不够意思了吧？”

姜风眠反唇相讥：“那你的恋情还是我去你家撞破的奸情呢。”

“什么叫奸情？我们是正儿八经的恋爱。”

“呵呵，八卦杂志说的，你去打他们呀。”

姜醒：“呵呵，八卦杂志还说我们有奸情呢，你怎么不去？”

姜哥哥接道：“你怎么知道我没去？”

姜醒连忙去看网上的消息，就在一小时里，姜风眠用自己的账号发布了一条消息——

“听说我最近陷入四角恋，也没问过我妹同意不同意。”

一看就是他说话的风格，贱兮兮的。

自从姜风眠和付立姗被人拍到，姜醒和贺铭南的故事就从三人行，过度到了四角恋。

秉承“消息越短，事情越大”的原则，吃瓜群众定睛看姜风眠放出来的照片，集体尴尬了，姜醒她……是姜风眠的妹妹？

那一开始的八卦传言是哪里来的？这不是故意误导人吗？！

有事后诸葛亮站出来说：“早就说过吧，不要着急站队，打脸来得太快就像龙卷风。”

还有人嘴硬，强行为自己之前辱骂姜醒的行为挽尊：“既然是兄妹为什么之前不出来澄清，非得现在才说？我看就是自导自演，博人眼球。”

还有人羡慕地哭出声：“你们别吵了，你们都没有抓住重点吗？姜醒的哥哥是知名演员，演技派扛把子姜风眠，男朋友是财团霸总青年才俊贺铭南。我要是有这样的身份背景，我还天天工作个什么劲啊？只想在床上躺着，玩玩游戏看看电视剧，然后让我男人还花呗。”

于是，又有人去查了一下姜醒的个人履历。

姜醒漂亮的履历令人窒息，在校时的成绩是清一色的FirstClass

（一等成绩），还多次拿到学校的奖励证书，那是属于某一门课最高分学生的荣誉，不仅修了服装设计，还辅修了一个市场学学位。还没毕业，就进入顶尖的服装品牌长期实习，一直是海外某网站的知名评论员，结束实习之后立刻被大刊挖走，一直做到专刊作者，数字媒体板块负责人。事业风生水起的时候，她居然不干了，要回国创业。创业不是随便说说，也不是亲朋好友随便投点钱的那种，而是真的在没有借用任何人名号的情况下，打下一片基业。

现在，姜醒品牌的线下经销商在一线城市已拥有数十家，外滩和三里屯都能看见它漂亮的橱窗。除去高级定制，线上销售的占比贡献营收的百分之四十收益以上，这是个非常健康的比例。

总结一下，醒姐全场最佳。

网友："我佛了，只能说，优秀的人总是会和优秀的人在一起。"

但很快有人跳出来说："贺铭南还没说话，没有公开关系就不算锤，也可能我们贺总谈着玩玩就分了呢。"

"就是，玩玩而已，有钱人谁还没几段情史？当真就可笑了。"

某些看官的双标实在厉害，之前还说把姜醒脚踩两只船的消息说得像真的一样，现在风向变了，又说贺铭南只是跟姜醒玩玩，也不知道这些人，哪来的这么大恶意？ 嘴巴这么毒，日子很苦吧？

贺铭南处理事情的侧重点和姜风眠略有不同，贺铭南出手，则是蛇打七寸，他直接对温家进行了疾风暴雨的商业报复，打了对方一个措手不及。

贺铭南这个黑心芝麻汤圆的便宜，可不好占。

温家掌门人对他破口大骂："贺总，你这人怎么不讲理，你直接和我们开战有什么好处？何必损敌一千自伤八百，你还是人年轻，和气生财呀。"

贺铭南冷笑，再和气下去，温家就要骑到他头上吸他的血了，温家没少利用假消息获利，在外招摇撞骗。温家现在的掌门人本就来得名不顺言不正，用了不光彩的手段上位，短暂的交手便能明白对方是什么货色。他要温家怎么伤害姜醒，就怎么加倍地偿还。

贺铭南切断通话，告诉林同："以后他的电话全部拒接。"

温家狼狈极了，疲于应对贺铭南的频频出招，贺铭南就像是非洲大草原上迅猛且耐心蛰伏的猎豹，一击即中，从无失手。

贺铭南从沪市回来后，说想要带姜醒去个地方。姜醒问他去哪里，他神神秘秘的不肯说。

到地方后，姜醒惊讶地发现，贺铭南要给她看的是一片非常特别的草莓园。草莓种植基地被巧妙地放置在一片园林建筑之中，碧瓦飞甍，回廊曲折蜿蜒，庭院中山水相映，一步一景。穿过庭院之后，后面专门开辟了一块地用来种植草莓。

古有《红楼梦》贾府对月品蟹，今有贺铭南庭院种草莓。

姜醒惊喜地捂住嘴，她看见地上铺满的一个个饱满的白色草莓，扭头去看站在她身后的贺铭南。

贺铭南笑着问她："为你种的，怎么样？喜欢吗？"

结果只听姜醒笑道："贺铭南，你好夸张！你是怎么想到在这样雅致的庭院里面开辟草莓地的啊？你是不是看了中国家长在耶鲁大学种菜，开垦荒地变菜园的新闻受到的启发？"

贺铭南顿时变了脸色，皱眉："你怎么不夸我呢？你要知道这个白草莓种子我很不容易才选到的，市面上的白草莓种子参差不齐，我还特意去请了种植专家。白草莓娇嫩，喜阴不喜阳，存活率远低于一般草莓，你不夸我就算了，还嘲笑我。"

这一连串的话听下来，贺铭南现在确实是草莓种植专家没错了。

姜醒踮起脚，贺铭南从善如流地低下头，她伸出双手揉揉他的脸：

“好啦好啦，对不起，我没有嘲笑你啦，我还是很感动的。”

她记得，高中的时候，贺铭南吃了她的白草莓，对她郑重其事地承诺，日后一定还她更好的。都已经吃下肚的东西，还要还什么呢？她把它当成一句戏言，如果不是眼前的这片草莓，她都快忘了贺铭南曾经说的话。没想到今天，她真的看见了一园子白草莓，还是贺铭南亲自种的。

贺铭南递了一个小竹篮给姜醒：“去采一点我的劳动果实吧。”

姜醒采了草莓，贺铭南把她带到后院厨房，姜醒进去之后，才发现里面别有洞天，居然还有一间厨房是西式面包烘焙房，里面有烤箱还有各种烹饪器具，一应俱全。

在流水台的中央，放着一个已经裱好花的奶油蛋糕。

贺铭南对姜醒说：“把我们采的草莓放上去做装饰吧。”

姜醒这才反应过来，一阵阵甜蜜涌上心头，她轻轻“嗯”了一声，然后走到蛋糕前，把洗干净切好的草莓依次排布好，很快摆了一圈。然后，只见贺铭南把装点用的草莓果酱放到她手中，握住她的手，在蛋糕上写下——祝醒醒生日快乐。

为了写好这行字，贺铭南不知练习了多少遍。

贺铭南把姜醒圈在怀里，她的手背上传来阵阵属于贺铭南的温度。他一低头，用下巴轻轻蹭了一下她的侧脸。

姜醒眼中光芒闪烁，动容地抬起头，侧头向他望去，他清澈的眼中倒映着姜醒的身影，他俯身与她深吻。她睫毛颤动，闭上双眼。

两人来到用餐的餐厅，环境雅致，窗外重峦叠嶂，平静清澈的水面倒映着假山、回廊和错落的芭蕉叶。贺铭南对她说：“生日快乐。”

姜醒不接受外公给的见面礼，贺铭南就另外送她一个。他对姜醒说，这家庄园就交给她，她可以按照自己的想法改造，做私房餐厅也好，另做它用也行，总之，从现在开始，她就是这个庄园的主人了。

姜醒吹了蜡烛，贺铭南问她许的什么愿望，她狡黠灵动地眨眼：

“说出来就不灵了。”

贺铭南却撒娇：“那我能许个愿望吗？可以说出来的那种。”

“什么？”

“早一点和我去民政局吧，求你了，我的贺太太。我想在神圣的婚姻法的保护下，给你合法地‘种草莓’。”

姜醒捂脸：“那边有一大块地，你去种呀。”

贺铭南像一只黏人的大型犬，尽管大多数时候非常英俊挺拔，威风凛凛，但还是不时露出他二哈的本性，黏人又会撒娇。他搂着她，在她的耳边说：“不要，就要你，别的都不要。”

姜醒无奈地回抱他，依偎在他怀里露出甜甜一笑。

午后阳光很好，温柔的春光，洒在他们的脸上。

当天晚上，贺铭南发了一条微博，发布的照片是姜醒装饰蛋糕的样子，然后他@姜醒写道：“生日快乐，姜老师。”

然后他立马献宝似的去找姜醒，让姜醒快转发回复一下。

姜醒说：“那我要说什么呀？”

贺铭南：“你就没什么想要回复我的吗？”

姜醒想了一下，手指在键盘上敲击：“和你一起分享我的生日愿望，谢谢你，乖草。”

发送。

围观群众不知道这两个昵称是什么来历，但是这不妨碍他们感受来自姜醒和贺铭南的官方狗粮，一次吃够！

正在刷手机的网瘾男子姜风眠一下子激动地从床上蹦下来，捧着手机只会“啊啊啊”地叫，给他来送东西的经纪人皱眉看着他：“你怎么了？”

姜风眠激动的情绪无法平息，他抹抹眼角：“今天也是为了别人的绝美爱情流泪的一天。”

经纪人黑人问号脸："明天的戏，台词里面有这一句？"

看到贺铭南对姜醒的生日祝福，正式公开他们的关系，作为见证他们全程恋爱的哥哥，姜风眠心情复杂，又是喜悦，又是心酸。

他说："这样特别的时刻，一定要有一份特别的礼物，送给特别的你。"他对经纪人说，"我要为他们唱一首《让我一次爱个够》。"

"不——"经纪人惨烈的声音传来，他拼死阻止蠢蠢欲动的姜风眠。

姜风眠："我想唱歌。"

经纪人："不，你不想。"

"哥，求你闭麦了，哥。咱真的不能再唱了，再唱下去辛苦打下的江山基业就要给败光了。"

姜风眠长叹一声："唉，芳草易见，知己难求，罢了！"

后来，网友看到贺铭南的采访，才明白姜醒和贺铭南之间称呼的由来。采访稿由白棠棠主笔，主编特别编辑，贺铭南这个没有可能采访到的对象，终于还是看在姜醒的面子上，被她拿下。采访以文稿和视频两种形式，呈现了一个真实的贺铭南，分享了他现阶段的一些想法。

人们从贺铭南的采访中得知，原来贺铭南和姜醒早在高中时期就认识了。姜醒是曾经姜氏企业的千金，姜氏企业，不过数年，现在听起来已经像是一个很有年代感的词语。贺铭南说，那时候，他还是个刚从小地方出来的土包子。

这是他第一次接受采访，没想到第一次就这么大尺度，他不避讳自己的成长经历。他只能从警方、季清韵，还有安村老家人的口中，拼凑出一个大概。他的婶婶说，他是被他养父养母捡回来的，他们一直没有孩子，从外面打工回来，怀里就多了一个孩子，她从来没听说过孩子是他们买回来的。故人都已离去，没有人能说得清当初的状况。

季清韵一直想要隐瞒贺铭南流落在外的这段往事，在她看来，这不是什么光彩的事情。但是贺铭南的想法不同，他要告诉所有人，姜醒曾经对他的帮助，在他还未成熟时他所遇到的人，对他的帮助，以及姜家对他的帮助。

如果没有这些人，就不会有现在的贺铭南。是他这些年的经历，教会他关怀、感激和爱。

镜头前，贺铭南提起姜醒的时候，脸上不自觉地泛起笑容，好像温暖和煦的阳光。

他说：“那时候姜醒就好打抱不平，按照武侠小说里面的话来说，就是这位女侠侠肝义胆。她帮助我练习跳舞，我就叫她姜老师。”

记者问：“那‘乖草’又是什么？”

贺铭南笑了一下，眼睛都笑弯了。

“那个啊，就是我高中的时候，可能看起来特别乖吧，他们选我做校草，所以私底下悄悄叫我‘乖草’。他们一直以为我不知道，但是有时候他们说得实在是太大声了，我不想知道都不行。后来姜醒也这么叫我，我要是干了什么事不合她的心意，她就会说，哎呀，乖草你的人设要塌了。”

白棠棠算是看透了，贺铭南一聊起姜醒就满面笑容，连话都变多了，她好想提醒贺铭南：“总裁，我们把这么灿烂的笑容稍微收一收好不好？矜持。”

记者：“那这个人设你自己怎么看呢？”

贺铭南耿直地回答：“早塌一百回了。”

这段采访发表之后，无数的读者和观众给白棠棠所在的媒体平台留言和发私信表示，之前把贺铭南和姜醒的关系看得太肤浅，如果之前伤害到姜醒，伤害到贺铭南，他们真诚地道歉，他们欠他们一句“对不起”。

“对不起，还有祝福你们。”

看到网友留言的时候，姜醒正在为品牌新一季的发布会做准备，现在她的工作室不再是一个小规模的作坊，至少比之前扩大了数十倍。贺铭南一直在努力说服她让品牌入驻集团商场，他连展柜和橱窗的位置都想好了。在他的软磨硬泡，三寸不烂之舌和枕边风的劝说之下，她终于决定要入驻贺铭南的时尚买手店。

贺铭南把能给她的优惠条件都给了，要不是姜醒坚持公事公办，贺铭南恨不得把全部资源倒贴。

走秀结束，贺铭南牵着姜醒的手，出现在新品发布会台上的时候，全场的灯光都打在他们的身上，无数双眼睛注视着他们。乔棋原本也应该出现在谢幕环节，但是他主动退出，他非常坚决地说："我一定要把这个谢幕留给你们，多一个电灯泡都不行。"

姜醒和贺铭南站定之后，掌声雷动，就连最挑剔的评论员，都找不出不满意的地方。

有工作人员递上一束花，由贺铭南交到姜醒手里。

贺铭南正式宣布他的买手店和姜醒建立合作，他非常荣幸能够站在这里，见证姜老师这一场美轮美奂的大秀。

姜醒被他夸得耳根发热，连自己怎么下台回到后台的，都不知道。她只记得，她不断地越过拥挤的人群，热情的人们涌上来要和她说话，她被贺铭南护在怀里，把她和人潮隔绝开来。

后台还有好多模特在忙着换衣服，商场搭建起的秀场竟然找不到一处清静的地方。贺铭南一路牵着姜醒，他看到一个小隔间，忙带着她钻了进去。

姜醒柔软白皙的手抵着他的胸膛，空间有些狭窄，她打量了一圈，对贺铭南说："这里好像是试衣间。"

"能说话就行，管它是哪里呢？"

有人来敲门，说要拿东西，贺铭南一声吼："有人！"

对方弯腰低头，从门缝里面一看，两双脚！"哎呀"惊呼一声，然后就跑了。

姜醒仰头大笑："我们把人吓跑了，别人还以为我们在里面干什么不纯洁的事情呢。"

贺铭南就这样静静地凝神注视着她充满活力的样子。

姜醒摸了一下自己的鼻尖，狭窄的空间让两人贴在一起，气温升高，呼吸都跟着沉重起来。

姜醒问他："看什么呢？"

贺铭南注视着她的眼睛："看你好美。祝贺你，今天的秀很成功。"

姜醒摇摇头："有你的功劳。"

"那你愿不愿意，给你的功臣奖励？"贺铭南的手指轻轻挠她的掌心。

姜醒微笑："你不是想知道我的生日愿望吗？"

"嗯。"

"我告诉你，我的愿望……是你。"

贺铭南抱住姜醒，这一刻，他们心灵相通，浓到化不开的感情将他们轻柔地包裹，感动在心中涌动着，他们紧紧相拥。

年少时，姜醒喜欢摘抄，优美的句子抄了一本又一本，有一段让她记忆深刻。

"总有一日，我要在一个充满阳光的早晨醒来，踏上一条充满日光的大道。那时候，我会说，看着阳光，雨季将不再来。"

趁着春光，相爱吧。

- The End -

番外

1.

姜醒婚礼那天，熟悉的亲朋好友都来了，就连贺铭南很久没见的老室友谢方羽他们也赶来参加。

为了娶到自己心仪的姑娘，贺铭南没少飞英国求岳丈放下往日恩怨，成全他们。甚至连先上车后买票，先揣个小崽崽在肚子里的主意都想了。

贺铭南还是希望得到长辈的祝福，终于，经历老丈人和丈母娘的种种冷眼和考验，他们终于松口了。

贺铭南差点乐没边，对姜醒说：“我就知道那句老话没错。”

“什么？”

“丈母娘看女婿，越看越喜欢。”

姜醒给他一个白眼：“是是是，我就没有见过比你更讨喜的人。”

他们的婚礼放在了一个意想不到的地方——贺铭南送给姜醒的小庄园。

地方不大，布置也不铺张，少不了新鲜的花材和精美的物件点缀，鲜花以奥斯汀玫瑰、桔梗和水仙花为主，不破坏庭院本身的意境，又增添了婚礼的氛围。当姜醒穿着一袭洁白婚纱从回廊的那一头走来时，贺铭南仿佛看见了梦中的精灵踏着花海而来。

姜醒的婚纱是她自己的设计，正是她在大学时代，怀着少女对婚礼的期待而画成的初稿，她根据初稿，把裙子做了出来。

贺铭南问她："裙子有没有名字？"

姜醒说："有，孔雀东南飞。"

初见贺铭南时，贺铭南向姜醒做自我介绍："我是贺铭南，'孔雀东南飞'的'南'。"

姜醒神神秘秘地拉着他，在试衣间掀起层层叠叠的裙摆给他看里衬。里衬真丝布料上，绣了一只金色的、小肚子滚圆的……小肥鸟？

贺铭南："啾？"

姜醒坚持说："我绣的是孔雀的……年幼形态。"

好吧，老婆说的都对。

2.

敬酒的时候，贺铭南非要拉着从国外做访问学者请假回来的陆星宙喝酒，一定要把他喝趴下。

在陆星宙捏着鼻子喝第三杯的时候，姜醒扯扯贺铭南的袖子，贺铭南假装没注意到，还要再喝。姜醒又捏了一下他的腰，他瞬间用手护住自己的腰。

姜醒："老公，要点脸，我们喝的是白水和葡萄汁。"

贺铭南："哼，谁让他以前总围在你身边转的？"

就在这时，一个娃娃脸的姑娘突然伸手拦住陆星宙，说："他明天还要赶飞机，我替他喝了。”

姜醒和贺铭南心照不宣地对视了一眼。

3.

白棠棠在姜醒之前结的婚。

她去参加了家里安排的相亲，结果她在餐厅坐了一会儿，包厢的房门打开，一个人缓缓进入她的眼帘，她惊讶地睁大了眼。

“程舟。”

程舟坐在轮椅上，来到餐桌正对白棠棠的位子，他说：“反正你都要结婚，跟别人结婚，不如跟我结婚。”

她跟姜醒吐槽说，觉得自己的人生是一个狗血电视剧。

姜醒问她：“什么类型的狗血？”

白棠棠说：“强取豪夺，先婚后爱。”

姜醒一口水喷出来。

4.

婚礼上，姜醒见到了贺铭南的父亲和弟弟。果然，就像传闻中说的一样，贺弟弟真是个天使一样的人物，让人如沐春风，看了心情都会变好。

季清韵和他们走在一起，一家人相见，恍如隔世。

季清韵被查出胃癌，做了手术恢复了一些，医生说有一定可能复发，这都是说不准的事。她怕自己什么时候就不在了，她想看贺铭南结婚的样子。

或许是人在鬼门关走了一圈，她的脾气变了很多，变得柔和了。

身边的人都告诉她没事的，手术成功的案例很多，让她不要想太多，但是她摇头，她有预感。如果不是这场大病，她也没有机会心平气和地和贺铭南说话。

季清韵对贺铭南说，她不后悔曾经那样逼他，不逼迫他，他怎么会有动力和能力，那么快就掌握了瑞季的生意，可见，人的潜力是无穷的。但是，她感到遗憾是真的。

“铭南，如果可以，在我进去手术之前，你能叫我一声妈妈吗？”

贺铭南的双手紧紧捏成拳，垂在身体两侧。他的喉咙颤动，然而，直到季清韵被推进手术室，他都没有出声。

婚礼那天，贺铭南和姜醒给父母敬茶。

贺父贺母并排坐在沙发上，贺铭南带着新婚妻子把茶水递给他们：“爸，妈，请喝茶。”

那一刻，季清韵几乎要落泪。

她错了太多。

5.

两人结婚的第三个年头，温温和暖暖呱呱坠地。

温温和暖暖是一对龙凤胎，从医生那里得知姜醒一胎怀了两个孩子的时候，贺铭南惊得说不出话，接连亢奋了好几天。亢奋过后，又有些傻，不时凑上来问姜醒：“他们重吗？有两个孩子在肚子里是什么感觉？”

贺铭南连夜搜索资料之后，又忧心忡忡地对姜醒说：“网上说生孩子危险重重，还可能有后遗症，怎么办，要不我们先不生了？”

姜醒翻了个白眼。

贺铭南继续叨叨：“万一医生问我保大人还是保孩子，我必须保你。”

姜醒挎着包，已经走远了。

硬核醒姐一边抚摸肚子，一边蹬着高跟鞋上时装周参加巴黎首秀，别人看她的眼神都充满了景仰崇敬，工作之余，生了两个娃。

上一秒还在谈面料细节，下一秒——稍等，我去生个孩子再来。

这究竟是怎样的一种敬业精神和神奇的顺产体质？

那边，贺铭南左手一个娃，右手一个娃，向她献宝似的说：“老婆，你看，我抱孩子的姿势标准吗？”

为了充分满足贺铭南初为人父的喜悦，姜醒非常放心地把带娃任务交给了他。

但是过了一阵子，姜醒半夜睡得好好的，突然有人掀开被子，钻进姜醒的被窝里，搂住她纤细的腰。

姜醒抢回被子，嘟囔着踹了一脚：“干吗打扰人家睡觉？你不是在隔壁跟宝宝睡吗？”

贺铭南用下巴蹭她的香肩：“两个小毛娃睡着了，我当然要回来睡。”

男人都是大猪蹄子，需要的时候宝宝们是香喷喷的奶娃娃，不需要的时候就变成了碍事的小毛娃。

姜醒翻了个身，黑暗中，贺铭南吻住了她。

后记

写《万千春光不如你》的时间过好快，从去年年底写到今年五月初交稿，因为写得慢，每天都想哐哐撞大墙。

第一次写两册内容的言情文，比想象中更加刺激。剧情要远多于一册，起伏多了，我写的时候心情也跟着像坐过山车一样上上下下。

更关键的是，没想过会写这么久，本来我已经立志做一个不拖稿的作者！定交稿日的时候我还跟编辑讲，过年前肯定就交稿了，然后就听啪啪打脸的声音。

刚开始写的时候，我充满信心，心想“春天来之前我就能写完了”，写着写着我告诉自己“春天到了我就写完了”。

我家窗户外面有一棵很高的大树，它的叶子每一年都是小区里最后抽芽的，这棵树什么时候绿了，就知道什么时候春天真的来了。我就看着它一点点染上嫩绿，然后叶片越长越大，我慌了。

我对自己的预期步入另一阶段：“不会春天过去了我都没写完吧？”

有段时间我都不敢看私信，看到读者私信说在等《万千春光不如你》，我觉得好愧疚，我怎么就这么慢！于是，我跟编辑许下宏愿说，“我日万到完结！”，猫空立马给我改了个备注叫“雨日万”。她后来问我稿子都不叫我名字了，她会问“日万，你完结了吗？”，捂脸。

终于完稿，我心中的大石头落地。

写作过程也很有意思，《万千春光不如你》写到五万字的时候我觉得不行，感觉不对，于是推翻重写。重写的开头是我在海南期间写的，对着大海波涛，灵感噌噌往外冒，每天就坐在椰梦长廊附近的星巴克埋头写写写。等到五月的时候，文章行至结尾，我又去了一趟大阪，换个地方，写作也跟着充满新鲜感。所以说，这篇文开始的时候我在旅行，结束的时候也在旅行途中，觉得很有意思。

之前找读者试读开头，读者说超级喜欢，交流的时候我就说，《万千春光不如你》和我之前写的故事不太一样。读者问我怎么不一样，我没说，其实是因为我觉得玻璃碴多了，哈哈哈，怕把人吓跑。

不过看到这里也不用担心，我还是你们的“雨甜甜”，我很温柔的，相信我。我很期待你们会给我什么样的反馈。

有离别才有相聚，失而复得更珍惜。所以我发现，贺铭南绝对是我的男主里的“撒娇”扛把子。我之前专栏也提到，写《万千春光不如你》的时候其实没有刻意去设计，但是写着写着，陡然察觉，哎呀，“贺草”真是我写过的，最懂怎么让女主心软的男主。

人中贺铭南，狗中哈士奇。表面上是个浓眉大眼的冷峻帅哥，其实是个犬系男友，一开口就暴露他的二哈本性。

其实这样的性格很好。我们平时在生活中都很善于保护自己，小心翼翼地把自己蜷缩起来。相反，把自己全然袒露给另外一个人，交付真心，是需要极大勇气的。把最柔软的地方露出来，代表着或许会受伤。就像小动物，只有在最信任的对象面前，才会露出自己柔软的肚皮。

爱情是勇敢者的游戏，只有勇敢，才能奋不顾身。

我希望这是一句真话——

“上天会厚待那些勇敢的、坚强的、多情的人。”

我还是喜欢文中写的那句话——

“他渴盼着，永恒的星空里，来自邻星的呼应。”

等你，至宇宙尽头。

爱你们的雨哥

2019.05